Veröffentlicht von
DREAMSPINNER PRESS

5032 Capital Circle SW, Suite 2, PMB# 279, Tallahassee, FL 32305-7886 USA
www.dreamspinnerpress.com

Achtung, Aufnahme!
Urheberrecht der deutschen Ausgabe © 2018 Dreamspinner Press.
Originaltitel: Frat House Troopers
Urheberrecht © 2012 Xavier Mayne.
Original Erstausgabe. Dezember 2012
Übersetzt von Alina Becker.

Umschlagillustration
© 2012 L.C. Chase.
http://www.lcchase.com
Die Illustrationen auf dem Einband bzw. Titelseite werden nur für darstellerische Zwecke genutzt. Jede abgebildete Person ist ein Model.

Deutsche ISBN. 978-1-64405-134-4
Deutsche eBook Ausgabe. 978-1-64405-132-0
Deutsche Erstausgabe. Oktober 2018
v 1.0

Gedruckt in den Vereinigten Staaten von Amerika.

ACHTUNG, AUFNAHME!

XAVIER MAYNE

An J., meinen Partner auf dieser langen, außergewöhnlichen Reise:
Du bist meine Inspiration.

DANKSAGUNG

ICH MÖCHTE mich bei all meinen wundervollen Lesern und Rezensenten auf Literotica und Nifty bedanken, die meine Arbeit unterstützt haben. Besondere Erwähnung verdienen Bianca Esteban, die meine Charaktere besser zu kennen schien als ich selbst, und Lisa Tepper, die mir gezeigt hat, dass Romanzen durch ein bisschen Komik nur besser werden können. Außerdem verdanke ich Ronen wahnsinnig viel, der direkt meinen Seiten entsprungen zu sein schien, um mich daran zu erinnern, dass Fiktion nur ein anderes Wort für Leben ist.

Und schließlich möchte ich dem echten Xavier Mayne gedenken, geboren als Edward Irenaeus Prime-Stevenson, Autor von Imre. *Eine psychologische Romanze*, dem allerersten amerikanischen Schwulenroman. Ich hoffe, er wäre zufrieden damit, wie ich seine Tradition in seinem Namen fortführe.

1

„BITTE WAS wollen Sie von mir?", fragte Brandt fassungslos. Er konnte sich nur verhört haben.

„Sie sollen sich Undercover einschleichen, Informationen sammeln und die Ergebnisse ans Justizministerium weiterleiten. Was ist daran so schwer zu verstehen? Alles wie gewohnt."

„Als ich der Staatspolizei beigetreten bin, hatte ich nicht erwartet, dass ich …"

„Dass Sie was? Ihren Job erledigen? Wir ermitteln verdeckt für den Justizminister. Mehr verlange ich gar nicht von Ihnen."

Der Polizist verstummte und setzte dann erneut an.

„Das ist nicht so, als würde ich vorgeben, illegale Autorennen zu fahren, oder so. Sie wollen, dass ich …"

„Ich bitte Sie darum, diesen Auftrag, der vom Justizminister höchstpersönlich kommt, einfach anzunehmen. Sie sind der Einzige, der dafür geeignet ist."

Officer Brandt schaute auf und erwiderte den Blick seines Vorgesetzten.

„Warum das? Warum bin ich der Einzige?"

Der Chief seufzte und setzte sich auf seine Schreibtischkante.

„Ich dachte, das wäre offensichtlich", sagte er versöhnlicher als zuvor.

„Für mich nicht. Es wäre schön, wenn Sie es mir erklären könnten."

Der Chief starrte an die Decke, als hoffte er, irgendetwas würde vom Himmel herabfallen und ihn zerquetschen, damit er diesem Gespräch endlich entkommen konnte.

„Schauen Sie mal. Sie sind der Jüngste in der Truppe. Sie haben College und Polizeischule in einem Wahnsinnstempo abgeschlossen. Mit vierundzwanzig bei der Staatspolizei. Das bedeutet, dass Sie altersmäßig den Zielobjekten am nächsten kommen."

„Aber Sir, Sie hatten doch gesagt, dass die Männer, die dort arbeiten, gar nicht die Zielobjekte sind. Dem Justizminister geht es doch um den Besitzer und seine Hintermänner."

Der Chief verdrehte erneut die Augen und holte tief Luft.

„Ich meine damit, dass Sie vom Alter und vom Typ her am ehesten in diesem … Etablissement arbeiten könnten. Wenn wir umfangreiche Informationen über die Vorgänge dort bekommen wollen, brauchen wir jemanden, der dort arbeitet. Das heißt, wir müssen jemanden dorthin schicken, der aussieht, als könnte er dort arbeiten. Und das sind Sie."

Officer Brandt war sprachlos.

„Warten Sie – es geht also nur darum, wie ich aussehe?"

„Undercoveragenten müssen sich optisch in das Milieu einfügen, in dem sie ermitteln. Da gibt es gar nichts zu diskutieren, Brandt! Ich würde doch niemals Ramirez losschicken, um eine asiatische Bande zu unterwandern! Sie sehen den Männern ähnlich, die dort arbeiten, das ist alles. Erinnern Sie sich noch daran, als man diesen Senator drangekriegt hat, wo war das noch – in Iowa?"

„Meinen Sie Larry Craig aus Idaho?"

„Stimmt, der war das. Die wollten damals verhindern, dass sich Herrenumkleidekabinen in Schwulentreffs verwandeln, also haben sie keinen gammligen Fettsack hingeschickt. Die haben jemanden ausgewählt, der dort auch Aufmerksamkeit erregt."

Brandt sagte nichts mehr dazu. Als er das Büro des Chiefs betreten hatte, war ihm nicht klargewesen, welche Rolle er bei dieser Ermittlung übernehmen sollte. Dass er jetzt die Wahrheit wusste, machte die ganze Sache nicht gerade angenehmer. Der Auftrag war ihm zugefallen, weil der Chief fand, dass er optisch gut hineinpasste. Der Gedanke jagte ihm einen kalten Schauer über den Rücken.

Der Chief fuhr fort, wohl in der Hoffnung, dieses Gespräch beenden zu können, bevor sich noch mehr peinliche Situationen ergaben.

„Ein guter Freund und Wahlkampfunterstützer des Justizministers arbeitet als Bauunternehmer in der Gegend, wo sich dieses Haus befindet. Einige seiner Angestellten wurden gebeten, dort bei Renovierungsarbeiten zu helfen, und haben ihm erzählt, was dort abläuft. Was wir von Ihnen wollen: Stellen Sie sich dort als Zimmermann vor und schauen Sie, ob man Sie dort einstellt."

„Und wie soll ich das anstellen?"

„Sehen Sie aus wie ein Zimmermann, zeigen Sie sich interessiert und sagen Sie ja zu allem, was man Ihnen anbietet. So einfach ist das."

Brandt seufzte. Das würde alles andere als einfach werden.

„Sie arbeiten weiterhin mit Donnelly zusammen – berichten Sie ihm über jeden Ihrer Fortschritte und er versorgt Sie mit allem, was Sie brauchen, damit die Sache läuft."

Brandt schloss die Augen und seufzte abermals. Donnelly war sein Teampartner und normalerweise freute er sich über jede gemeinsame Ermittlung. Aber jetzt ... ihm wäre es lieber gewesen, wenn Donnelly hiervon nichts gewusst hätte.

„Sie sind unser bestes Pferd im Stall. Machen Sie uns stolz, Brandt."

„Ja, Sir", presste Brandt heraus und verließ das Büro des Chiefs.

2

„OKAY, UND was brauchst du jetzt alles?", fragte Donnelly und nahm einen Schluck von seinem Bier.

„Woher zum Geier soll ich das denn wissen? Ich habe noch nie einen Fuß in so einen Schuppen gesetzt." Brandt leerte seine zweite Flasche und machte Anstalten, die dritte zu bestellen. In der Kneipe war es ziemlich ruhig, wie man es an einem Dienstagabend erwarten konnte. Brandt und Donnelly hatten den halben Tresen für sich.

„Alles, was sie mir gesagt haben, war dass ich dich von außen unterstützen soll, während du den Undercoverpart übernimmst. Ich verstehe ja die Idee dahinter, aber keine Ahnung, was genau ich zu tun habe. Ich hatte gehofft, du wüsstest mehr."

Brandt schnaubte spöttisch. „Nichts da. Die haben mir lediglich ein Passwort gegeben, damit wir einen Blick auf die Website werfen können, um zu wissen, worum es eigentlich geht. Ich würde mich lieber einer Wurzelbehandlung unterziehen, als dort zu recherchieren, glaub mir." Zu seiner Erleichterung stellte der Wirt das dritte Bier vor ihm ab.

„Tja, irgendwann wirst du dich wohl schlau machen müssen. Wir haben Dienstag. Am Donnerstag ist deine … Einführung." Donnelly konnte sein Lachen bei diesen Worten kaum unterdrücken. Brandt trat ihm mit dem Stiefel direkt vors Schienbein.

„Okay, sehr witzig. Trink aus und dann schauen wir nach. Wir beide. Und auch bei den schmutzigen Stellen wird nicht weggeschaut, so wie du das bei diesen blöden *Saw*-Filmen immer machst."

Donnelly war das Lachen vergangen.

Zurück in seiner Wohnung holte Brandt den Jägermeister aus dem Gefrierfach und reichte Donnelly, der sich schon vor dem Computer niedergelassen hatte, ein Glas. Brandt setzte sich neben ihn und genehmigte sich einen Schluck, bevor er die Webadresse in den Browser eingab. Ein Banner mit der Aufschrift *Str8 Frat Dudes!* ploppte auf.

Brandt holte tief Luft, während sich hinter dem Banner eine Fotocollage von muskulösen jungen Männern in verschiedenen Stadien der Freizügigkeit aufbaute. Donnelly warf Brandt einen Blick zu, der Bände sprach. Ganz offensichtlich gab er sich größte Mühe, seine Übelkeit zu unterdrücken. Sie prosteten sich zu und leerten die Gläser.

„Okay, klickst du jetzt auf Enter?", fragte Donnelly irgendwann.

„Mach du", gab Brandt zurück. „Ich glaube, mir reicht das, was ich bisher gesehen habe."

Donnelly griff nach der Maus und klickte auf den Button.

„Du musst deine Benutzerkennung und das Passwort eingeben."

Brandt reichte ihm den Zettel, den er vor ein paar Stunden vom Chief bekommen hatte. Donnelly tippte.

„Alles klar, wir sind drin." Er warf Brandt einen Blick zu. „Um es mal so zu sagen."

Die beiden Männer glotzten staunend auf den Bildschirm. Während die Fotos auf der Startseite noch einiges der Fantasie überließen – sofern man dazu neigte, sich vorzustellen, wie ein Footballspieler ohne seine engen Hosen aussah oder was wohl passieren mochte, wenn ein unfassbar attraktiver junger Mann einem anderen unfassbar attraktiven jungen Mann beim Herumalbern am Strand die Kleider vom Leib riss – brauchte man keinerlei Fantasie mehr, sobald man sich eingeloggt hatte. Hier wurde schamlos zur Schau gestellt.

„Heilige Scheiße", murmelte Donnelly, den Blick hilfesuchend auf die Wand hinter dem Computerbildschirm gerichtet.

„Das war's", stöhnte Brandt. „Mein Leben ist vorbei. Wie soll ich das durchziehen? Dort als Undercoveragent, das heißt doch … das da zu machen." Er zeigte auf den Bildschirm, auf all das nackte Fleisch und die lächelnden Gesichter der Männer, die es offenbar genossen, sich dort zu entblößen.

„Wenigstens weißt du, warum der Chief genau dich für den Job ausgewählt hat", meinte Donnelly, als wäre das etwas, worauf Brandt sich etwas einbilden konnte.

Dieser fuhr zu ihm herum. „Was zum Henker soll das denn heißen?"

„Hey, komm mal runter! Ich meine doch nur, dass von allen Kollegen, du", er zeigte auf Brandt, „derjenige bist, der denen da", er zeigte auf den Bildschirm, „optisch am nächsten kommt."

„Wenn du damit sagen willst, dass ich aussehe wie eine männliche Nutte, die sich auf einer beschissenen Website verkauft, dann pass auf, dass ich dir nicht ganz aus Versehen ein paar Schneidezähne ziehe."

„Das meinte ich nicht damit. Aber du bist ungefähr in ihrem Alter …"

„Ich bin vierundzwanzig und nur zwei Jahre jünger als du alter Sack."

„Ja, aber du siehst jünger aus. Und guck dir die Jungs hier an – du bist mindestens so gut gebaut, wie die es sind. Holla! Abgesehen von dem da. Scheiße, guck dir die Bauchmuskeln an!"

„Soll ich dich eine Weile alleine lassen, damit du dich ganz in Ruhe an den hübschen Jungs ergötzen kannst?"

„Halt's Maul. Ich sag ja nur, dass du gut genug in Form bist. Das ist alles. Also, wird das so eine typische Rotlichtrazzia? Sind wir hinter den Freiern her?"

„Nein. Das ist ja das Seltsame daran. Sie wollen, dass ich Bericht erstatte über alles, was dort vor sich geht. Die wollen sie nach Abgabenordnung 164.32 belangen."

„'tschuldige, aber an den Abgabenordnungskram kann ich mich nicht mehr gut erinnern. Warte, 164, da geht es um Verbrauchsbesteuerung, und die Dreißiger beschäftigen sich mit Einzelhandelsgütern …"

„Und Dienstleistungen. Anscheinend zahlen die keine Steuern auf erbrachte persönliche Dienstleistungen."

Donnelly runzelte die Stirn. „Warum kriegen wir die nicht einfach wegen Prostitution dran?", fragte er. „Klingt erfolgsversprechender."

„Weil die Typen keine Prostituierten sind. Die drehen Videos. Ihre Liveshows kommen der Prostitution noch am nächsten. Aber da finden ja auch keine Berührungen oder so was statt. Die Kunden, die dafür bezahlen, die Shows zu sehen, können in ganz anderen Staaten oder Ländern sitzen. Wird schwer, die wegen Prostitution dranzukriegen."

„Und wenn die dich wirklich einstellen … was machst du dann? Was tun die in den Videos, für die die Leute Geld bezahlen?"

„Tja, klicken wir mal drauf und schauen uns das an."

3

EINE STUNDE später saßen die beiden Polizisten mit offenem Mund vor dem Computer. Eine leere Flasche Jägermeister lag auf dem Fußboden.

„Oh, fuck."

Das war alles, was Brandt noch dazu einfiel. Für das, was sie gerade gesehen hatten, was er und Donnelly sich da angetan hatten, fand er keine Worte.

„Warum sollte das irgendjemand sehen wollen?", fragte er schließlich leicht lallend. Der Jägermeister war fast voll gewesen, als er ihn aus dem Gefrierfach geholt hatte.

„Na ja, stell dir mal vor, wenn dieser junge Mann – Trent, nicht wahr? Wenn Trent kein Footballspieler wäre, der darauf abfährt, es sich nach einer langen, heißen Dusche selbst zu besorgen", Donnelly erschauderte kurz, „sondern eine Cheerleaderin mit Wahnsinnsmöpsen, die nach einer langen, heißen Dusche mit einem Vibrator herumspielt. Würde das für dich etwas ändern?"

Brandt klopfte Donnelly auf die Schulter. „Natürlich, das würde alles ändern, du Trottel! Das ist eine ganz andere Sache. Eine scharfe Braut, die so was macht, das ist … ein Kunstwerk. Ja. Aber ein Kerl? Das ist krank."

„Für dich ist es das. Aber für Leute, die auf Männer stehen … na ja."

Brandt schielte zu seinem Kollegen. „Willst du mir irgendetwas sagen?"

„Leck mich am Arsch. Ich will doch nur sagen, dass es Leute gibt, die diese Typen genau so betrachten wie wir Frauen. Jedem Tierchen sein Pläsierchen, Mann."

„Na ja. Dieser Trent scheint ja einige Pläsierchen zu haben. Was er da mit seiner anderen Hand gemacht hat – was zur Hölle war das? So was kann sich doch gar nicht gut anfühlen!"

Donnelly sah wieder so aus, als wäre ihm übel. „Um ehrlich zu sein, habe ich nicht so genau hingeschaut. Nach diesem langsamen, ausgiebigen Kameraschwenk von seinem Rücken zu seinem Hintern habe ich lieber weggeguckt. Ich muss wirklich keinem anderen Typen in die Arschfalte starren."

„Ist ja super. Was für einen tollen Partner ich mit dir doch habe."

„Tut mir leid. Wenn du das machst, werde ich jede einzelne Sekunde wie gebannt zuschauen."

„Gar nichts wirst du. Ich will nicht, dass irgendjemand irgendetwas zu sehen kriegt. Was, wenn meine Familie Wind davon bekommt?"

„Wie jetzt? Meinst du, dein Dad hat einen Account bei *Str8 Frat Dudes*?"

Brandt schaute Donnelly finster an. „Diese ganze Sache könnte meine Zukunft ruinieren. Das Internet vergisst nichts. Der Chief sagt, sie würden die gerichtlich dazu verpflichten, kein Videomaterial zu nutzen, in dem ich auftauche, wenn die Sache erledigt ist, aber ich glaube nicht, dass das etwas bringt."

Donnelly sah sehr ernst aus. „Du hast dafür unterschrieben, und das weißt du. Manchmal muss man hässliche Arbeit machen, um Gutes zu bewirken."

Brandt lachte bitter auf. „Mit hässlich könnte ich leben. Was das hier angeht, bin ich mir nicht so sicher."

„Wie sieht denn deine Hintergrundgeschichte aus?"

„Ich gehe da mit dem Handwerkertrupp hin, die das Badezimmer renovieren. Offiziell finanziere ich mir so mein College, aber mein Handwerkerlohn ist zu knapp. Ich soll mich mit den Typen unterhalten, die dort arbeiten, und fragen, ob sie mich nicht weiterempfehlen können oder mir ein Vorsprechen arrangieren können. Das ist alles."

„Okay, das ist ziemlich unmissverständlich. Wenn du irgendetwas brauchst, sag Bescheid."

„Neue Würde könnte ich gebrauchen, wenn das Ganze vorbei ist."

„Ach, komm, so schlimm wird es schon nicht. Die meisten Kerle masturbieren jeden Tag für lau – du wirst dafür bezahlt. Wie geil ist das denn bitte?"

„Habe ich dir schon mal gesagt, dass deine optimistische Art der Grund ist, warum dich alle hassen?"

„Nein, aber danke dir."

„Gern geschehen, Arschloch. Und jetzt raus hier, damit ich mich in Ruhe mit meinem Schicksal abfinden kann. Komm aber bloß morgen zurück, damit du mir helfen kannst, mich vorzubereiten!"

„Oooh, soll ich dir die Brust rasieren?"

„Fick dich ins Knie, Donnelly."

„Gott, da ist aber jemand empfindlich!"

4

AM NÄCHSTEN Morgen kehrte Donnelly zurück und man merkte ihm seinen Jägermeisterkater verblüffenderweise kaum an.

„Also, womit legen wir los?", fragte er. Er hatte das ganze Frühstück über darüber nachgedacht, was sein Kollege für diesen Auftrag opferte und er hatte vor, ihm dabei nach Kräften zu helfen.

„Mit einer Einsatzbesprechung geht's los. Wahrscheinlich dauert die den ganzen Morgen über. Und dann müssen wir mich in einen Handwerker verwandeln."

Die Besprechung führten ein stellvertretender Bezirksstaatsanwalt und der Chief. Brandt hatte einen ganzen Fragenkatalog parat.

„Ich muss erst einmal wissen, warum wir die ganze Mission durchführen", erklärte er zu Beginn der Sitzung. Donnelly war ein wenig überrascht von seiner direkten Ansprache, aber Brandt hatte genug Ansehen, um sich das leisten zu können.

Der Chief räusperte sich und warf dem Staatsanwalt einen bedeutsamen Blick zu. Dieser folgte dem Wink.

„Dem Justizminister ist sehr daran gelegen, die Öffentlichkeit vor Obszönitäten aus dem Internet zu bewahren."

„Ich dachte, ich soll Informationen zu der Steuerhinterziehung sammeln?"

„Nun, ja, aber im Endeffekt sind diese schmierigen Internetgeschäfte doch …"

Brandt wandte sich an den Chief. „Worum geht es denn nun? Um Steuern oder irgendwelchen moralischen Quatsch?"

„Um Steuern. Es geht um Informationen bezüglich der Abgabenordnung 164.32."

„Haben Sie vor, die Männer, die dort arbeiten, strafrechtlich zu belangen?", fragte Brandt jetzt wieder an den Staatsanwalt gerichtet.

Dieser runzelte die Stirn und grummelte abweisend. „Wer schert sich schon um die? Wenn wir die ganze Organisation wegen Steuerhinterziehung drankriegen, sind sie ohnehin alle arbeitslos. Auf Nimmerwiedersehen!"

„Aber sie werden nicht angeklagt."

Der Bezirksstaatsanwalt lehnte sich über den Tisch. „Es ist mir scheißegal, was mit denen passiert. Sorgen Sie dafür, dass wir dieses Etablissement dichtmachen können und dann können die kleinen Schwuchteln meinetwegen in der Versenkung verschwinden. Ist mir so was von egal."

Donnelly stand auf, entschuldigte sich und verließ den Raum.

BRANDT WANDTE sich wieder an den Chief. „Ich muss wissen, ob die Männer in dem Haus strafrechtlich verfolgt werden sollen. Wenn nicht, dann kann ich meine Informationen sammeln, ohne mir Gedanken darüber zu machen, irgendjemandem aus Versehen ein Bein zu stellen. Wenn sie auch verdächtig sind, dann würde das die ganze Sache verkomplizieren."

„Wie ich Ihnen bereits gesagt habe, Officer Brandt: Es geht um Steuern. *Nur* um Steuern." Der Chief warf dem Bezirksstaatsanwalt einen derart grimmigen Blick zu, dass dieser sich zurücklehnte und in Schweigen verfiel. Schließlich nickte er.

„Gut", sagte Brandt. „Wenn Sie mich jetzt entschuldigen würden. Ich muss mich langsam vorbereiten."

Er fand Donnelly an ihrem gemeinsamen Arbeitsplatz.

„Der Typ war ja mal ein richtiges Arschloch", stellte Donnelly zur Begrüßung fest.

„Aber echt. Allerdings haben mir alle bestätigt, dass es nur um Steuerhinterziehung geht, also können wir loslegen. Ich denke, ich brauche was Passendes zum Anziehen. Also, ich soll wie ein Zimmermann aussehen, aber, na ja … du weißt schon …"

„Was soll ich wissen?", fragte Donnelly mit ahnungslosem Gesichtsausdruck.

„Du weißt schon, ein bisschen sexy, oder so."

Darüber schien Donnelly sich einen Augenblick den Kopf zu zerbrechen. „Bist du jemals einem Zimmermann begegnet? Ich glaube nicht, dass Attraktivität zu den Grundvoraussetzungen für diesen Job zählt."

„Natürlich nicht, du Idiot. Aber für *meinen* Job ist das wichtig. Meine Mom hat mal eine Geburtstagskarte mit einem Bild von einem Typen mit Werkzeuggürtel bekommen. Irgendwas in der Art brauchen wir."

„Warum druckt man einen Typen mit Werkzeuggürtel auf eine Geburtstagskarte?"

„Meine Fresse. Das war das einzige, was er anhatte. Das war irgendein Witz über Gerätschaften oder so was. Weißt du? *Gerätschaften.*"

„Also kaufen wir dir einen Werkzeuggürtel und du marschierst dann da rein und trägst nichts weiter? Klingt nicht sehr überzeugend."

Brandt seufzte und rieb sich über die Stirn. „Du bist so ein Penner, weißt du das?"

„Tut mir leid. Ich versuche nur, das alles zu verstehen."

„Ja, ich doch auch. Wir müssen Klamotten kaufen, die den Typen in diesem Haus signalisieren, dass ich möglicherweise dort arbeiten wollen würde."

„Verstanden. Los geht's!"

9

5

DONNELLY FUHR zu einer Einkaufsstraße in der Innenstadt, wo sich verschiedene Bekleidungsgeschäfte zwischen Cafés und Antiquitätenläden drängten. Brandt war verwirrt.

„Gehen wir nicht ins Einkaufszentrum, oder so? Was suchen wir denn hier in der Innenstadt?"

„Wenn du normale Berufsbekleidung brauchst, wäre das schon in Ordnung. Aber wir müssen dich herausputzen, also sind wir hier schon richtig."

Brandt warf seinem Kollegen einen skeptischen Blick zu. „Woher weißt du, wo man sexy Handwerkeroutfits herbekommt?"

„Habe ich dir schon mal von meinem Bruder erzählt?", fragte Donnelly, während er seinen Wagen vor einer Kombination aus Waschsalon und Sushi-Restaurant parkte.

„Du hast nur gesagt, dass er in der Army war und nicht aus Afghanistan zurückgekehrt ist."

„Das stimmt. Vor ungefähr fünf Jahren wurde er von einer Sprengbombe am Straßenrand erwischt." Donnellys Seufzer war voll von alter Traurigkeit. „Wie auch immer. Hier hat er am liebsten eingekauft."

Brand betrachtete die Geschäfte ringsum. „Ernsthaft? Ich sehe hier nicht viel, wofür sich ein Typ von der Army interessieren könnte. Ich meine – Antiquitäten? Und diese Bar hier heißt *Parasol* und alle nippen an Fruchtcocktails mit kleinen Schirmchen. Und guck dir das da an …" Er deutete auf die andere Straßenseite zu einer Bar mit dem Namen *Harley's*. „Alle in Lack und Leder, aber weit und breit kein Motorrad in Sicht. Und kommt es dir nicht komisch vor, dass hier so gut wie keine Frauen herumlaufen?"

Donnelly stöhnte ungeduldig. „Gut beobachtet, Sherlock. Wir sind hier im Schwulenviertel. Wusstest du das nicht?"

Brandt blieb wie angewurzelt stehen. „Im was?"

„Im Schwulenviertel. Ich dachte, jeder weiß über die Alta Avenue Bescheid."

„Aber dein Bruder …"

„Schwul wie ein Rudel Frisöre."

„Aber er war doch in der Army …"

„Ja, und ist für ein Land gestorben, das ihm nicht erlaubt hätte, zu heiraten. Umwerfend, nicht wahr?"

Brandt verfiel einen Moment lang in Schweigen. „Ja, wenn man es so sieht, ist das schon irgendwie scheiße."

„Absolut. Und jetzt kaufen wir ein paar sexy Handwerkeroutfits."

Ihr Ziel war *Camp & Dragg,* Spezialisten für „Bekleidung für den Arbeiter." Oder vielmehr für Männer, die gerne wie Arbeiter aussehen wollten. Sie traten ein und standen einen Augenblick still, überwältigt von dem riesigen Aufgebot an funktionellen und trotzdem stylischen Jeanswaren, Karomustern in vielen ungewöhnlichen Farbkombinationen und unzähligen Stahlkappenschuhen. Direkt vor ihnen waren auf einem Tisch verschiedene Werkzeuggürtel ausgestellt, einschließlich eines Exemplars, das über Halterungen sowohl für eine Fleshlight, als auch für mehrere Dildos verfügte.

„Äh, Donnelly, ich glaube nicht, dass das hier ..."

„Ooh! Wie kann ich Ihnen beiden heute dienen?", rief der Verkäufer, ließ von den Bandanas ab, die er gerade zusammenfaltete und hielt geradewegs auf die beiden Polizisten zu. Er musterte sie beide von oben bis unten mit scharfem Blick. „Wonach suchen wir denn, meine Herren?"

Brandt lief feuerrot an und presste die Lippen aufeinander. Er hoffte zutiefst, dass Donnelly die Initiative ergreifen würde. Was dieser dann auch tat.

„Mein Freund hier", er deutete auf Brandt, „sucht nach etwas, das zeigt ‚Hey, ich bin ein Zimmermann.' Aber auf eine sexy Art und Weise, wenn Sie verstehen."

„Donnelly, halt die ..."

„Oh, für Ihren Freund", gurrte der Verkäufer und wandte sich an Brandt. „Verstehe. Dann schauen wir mal, ob wir finden, wonach Sie suchen. Mir nach!" Er schritt davon.

Donnelly gab Brandt einen Klaps auf den Arm und zischte: „Sei nett! Er hilft uns schließlich."

„Musste das mit dem ‚sexy' sein? Ich will nicht, dass er auf falsche Gedanken kommt."

Donnelly warf ihm einen bedeutsamen Blick zu. „Du versuchst, dir einen Sex-Cam-Job zu erschleichen. Auf welchen falschen Gedanken soll der Typ bitteschön kommen?"

Brandt knurrte unterdrückt und folgte Donnelly durch den Laden.

„Ich glaube, Gentlemen, dass die hier", der Verkäufer hielt eine Destroyed-Jeans in die Höhe, „mit dem hier", ein Muskelshirt mit dem Schriftzug einer Firma namens *ACME Erections* gesellte sich zu der Hose, „und natürlich dem hier", einem Werkzeuggürtel aus derbem Leder, an der ein Karabinerhaken mit einer Gleitgeltube baumelte.

„Ach du heilige Scheiße", flüsterte Brandt.

„Zu heftig?", schmollte der Verkäufer, sichtlich enttäuscht, dass er übers Ziel hinausgeschossen war.

„Ähm, okay, Bryce?", setzte Donnelly nach einem Blick auf das Namensschild aus gebürstetem Nickel an. „Es geht um Folgendes, Bryce. Mein Partner hier", er zuckte zusammen, kaum dass er das Wort ausgesprochen hatte, „muss wie ein Zimmermann aussehen, aber er soll auch, ähm, Aufmerksamkeit erwecken. Wenn

Sie verstehen, was ich meine." Er warf Bryce einen bedeutungsvollen Blick zu, die Augenbrauen vielsagend hochgezogen.

„Ah, Sie gehen also auf eine Kostümparty! Hoffen wohl, dass Sie mit Ihrem Hammer auf ein schönes Stück Holz treffen?" Zwinker, zwinker.

Brandt verdrehte die Augen. Das war ja noch schlimmer, als er sich ausgemalt hatte.

„Nein, nein, darum geht es nicht", erklärte Donnelly. „Wissen Sie", er bedeutete Bryce ein Stück näher zu rücken, „wir sind hetero."

„Oh, das tut mir so leid", erwiderte Bryce.

„Ja, gut, danke." Donnelly atmete verwirrt durch. „Wie auch immer. Mein Kumpel hier versucht einen Modeljob zu ergattern."

„Aha, ich verstehe", sagte Bryce und musterte Brandt von Kopf bis Fuß. Ganz offensichtlich stellte er sich Brandt als Model für Jockstraps oder Sonnencreme vor.

„Und um zum Casting zugelassen zu werden, muss er als Handwerker posieren. Aber je attraktiver er aussieht, desto eher werden sie von ihm Kenntnis nehmen."

„Na ja, ich denke, sie werden ohnehin von ihm Kenntnis nehmen, weil … Herrgott." Bryce' Zungenspitze fuhr von einem Mundwinkel zum anderen. Er lehnte sich näher zu Donnelly. „Ihr Heterofreund ist heiß."

„Wir sind beide hetero, schon vergessen?"

„Selbstverständlich nicht." Bryce zwinkerte Donnelly zu. „Aber die Leute, für die er modeln will, sind doch bestimmt schwul, habe ich recht?"

„Na ja, nicht ganz. Die, die ihn zur Kenntnis nehmen sollen, sind hetero, zumindest der Website zufolge."

Diese neue Information musste Bryce erst einmal verdauen. „Also, um es zusammenzufassen: Ihr Heterofreund soll sich als sexy Handwerker verkleiden, um andere Heterokerle zu verführen?"

Das klang irgendwie daneben. Donnelly seufzte und seine Lippen bewegten sich, während er offensichtlich das Gespräch im Geiste durchging, um herauszufinden, wo er falsch abgebogen war. Allerdings hatte Brandt in der Zwischenzeit seine Stimme wiedergefunden.

„Ich muss maskulin und sexy aussehen, und so, als würde ich mich für den richtigen Preis auch meiner Klamotten entledigen", erklärte er ruhig.

„Oh! Warum sagen Sie das denn nicht gleich? Da habe ich genau das Richtige. Gehen Sie beide doch schon mal in die Umkleide. Ich komme gleich zu Ihnen. Sie haben …", Bryce kniff ein Auge zu und schob seinen Kopf nach vorn, „…Bundweite 30, Beinlänge 32, richtig? Und einen Brustumfang von 106 Zentimetern?"

Brandt nickte.

„Und ein 12-Zentimeter-Gemächt … im Ruhezustand", murmelte Bryce, während er durch den Gang davonschritt.

Brandt und Donnelly gingen in den großen Umkleideraum. Einen Augenblick später platzte Bryce mit einem riesigen Stapel Klamotten hinein.

„Hier. Das, das und das", ordnete er an. Er war ganz in seinem Element und schleuderte Brandt eine Jeans, zwei Hemden und einen Werkzeuggürtel entgegen. Dann richtete er sich auf, um sein Werk zu begutachten.

Brandt wartete einen Augenblick darauf, dass er sich zurückzog, aber da er sich nicht vom Fleck rührte und Brandt nicht mit der Etikette schwuler Umkleidekabinen vertraut war, begann er sich umzuziehen. Er zog sein Hemd aus und registrierte, wie Bryce scharf nach Luft schnappte, als sich sein Oberkörper entblößte. Dann knöpfte er die Jeans auf und streifte auch diese ab.

„Halt! Warten Sie!", rief Bryce. „Das ist alles falsch!" Er zeigte auf Brandts Unterwäsche, die eindeutig aus einem Kaufhaus mit erschwinglichen Preisen stammte. „Ihre Dessous müssen sagen: ‚Zerreiß mich, ich stecke voller Wunder!' Die hier sagen: ‚Schau weg, während ich dein Steuerformular ausfülle.' Ich bin ratzfatz zurück!"

Er flitzte davon und ließ Brandt in seiner schäbigen Unterwäsche zurück, während Donnelly vergeblich versuchte sein Lachen zu unterdrücken.

„Hmm. Bryce gefällt also meine Unterwäsche nicht. Verdammt, ich wollte doch so sehr einen guten Eindruck machen."

„Überlass das dem Experten. Der Typ muss der Unterwäscheflüsterer in Person sein!"

BRYCE STAND vor der überwältigenden Unterwäscheauswahl, die von schlicht skandalös auf der linken Seite bis hin zu regelrecht schockierend auf der rechten reichte. Er dachte nach. Aber so sehr ihm die Vorstellungen in seinem Kopf gefielen, dieses Wahnsinnsbild von einem Mann hinten in der Umkleidekabine würde sich ohnehin nicht allzu entzückt zeigen. Also griff er mit sicherer Hand nach einem Set von der Mitte des Tischs und kehrte zu seinen Kunden zurück.

„Hier. Probieren Sie diese." Galant reichte er das Paket an Brandt weiter.

„*Ginch Gonch*? Was soll das denn für ein Name sein?"

„Ein Name, der den Herren, die Sie beeindrucken wollen, durchaus geläufig sein dürfte", erklärte Bryce geduldig. Er verdrehte die Augen. Typisch Heteros.

Brandt starrte den buntgemusterten tiefsitzenden Slip an.

„Schätzchen, Sie müssen ihn schon anziehen, damit er seine Wirkung tut."

Brandt warf Donnelly einen Blick zu, der sich wiederum mit flehendem Blick an Bryce wandte.

„Oh, natürlich. Ich respektiere Ihr Schamgefühl." Bryce drehte sich um. Dank der Spiegel in der Umkleidekabine konnte er Brandts entzückenden Körper trotzdem aus vier verschiedenen Winkeln wahrnehmen. Kein Grund zur Enttäuschung.

Brandt streifte seine billigen Boxershorts ab und schlüpfte in den extravaganten Slip. Bryce gab sein Bestes, weiterhin ruhig zu atmen – Brandt war ja noch besser ausgestattet, als er es erhofft hatte. Und dieses Hinterteil!

„Alles klar, und jetzt den Rest!"

Brandt zog eine Diesel-Jeans an, die an strategisch günstigen Stellen zerrissen war, sodass der Blick auf verschiedene intime Stellen preisgegeben wurde, und ergänzte sie mit einem extrem engen weißen Unterhemd und einem kunstvoll ausgefransten Karohemd.

„Der Gürtel, der Gürtel!", drängte Bryce atemlos.

Brandt legte den Werkzeuggürtel um die Hüfte. Wie aufs Stichwort schoss Bryce nach vorn, um ihn zu lockern, damit er locker auf einer Seite von Brandts Hüfte saß.

„So. Perfekt." Bryce trat zur Seite, sodass Brandt und Donnelly sein Werk im Spiegel bewundern konnten. Der Verkäufer trat hinter Brandt, griff an seinen tiefhängenden Hosenbund und zog die Jeans noch ein Stück weiter nach unten, sodass der *Ginch-Gonch*-Bund sichtbar wurde. „Noch perfekter", stellte er fest.

Brandt und Donnelly starrten in den Spiegel.

„Junge, du siehst aus, wie …"

„Ja, finde ich auch", stimmte Brandt zu.

Donnelly wandte sich an Bryce. „Wir nehmen alles."

„Ich hab's gewusst – Sie hatten schließlich keine Wahl, oder? Mein lieber Junge, die Männer werden Ihnen zu Füßen liegen – selbst die Heteros." Und mit einem letzten Blick auf sein Machwerk hastete Bryce zur Kasse, um die Waren einzutippen.

6

SPÄTER SAßEN die beiden Polizisten in Brandts Wohnung, tranken Bier und starrten auf das auf dem Sofa ausgebreitete Handwerkeroutfit.

„Glaubst du wirklich, dass das funktioniert?", fragte Brandt, zum allerersten Mal in seiner Karriere nicht davon überzeugt, den Auftrag des Chiefs erfüllen zu können.

„Das, mein lieber Freund, hängt ganz von dir ab", antwortete Donnelly. „Und du hast deinen Job immer gut erledigt, also wirst du auch das hier meistern."

„Ich weiß deine Zuversicht wirklich zu schätzen. Wäre schön, wenn ich sie teilen könnte."

„Wird schon schiefgehen. Ich bin nur eine SMS entfernt, wenn du mich brauchst."

„Danke, Mann. Das bedeutet mir wirklich viel."

Sie tranken ihr Bier aus.

„Wir hauen uns lieber mal aufs Ohr", sagte Brandt seufzend. „Das Team soll morgen früh um sieben dort im Haus auftauchen."

„Ach, das Leben eines einfachen Handwerkers. Ehrliche Arbeit."

„Die mit einem äußerst unehrlichen Lohn vergolten wird – wenn ich Glück habe."

„Hmm. Na, dann mal bis morgen. Ich fahre dich zur Baufirma."

Am nächsten Morgen fuhren Donnelly und Brandt um halb sieben zum Handwerksunternehmen, einem riesigen, nichtssagenden Schuppen am Stadtrand. Donnelly parkte ein, griff auf den Rücksitz und reichte Brandt eine Papiertüte.

„Hier. Ich habe dir ein Lunchpaket gemacht."

Brandt nahm die Tüte und schaute Donnelly an. „Was hast du gemacht?"

„Na ja, ich musste einfach daran denken, wie du in deinem knappen Handwerkeroutfit zwischen den ganzen echten Kerlen herumsitzt und wollte dir einfach was Gutes tun."

Brandt sagte nichts dazu. Er nickte.

„Jetzt schnapp sie dir, Sexbombe!", rief Donnelly, während Brandt aus dem Wagen stieg. Der seltsame Sitz seiner Hose, die rutschte, wo sie hätte festsitzen sollen und eng war, wo er es am wenigsten erwartete, machte dies zu einer ungewöhnlich großen Herausforderung.

„Danke, Partner", brummte er und schlug die Tür zu.

Er betrat den Betrieb und stellte sich unter seinem Decknamen Jason vor, und falls die anderen Arbeiter bemerkten, dass er eine sportliche Jeans trug, die mehr kostete, als alle Hosen des achtköpfigen Teams zusammen, so ließen sie es ihn nicht merken.

Der Vorarbeiter Willy rief Brandt zu sich.

„Also, Neuer", setzte er an.

„Jason", gab Brandt zurück, um sowohl seinen Vorgesetzten als auch sich selbst an seinen Namen zu erinnern.

„Richtig, Neuer. Pass auf, unsere Baustelle wird ein bisschen seltsam."

Brandt setzte einen verwirrten Gesichtsausdruck auf.

„Was ist so seltsam daran?"

„Ich habe dem Boss schon letzte Woche gesagt, dass dort etwas nicht stimmt. Das Haus ist purer Luxus, alles vom Feinsten, aber dort wohnt nur eine Gruppe College-Jungs. Ich weiß, wie Studenten normalerweise leben. So definitiv nicht. Zweitens sieht das Bad, das wir renovieren, so aus, als würde es zu einem Filmset gehören. Ich weiß nicht, wer das Ganze bezahlt, aber sie geben ungefähr eine Viertelmillion Dollar dafür aus – für ein Badezimmer! Das nur von Collegestudenten genutzt wird!" Er schüttelte ungläubig den Kopf.

„Und was heißt das für mich?", fragte Brandt unumwunden in der Hoffnung auf nützliche Informationen.

„Dazu komme ich jetzt. Drittens sind dort überall Kameras. An den Wänden, in der Decke – wie in einem Casino. Selbst im Badezimmer! Ich habe das Gefühl, als würden sie darauf warten, dass wir nachlassen oder schlampig arbeiten, um uns dann – zack! – anzuscheißen. Also pass auf dich auf, klar?"

Brandt nickte und unterdrückte ein Lächeln. Der Vorarbeiter hatte eindeutig keine Ahnung, was in diesem Haus wirklich vor sich ging, aber er hatte genug bemerkt, um seinen Boss zu warnen und die ganze Sache in Gang zu bringen.

„Ich gebe schon acht. Danke."

Die Arbeiterkolonne wurde in einen Van und zwei Trucks verfrachtet und es ging los zur Baustelle, die in einer geschlossenen Wohnanlage in einem der edleren Vororte lag, die die Stadt umgaben. Die Häuser hier standen auf hektargroßen, saftig grünen Wiesen, die von einer ganzen Gärtnerarmee akribisch getrimmt wurden. Sie bogen in die Auffahrt eines solchen Hauses am Ende einer Sackgasse ein und luden ihre Werkzeuge ab.

Von außen unterschied sich dieses Haus nicht vom Rest der Nachbarschaft. Es war ebenso prunkvoll und gepflegt wie die weit entfernten Nachbarn. Die Kollegen liefen an der Hausseite vorbei, passierten die Garagen (es gab zwei davon) und betraten das Gebäude durch eine mit Plastik verhangene Öffnung in der Wand. Zuerst mussten sie ein Loch in die Außenwand schlagen, das groß genug für einen acht-Leute-Whirlpool war. Der Vorarbeiter Willy konnte ihn sich vermutlich nur voller vollbusiger Frauen im Collegealter vorstellen, aber Brandt vermutete, dass der Nutzen ein ganz anderer sein würde.

Brandt wurde der Gruppe zugeteilt, die die Fundamente für das Herzstück des neuen Badezimmers legten: eine riesige Dusche mit Wänden aus

Klarglas, in der das Wasser aus allen Richtungen strömte. Hier konnte sich ein Dutzend Hausbewohner einseifen – oder sogar noch mehr, wenn alle ein wenig zusammenrückten. Brandt bemerkte, dass rund um die Dusche herum Kameras montiert waren. Es wunderte ihn, dass seinen Kollegen der einzige Nutzen einer solchen Installation offensichtlich entging. Allerdings hätte er es zwei Tage zuvor, bevor er die Videos auf der Website angesehen hatte, wahrscheinlich auch nicht verstanden. Das Bild von Trent, der sich nackt mit Nachdruck in die Matratze presste, ließ ihn schaudern – nicht nur wegen des Anblicks seines behaarten Hinterns, der sich öffnete und wieder schloss, während er sich immer wieder vor- und zurückbewegte, sondern weil Brandt wusste, dass er im Falle seines Erfolgs das gleiche würde tun müssen. Er schloss die Augen und versuchte tief einzuatmen.

„Hey, Neuer! Schnapp dir das!" Und schon war er wieder bei der Arbeit.

Den ganzen Morgen über bekam Brandt keinen der Hausbewohner zu sehen. Sie hielten sich eindeutig von der Baustelle fern. Irgendwie musste er aber eine Begegnung provozieren.

„Willy, ich brauche mal 'ne Pause", sagte er kurz vor der Mittagspause. Er hoffte, Willy würde von allein darauf kommen, welche Art von Pause er meinte.

„Durch die Tür, dann nach links. Am Ende des Ganges ist eine funktionierende Toilette."

Brandt verließ die Baustelle und folgte Willys Wegbeschreibung. Er fand das Badezimmer und nachdem er sich versichert hatte, dass ihn keine Kameras beobachteten, begann er sich ein wenig umzusehen. Mehrere Türen im Flur waren verschlossen, aber eine war nur angelehnt. Vorsichtig trat er näher heran und horchte auf die Geräusche auf der anderen Seite der Tür.

Ein Blick durch den Türspalt gab Brandt den Blick auf einen Mann frei, der ein bisschen jünger sein mochte als er selbst und auf dem Bett lag, ein Handtuch um die Hüfte geschlungen und einen aufgeklappten Laptop am Fußende. Er strich sich geistesabwesend über den Oberkörper und Brandt registrierte seine aufgerichteten Brustwarzen. Dann wurde ihm bewusst, was ihm da soeben aufgefallen war und ihm wurde etwas mulmig zumute. Aber er musste an seinen Job denken.

Der junge Mann auf dem Bett ließ die Hand über seinen Unterbauch und unter das Handtuch gleiten. Er rieb über seinen Schwanz, der immer noch vor neugierigen Augen verborgen war und sichtlich reagierte. Dann löste er den Knoten seines Handtuchs und hob die Hüften, als er es unter sich hervorzog. Er ließ es neben dem Bett zu Boden fallen und lehnte sich dann, völlig nackt, mit schwellender Erektion zurück.

Brandt wusste nicht, was er erwartet hatte, aber nachdem er Trents Video vor zwei Tagen angesehen hatte, wusste er, dass diese Typen sich nicht so einen runterholten, wie er es tat. Er selbst tat es, um Druck abzulassen, und je weniger Zeit das kostete, desto besser. Wie beim Naseputzen – etwas musste raus und sobald es draußen war, ging das Leben weiter. Die Hausbewohner hier hielten es anders. Trent hatte in seinem Video fast eine Stunde damit verbracht, sich einen runterzuholen, zu duschen und dann alles wieder von vorn zu beginnen – ein Musterbeispiel für Ineffizienz, wie Brandt fand. Und dieser Typ hier schien Ähnliches zu planen. Im Moment spielte er mit seinen Eiern herum (*wer machte denn so was?*) und machte keine Anstalten, sich mit seinem beeindruckenden steifen Glied zu beschäftigen.

Brandt war der Baustelle schon zu lange ferngeblieben und es wurde Zeit, sich auf den Rückweg zu machen. Er warf einen letzten Blick auf den Mann im Zimmer, um ihn am Abend auf der Website identifizieren zu können. Es wäre nicht schlecht, ein paar Informationen zu sammeln. Sein Blick blieb kurz auf dem massiven Stück Fleisch zwischen den Beinen hängen. *Verdammt!*, dachte Brandt, bevor er sich versah. Leise trat er von der Tür zurück und machte sich wieder auf den Weg zur Baustelle.

Später am Tag, als die Bauarbeiterkolonne gerade mit dem Aufräumen beschäftigt war, bemerkte Brandt überrascht, dass der junge Mann aus dem Schlafzimmer ins unfertige Badezimmer trat. Er schaute sich kurz um, bevor sein Blick an Brandt hängen blieb.

Oh, Scheiße. Er hat mich bestimmt gesehen. Das war's.

Der Jüngere trat auf Brandt zu und musterte ihn kühn von Kopf bis Fuß. Sein Blick blieb am sichtbaren Bund von Brandts ausgefallener Unterwäsche hängen und ein leichtes Grinsen umspielte seine Lippen. Er schaute Brandt ins Gesicht und streckte die Hand aus.

„Hey. Ich bin Nick", sagte er, als wäre es etwas Alltägliches für ihn, sich der Bauarbeiterkolonne vorzustellen.

Brandt schaute auf die Hand hinab, die er heute schon einmal gesehen hatte, wie sie Nicks Eier quetschte. Wollte er den Handdruck wirklich erwidern? Dann kamen ihm zwei Gedanken zugleich: erstens, dass Nick sich vermutlich nach seiner Sitzung geduscht hatte, wie sie das wohl alle taten, und zweitens, dass jede männliche Hand, die er in seinem Leben geschüttelt hatte, wohl schon zur Masturbation genutzt worden war. Diese plötzliche Sexualisierung seiner Mitmenschen – vielmehr seiner Mitmänner – erschreckte ihn. Trotzdem nahm er Nicks Hand und schüttelte sie.

„Jason. Schön, dich kennenzulernen."

„Ebenso. Ich habe dich hier noch nie gesehen. Bist du neu?"

„Habe heute erst angefangen. Ihr habt ein irres Haus."

„Ja, ist ganz nett. Hast du schon viel davon gesehen?"

„Nein, ich bin nicht dazu gekommen und außerdem sollte ich die Baustelle nicht verlassen."

Brandt hoffte, dass Nick ihn dazu überreden würde, diese Regel zu brechen. Sein durchtriebenes Grinsen deutete ganz darauf hin.

„Tja, wie wäre es, wenn ich morgen so gegen Mittag vorbeikomme und dich ein bisschen herumführe? Die können dir ja kaum vorschreiben, was du in deiner Pause machst, oder?" Nick strich sich beiläufig mit der Hand über den Bauch und hob sein Oberteil ein Stück weit an, um seine gebräunten Bauchmuskeln zu präsentieren – Muskeln, die Brandt schon gesehen hatte. Dann zwinkerte Nick, wie um eine Abmachung zu treffen.

Hat er mir gerade zugezwinkert?, dachte Brandt panisch. *Ruhig bleiben – ganz ruhig ...*

„Das wäre großartig. Um halb zwölf haben wir Mittagspause."

„Alles klar, also bis dann. Und mach dir nicht die Mühe, dein eigenes Mittagessen mitzubringen. Ich lade dich ein." Nick streckte die Hand aus und klopfte Brandt auf die Schulter. Dann drehte er sich um und verließ das Bad.

Ich bin drin, dachte Brandt. *Scheiße, Mann, ich bin drin.*

Er griff nach seinem Smartphone und verschickte eine kurze Nachricht an Donnelly: „Muss nach der Arbeit zu Bryce – brauche mehr Klamotten für morgen."

Die Antwort kam prompt. „Schön zu hören! Bis später."

7

NACHDEM ER Brandt vom Handwerksbetrieb abgeholt hatte, wollte Donnelly wissen, wie sein Tag gelaufen war.

„Na ja", setzte Brandt an. „Ich habe meinen ersten Live-Dreh miterlebt. Ein Typ namens Nick hat sich einfach auf dem Bett ausgebreitet und losgelegt."

„Vor deinen ganzen Kollegen?", keuchte Donnelly.

„Nein, du Blödnase. Er hatte seine Tür nur angelehnt und ich konnte ihn vom Flur aus beobachten. Ich glaube, dass er mich auch gesehen hat. Später kam er nämlich auf die Baustelle und hat sich mir vorgestellt. Ich glaube, er denkt, ich stehe auf ihn, oder so – wirklich, der hat mich voll angeflirtet. Glaube ich."

„Was soll das heißen: du glaubst?"

„Woher weiß ich denn, wenn ein Typ mit mir flirtet?"

„Mensch, du bist selbst einer. Du wirst doch schon mal in deinem Leben geflirtet haben, irgendwann in deiner bewegten Vergangenheit?"

Brandt verdrehte die Augen. „Ja, habe ich. Aber mit Frauen. Das ist was anderes."

„Inwiefern?"

Brandt starrte seinen Kollegen an. „Inwiefern? Du fragst mich, inwiefern sich miteinander flirtende Kerle von einem Mann unterscheiden, der mit einer Frau flirtet?"

„Ja, genau. Mich interessiert das."

„Na ja, ich werd's dir jedenfalls nicht erklären. Das ist einfach was anderes." Im Moment wusste Brandt selbst nicht genau, wo eigentlich der Unterschied lag und das machte ihm Sorgen. Glücklicherweise hielten sie gerade vor *Camp & Dragg*.

Sie waren kaum durch die Tür getreten, als Bryce auf sie aufmerksam wurde. Brandt trug immer noch das Outfit, das er am Vortag für ihn ausgesucht hatte.

„Na, wie geht es meinen beiden Lieblingsheteros heute?", rief Bryce zur Begrüßung, während er sich auf sie stürzte. „Ich wusste, dass ihr wieder vorbeikommt. Und, hat die *Ginch Gonch* es rausgerissen?"

Brandt musste widerwillig lächeln. „Das wissen Sie doch ganz genau. Ja, ich denke, das hat sie. Aber ich muss morgen noch mal hin und noch eine Schippe draufjegen. Was haben Sie da?"

Bryce' Augen leuchteten auf. „Oh, Schätzchen, ich habe genau das Richtige. Mir nach!"

Brandt lief ihm hinterher und Donnelly beeilte sich, um Schritt zu halten.

„Wie meine liebe Mutter immer sagte", bemerkte Bryce atemlos, „angle sie dir mit Diesel, aber zieh sie mit Dolce an Land. Habe ich recht?" Er reichte Brandt eine Jeanshose, die sich in seinem hetero Modeverständnis nicht von der unterschied, die er gerade trug. Trotzdem nickte er, um nicht wie ein Hinterwäldler rüberzukommen. Bryce lächelte und wandte sich den Hemden zu.

„Also, das hier ist aus Waschleder. Fühlen Sie mal, na los, fühlen Sie!" Bryce hielt Brandt den Ärmel eines Rehlederhemdes entgegen. Brandt gehorchte. Es war weich, wahnsinnig weich, und doch robust. Brandt musste zugeben, dass es ihm gefiel.

„Und zum Schluss die stoffgewordene Schlichtheit. Das Modell Ehegattenkiller." Er hielt ein weißes geripptes Muskelshirt in die Höhe, das wahrscheinlich nur fünf Dollar gekostet hätte, wäre es von Hanes gewesen, aber, da in Italien handgefertigt, mit fünfundvierzig Dollar ausgezeichnet war. Brandt legte es oben auf den Klamottenstapel auf seinem Unterarm und Bryce geleitete sie wieder zum Umkleideraum.

Dort angekommen wandte sich Brandt an Bryce: „Ich brauche noch eine …"

„Oh, Schätzchen, glauben Sie wirklich, ich hätte das vergessen? Man schickt so ein Paket doch nicht ohne die richtige Verpackung auf die Reise. Ich wähle aus, Sie probieren an, alle anderen werden es lieben." Und damit drehte er sich auf dem Absatz um und verschwand wieder.

Brandts Kopf schwirrte von Bryce' wilder Energie. Er warf Donnelly, in dessen Gesicht sich die gleiche Fassungslosigkeit widerspiegelte, einen Blick zu. Fünf Minuten mit Bryce waren anstrengender als eine Stunde im Fitnessstudio.

Der Vorhang wurde wieder zur Seite gerissen und Bryce tauchte mit einer Schachtel hinter dem Rücken auf. „Hopp, hopp, runter damit, mein kleiner Breeder! Wir haben nicht ewig Zeit!"

Brandt zog seine Oberteile aus und schlüpfte dann aus seiner Jeans. Nur in seinem hellorangefarbenen *Ginch-Gonch*-Slip und Arbeitersocken stand er vor Bryce und Donnelly.

„Und diese hier", bemerkte Bryce atemlos an und öffnete das Paket, das er versteckt gehalten hatte, „ist ein kleiner Wundertäter." Die Unterhose, die er Brandt hinhielt, sah aus wie ein ganz normaler schwarzer Slip, etwas enger, als Brandt es gewohnt war. „Na los, runter mit den Ginchies und los geht's!", blaffte Bryce mit einem gewinnenden Lächeln.

Brandt fand sich damit ab, sein Bedürfnis nach Privatsphäre während dieser Beratungsstunden aufgeben zu müssen. Er holte tief Luft, fuhr mit den Daumen unter den Bund seiner „Ginchies" und zog sie herunter. Bryce holte zischend Luft und Brandt blickte irritiert an sich herunter, um zu sehen, ob irgendetwas an seinen Klamotten nicht stimmte. Er konnte nichts entdecken, nahm sich aber einen Moment Zeit, um sich selbst mit dem zu vergleichen, was Nick während seiner heutigen Performance zum Besten gegeben hatte – und er musste überrascht feststellen, dass er im Vergleich doch ganz gut dastand. Er fühlte Bryce' Blick auf seinem Körper und richtete sich auf, um zu warten, was der Verkäufer für ihn bereithielt.

Bryce näherte sich mit neuer Unterwäsche. „Also, das hier ist von Andrew Christian, auch ein Name, der Ihren Jungs vertraut sein wird. Es wird Ihre Vorzüge betonen. Obwohl, um ehrlich zu sein", er starrte freiheraus in Brandts Schritt, „brauchen Sie in der Hinsicht gar keine Unterstützung. Dennoch … Tragen Sie die hier, und es wird niemandem etwas entgehen." Er reichte Brandt die Unterhose und dieser schlüpfte hinein, einfach froh darüber, wieder etwas anzuhaben.

Er schaute in den Spiegel und konnte kaum einen Unterschied feststellen.

„Nein, nein! Die hat vorne eine kleine Ausbeulung, da gehören Ihre Kronjuwelen hinein!", zeterte Bryce.

Brandt zerrte an der Unterhose und versuchte herauszufinden, wie das funktionieren sollte. Donnelly gackerte hemmungslos, ganz offensichtlich amüsiert darüber, dass sein Kollege eine Anleitung dafür brauchte, wie man Unterwäsche anzog.

„Gestatten Sie?", bot Bryce an und baute sich vor Brandt auf. „Ich bin Profi, stellen Sie sich einfach vor, ich wäre Ihr Arzt." Er zog am Bund der Unterhose und griff entschlossen hinein.

„Hey, Mann, was zur Hölle …?"

Brandt wurde von dem Gefühl unterbrochen, wie sein Schwanz wie von Zauberhand in die Stoffausbeulung wanderte. Es fühlte sich frei und doch gestützt an. Das gefiel ihm.

„Wow, jetzt verstehe ich", flüsterte er, beeindruckt von Bryce' Erfolg.

Diesem jedenfalls schien das, was er sah, ebenso gut zu gefallen. Die Beule in seiner eigenen Hose sprach Bände.

Im Spiegel betrachteten sie alle die gewaltige Ausbuchtung in Brandts Unterhose.

„Oh. Mein. Gott", sagten sie einstimmig.

„Tja", bemerkte Bryce. „Treffer, würde ich sagen. Kann ich sonst noch etwas für Sie tun, Gentlemen? Darf es für Sie auch etwas sein?" Er wandte sich mit beflissenem Gesichtsausdruck an Donnelly.

„Nein! Ne, danke, ist schon gut. Wir nehmen alles", sagte Donnelly eilig und reichte Bryce seine Kreditkarte.

Als sie den Laden wieder verließen, sagte Brandt mit einem Ton, der keinen Widerspruch duldete: „Jetzt brauche ich einen Drink." Er schaute die Straße entlang. Zu Harley's oder in die Parasol-Bar? Da sie schon auf der Parasol-Straßenseite waren, fiel die Entscheidung schnell. Brandt schritt zielstrebig auf die Tür zu, während Donnelly, ganz der treue Partner, ihm folgte.

Der Oberkellner platzierte sie draußen an einem Tisch für zwei, ganz in der Nähe des Gehwegs. Brandt beschlich das Gefühl, dass sie mit Absicht auf den Präsentierteller gesetzt wurden – ein Verdacht, der sich erhärtete, da sich jeder

22

Vorbeigehende nach ihnen umdrehte. Gerade als er die Wahl ihres Lokals noch einmal überdenken wollte, tauchte ein Kellner auf.

„Na, was darf es für euch beide denn sein?", fragte er.

„Mir egal, irgendwas Starkes", brummte Brandt.

„Überraschen Sie uns", warf Donnelly ein und schenkte dem Kellner ein gewinnendes Lächeln, das, da war sich Brandt sicher, sein eigenes stoffeliges Benehmen wieder wettmachen sollte.

„Ist mir eine Ehre", versicherte der Kellner und verschwand ebenso schnell, wie er aufgetaucht war.

Donnelly schaute zu Brandt. „Hey."

„Hey", gab Brandt zurück. Dieser Auftrag ging ihm allmählich an die Nieren und er schaffte es nicht, ruhig zu klingen.

„Du machst das super", sagte Donnelly beschwichtigend. „Das war jetzt gerade dein erster Tag und dafür ist es doch schon ganz gut gelaufen."

„Ja, und außerdem bin ich Stammkunde in einem Unterwäscheladen für Schwule geworden, mein Schwanz wurde von einem Verkäufer geradegerückt und jetzt brauche ich so dringend einen Drink, dass ich mir irgendetwas Mysteriöses mit Papierschirmchen in einer Bar servieren lasse, in der die einzigen Frauen verkleidete Männer sind, die in ein paar Stunden auf die Piste gehen. Im Vergleich zu anderen ersten Tagen war dieser schon wirklich ein Riesending."

„Schau mal, du schiebst nur so eine Panik, weil das ein Undercover-Einsatz ist. Die sind am Anfang immer schwer. Du kommst schon noch rein – wenn du dich erst einmal daran gewöhnt hast, Jason zu sein, wird alles einfacher und natürlicher."

„Hoffentlich behältst du recht. Aber im Ernst, du hast keine Ahnung, wie sich das hier anfühlt."

„Ich bitte um Ihre Aufmerksamkeit!", verkündete der Kellner in diesem Moment. „Ein Walking Orgasm für den Gentleman." Er stellte einen riesigen Drink in Pink und Orange vor Brandt ab. „Und ein Closet Buster für den anderen Gentleman." Donnellys grüner Drink wurde in einem hohen, schmalen Glas serviert. „Probiert und sagt mir, dass ich euch geflasht habe."

Die beiden lehnten sich nach vorn und folgten seiner Anweisung. Die Drinks waren köstlich – und so stark, dass man sie hätte entzünden können. Brandt und Donnelly nickten.

„Sie ... haben uns geflasht", gab Donnelly zu, eindeutig in der Hoffnung, dass das den Kellner zum Gehen bewegen würde. Mit einem Zwinkern verschwand der wieder.

„Fuck", sagte Brandt, angelte sich seinen Strohhalm und nahm einen ausgiebigen Schluck von seinem bunten Getränk.

„Also, wie sieht dein Plan für morgen aus?", fragte Donnelly, als Brandt sich halbwegs durch seinen Orgasm gearbeitet hatte.

„Na ja, bis zu meinem Traumdate mit Nick um halb zwölf bin ich ein Handwerker. Und danach ... wer weiß? Ich hoffe, dass ich mich zum Mittagessen ins Haus hineinmogeln kann." Er nahm einen weiteren Schluck. „Am besten fahren wir gleich zu mir und checken diesen Nick ab."

„Ich dachte, das hättest du heute schon", murmelte Donnelly mit einem gutmütigen Grinsen.

„Hahaha. Ich meine, dass wir mehr über ihn herausfinden sollten – sein Profil auf der Website überprüfen. Vielleicht hilft mir das, einen Draht zu ihm zu bekommen."

„Ist ja gut, aber sind das nicht ohnehin fiktive Profile? Ich meine, steht da irgendetwas über die Jungs drin, das stimmt?"

„Keine Ahnung. Aber wenn ich weiß, was auf der Seite so über ihn zu finden ist, bin ich nicht komplett im Blindflug unterwegs."

Sie tranken ihre Cocktails aus, zahlten (jemand hatte eine Telefonnummer auf die Rechnung gekritzelt – Donnelly verdrehte die Augen und steckte sie ein) und kehrten in Brandts Wohnung zurück.

Auf der Website von *Str8 Frat Dudes* war kein Nick zu finden, also scrollten sie durch die Bilder, bis sie ihn entdeckten. Online trat er anscheinend unter dem Namen Rick auf.

„Total anonym, was? Einen Buchstaben hat er geändert. Das bringt bestimmt niemanden auf seine Spur", brummte Brandt.

„Na ja", seufzte Donnelly und schüttelte müde den Kopf. „Vielleicht ist ihm ja egal, wer alles weiß, was er im Netz so treibt. Vielleicht ist seine Familie damit einverstanden und seine Freunde wissen Bescheid."

Brandt schaute Donnelly an. „Ernsthaft? Der Typ masturbiert vor laufender Kamera. Für Fremde. Für Geld. Würdest du so etwas deiner Familie auf die Nase binden?"

Donnelly zuckte nur die Schultern.

Brandt klickte auf Nicks Profil. Es war die atemberaubende Standardbeschreibung, die man in jedem Profil auf dieser Seite finden konnte – wie maskulin „Rick" doch war, wie viele Freundinnen er hatte, was für ein begabter Sportler er doch war. Diverse Links führten zu Einzelvideos und ein paar zu Gruppenauftritten. Bei seinem ersten Besuch auf der Website hatte Brandt sich nicht weiter mit den Gruppenvideos beschäftigt (Trents Performance hatte ihn dazu gebracht, seinen Browser zu schließen und nicht wieder zu öffnen), aber jetzt trieb ihn die Neugier an.

„Junge, echt jetzt?", jaulte Donnelly, der anscheinend immer noch nicht über den einen Clip hinweg war, den sie sich angesehen hatten.

„Ich muss wissen, wie das funktioniert – was die da machen", erklärte Brandt. Er verschwieg, dass er sehen wollte, wie Nick mit den anderen Typen im Haus interagierte und ob er der geeignete Mittelsmann für ihn war. Das war ganz normale Polizeiarbeit, versicherte er sich selbst, während er den Ladebalken des Videos beobachtete.

Der Film trug den Namen „Showdown beim Ringen" und die Hauptrollen spielten Nick und fünf andere Typen. Es begann mit allen sechs Darstellern in verschiedenfarbigen Collegetrikots. In Paaren traten sie zu Kämpfen auf Ringermatten an. Gleich zu Beginn wurde klar, dass die Jungs nicht beabsichtigten, dem griechisch-römischen Regelwerk zu folgen. Anscheinend war ihnen mehr daran gelegen, einander die Trikots herunterzureißen, als ihre Gegner auf der Matte festzuhalten. Nach der ersten Runde wurden die Fetzen der Trikots endgültig abgeworfen und die Darsteller standen nur noch in ihren Suspensorien da.

„Oh nein", flüsterte Donnelly.

Brandt wandte sich zu ihm um. „Was denn, hast du ein Problem mit Jockstraps?"

„Bah! In der High-School war ich im Ringerteam und das hier ist einfach zu schrill."

„Du meinst, dass du dein Training damals nicht damit verbracht hast, dich an deinen Teamkameraden zu reiben?" Brandt lachte. Er genoss das Unbehagen seines Kollegen.

„Erinnere mich daran, dir nie etwas über Aufnahmerituale beim Ringen zu erzählen." Donnelly erschauderte.

Auf dem Bildschirm begann soeben die zweite Runde. Nick gehörte, wie schon in Runde eins, zu den ersten Kontrahenten. Brandt fiel gleich auf, wie geschickt er sich selbst und sein Gegenüber vor der Kamera positionierte, um die Bildschirmfläche voll auszunutzen. Plötzlich schleuderte er seinen Gegner in die Luft, sodass sich dessen Beine spreizten und sein Hinterteil in voller Pracht der Kamera zur Schau gestellt wurde.

„Oha! Hoppla!" Donnelly bedeckte die Augen mit den Händen.

„Gott, sei nicht so ein Mädchen!", fuhr Brandt ihn an.

„Seit wann ist man ein Mädchen, wenn man keine Lust hat, in das haarige Arschloch eines anderen Typen zu starren? So was muss ich echt nicht sehen."

„Irgendjemand hat mir mal gesagt, ich soll daran denken, dass es Leute gibt, die auf Männer genau so abfahren wie ich auf Frauen, dass man sich irgendwann dran gewöhnt, irgendwie so was halt. Aber wenn ich bedenke, dass gerade ein Typ neben mir sitzt, der sich seine Mädchenaugen zuhält, weil ihn der Anblick der Arschfalte eines anderen Kerls vielleicht umbringen könnte …"

„Mann, das sind Stellen, die nicht ans Tageslicht kommen sollten. Oder an irgendein anderes Licht. Diese Körperteile zeigt man unter gar keinen Umständen in der Öffentlichkeit."

Brandt grinste. „Du willst mir doch nicht sagen, dass du noch nie eine Nahaufnahme eines Arschlochs gesehen hast? Meinst du, dass du es noch nie einer Frau im Hellen oral besorgt hast? Ich meine, das ist doch genau da!"

„Ja, schon, und an einer Frau ist das ja auch okay. Aber ein Männerarschloch – igitt."

Brandt musste wieder an ihr Gespräch übers Flirten zurückdenken.

„Warum ist das was anderes?"

Donnelly war offensichtlich überrascht über die Frage. „Willst du mich verarschen?"

„Ich will nur wissen, warum du denkst, es sei was anderes."

„Weil es irgendwie so … bekackt ist." Donnelly sah aus, als hätte er in eine Zitrone gebissen.

„Und wofür, glaubst du, benutzen Frauen ihres? Um Tauben auf Hochzeiten freizulassen?"

„Du bist echt ein Idiot. Können wir das hier jetzt hinter uns bringen? Lass weiterlaufen, bitte. Weiter mit der Arschlochparade."

Brandt klickte auf Play und die Ringkämpfe begannen erneut. Die dritte Runde begann – und diese wurde komplett nackt ausgetragen. Auch jetzt hatte der Sportsgeist nicht die höchste Priorität, denn die Jungs griffen einander so oft wie möglich in den Schritt, um sich Vorteile zu sichern (und vor der Kamera zu posieren).

Plötzlich klickte Brandt wieder auf Pause.

„Was ist denn jetzt schon wieder?", fragte Donnelly. „Noch eine philosophische Rektumsdebatte?"

„Nein. Schau dir die Typen an. Schau genau hin."

„Muss das sein?"

„Du arbeitest für die Staatspolizei, Donnelly, und das hier ist eine Ermittlung. Ja, das muss sein."

Donnelly nahm eine aufrechte Haltung ein.

Der eingefrorene Bildschirm zeigte vier nackte Typen am Rande der Matte, während Nick und ein anderer Kerl um die Führungsposition rangen.

„Worauf soll ich achten?", fragte Donnelly.

„Ihre Schwänze. Schau dir ihre Schwänze an."

Langsam drehte Donnelly sich zu seinem Kollegen um. Sein Gesicht zeigte pure Verblüffung. „Du willst, dass ich mir ihre Schwänze angucke? Ernsthaft?"

Brandt nickte.

„Wonach soll ich jetzt suchen? Schönheitsflecken?"

„Schau einfach hin und sag mir, was du siehst."

Widerwillig wandte Donnelly sich wieder dem Bildschirm zu. „Okay", sagte er und schluckte. „Schauen wir mal. Der dunkle Typ ist unbeschnitten. Der Große da – äh, ja, seiner ist ziemlich rot. Und dein Kumpel Nick ist offenbar ein gottverdammter Zuchthengst." Er drehte sich wieder zu Brandt. „War es das?"

„Noch nicht. Was haben sie alle gemeinsam?"

„Das sind alles Männer, okay? Ich will wirklich nicht tiefer in die Materie eintauchen."

„Die sind alle schlapp."

„Komisch", meinte Donnelly. „Ich finde die Vorführung ziemlich energiegeladen."

Brandt schloss die Augen und schüttelte langsam den Kopf.

„Ganz ehrlich, du solltest einen Oscar für die Rolle des begriffsstutzigsten Sidekicks bekommen. Nein, ich meine, dass keiner von ihnen eine Erektion hat. Da steht nichts."

Donnelly warf noch einen schnellen Blick auf die gesammelten Schwänze und nickte. „Jep, nicht ein Ständer dabei. Und warum kommt dir das seltsam vor?"

„Versetze dich für einen Moment in ihre Situation."

Donnelly erschauderte.

„Ich meine, stell dir vor, du bist beim Ringen, aber mit heißen Frauen. Würde dich das nicht anmachen?"

Donnelly wandte sich wieder zum Bildschirm und kniff die Augen zusammen. „Aber die sind vor der Kamera. Vielleicht liegt es an der Nervosität, oder so."

„Noch einmal, versetze dich in ihre Lage. Du ringst mit einer superheißen Schnitte und sie grabscht dir bei jeder Gelegenheit in den Schritt. Würde sich bei dir dann nichts regen?"

Mit überraschtem Blick murmelte Donnelly: „Mir geht allein beim Gedanken daran fast einer ab."

Brandt starrte ihn an. „Das wollte ich jetzt wirklich nicht wissen. Gar nicht."

„Tut mir leid."

„Wie auch immer. Sechs schlaffe Schwänze, das heißt, dass diese Typen wahrscheinlich wirklich hetero sind, genau wie es in ihren Profilen steht."

„Aber welcher heterosexuelle Mann macht denn – so was?" Donnelly deutete auf den Bildschirm.

„Einer, der dringend Geld braucht?"

„Mensch, könnte man dir so viel Geld bieten, dass du einem Typen so in den Schritt fasst?" Donnelly fuchtelte erneut in Richtung des Bildschirms, wo Nicks Faust fest um die Eier seines Kontrahenten geballt war, während seine andere Hand den Schwanz des Typen hielt.

„So viel Geld? Komm schon, letzten Endes ist doch jeder käuflich."

„Ich versteh's nicht. Heteros würden das niemals machen."

„Schlaffe Schwänze lügen nicht, Kumpel. Die stehen einfach nicht aufeinander."

„Ich behalte mir mein Urteil bis zum Ende vor, in Ordnung? Können wir diese Freakshow jetzt endlich beenden?"

Brandt startete das Video erneut und wieder wälzten Nick und sein Gegner sich über die Matte. Nick machte kurzen Prozess.

„Nick war zu Schulzeiten bestimmt im Ringerteam", vermutete Donnelly. „Die Bewegungen sind richtig professionell."

„Du meinst, wie er sich über seinen Gegner gegrätscht und sein Skrotum auf dessen Kopf gerieben hat? Ja, klassische Ringerposen. Was bin ich froh, dass ich kein Ringer war."

„Klappe. Ich meine doch nur, dass er offensichtlich weiß, was er tut."

„Keine Einwände." Brandt war froh, dass Nick sein erster Kontakt im Haus gewesen war. Anscheinend war er direkt an das Alphamännchen geraten.

„Und warum ist es jetzt so wichtig für dich, dass die Jungs Heteros sind?"

„Das sagt so einiges über ihre Motivation aus. Ich dachte immer, dass Verbindungshäuser am College – auch unechte wie das hier – quasi ein Süßwarenladen für Schwule sind. Auswahl ohne Ende. Aber wenn die Jungs nicht schwul sind, dann machen sie das Ganze nicht aus persönlichem Vergnügen."

„Ein Süßwarenladen? Spinnst du? Als Schwuler willst du nicht in einem Verbindungshaus wohnen. Mein Bruder musste das auf die harte Tour lernen."

„Was ist passiert?" Brandt wandte sich vom Bildschirm ab.

„Na ja, er hat seinen Schwur abgelegt und ist in eine Bruderschaft eingetreten. Das war ungefähr zu der Zeit, als er herausgefunden hat, dass er schwul ist. Irgendwann hat er sich an ein anderes Verbindungsmitglied herangemacht, das er auch für schwul hielt. Der Typ ist ausgeflippt und alle Burschenschaftler sind über meinen Bruder hergefallen. Er hat das College dann im Endeffekt verlassen. Das war eine wirklich beschissene Zeit und er hat mir erst Jahre später davon erzählt. Der andere Typ war übrigens wirklich schwul, kam damit aber noch nicht klar."

„Also hat dein Bruder das College geschmissen und ist zur Army gegangen? Der war schon ein bisschen masochistisch veranlagt, oder?"

Donnelly wurde wieder ernst.

„Mein Bruder hat sich verpflichtet, weil er unser Land liebt und es verteidigen wollte. Das war immer sein Wunsch gewesen. Aber kurz bevor es in den aktiven Dienst ging, hat er einen tollen Kerl kennengelernt und da wollte er das alles plötzlich nicht mehr. Weil er seinen Schwur geleistet hatte, ist er aber trotzdem gegangen. Mit Unterbrechung waren die beiden zehn Jahre lang zusammen. Ein paar Wochen, bevor er seinen Dienst quittiert hätte, ist mein Bruder dann ums Leben gekommen. Das war für uns alle schrecklich, aber ich glaube, am Schlimmsten war es für seinen Partner. Die ganzen Jahre darauf zu warten, einen Ehemann zu Hause zu haben und dann ist plötzlich alles vorbei. Sie haben nicht einmal heiraten können."

„Das tut mir wirklich leid. Davon wusste ich nichts."

„Wie auch immer", sagte Donnelly und wischte sich über die Augen. „Das ist übrigens das Schlimmste für mich an diesem Einsatz. Ich sehe diese Typen und ich denke mir so, dass es dir als Schwulem sowieso schon viel zu schwer gemacht wird. Warum gehen wir jetzt hin und machen es ihnen noch schwerer? Und jetzt sagst du, du glaubst gar nicht, dass die Jungs schwul sind. Das macht alles noch viel seltsamer."

Brandt stupste Donnelly tröstend mit der Schulter an und sagte: „Hey, das ist unser Job. Die haben uns versprochen, nichts gegen die Jungs zu unternehmen. Das sollte uns reichen."

„Ja, ich weiß. Ich glaube trotzdem, dass ich mal eine Pause brauche."

„Ich auch. Holst du mich morgen ab?"

„Wenn du die Klamotten von Bryce trägst, habe ich wohl keine Wahl. Raaawrr!"

Brandt verpasste Donnelly einen Faustschlag – vielleicht ein wenig härter als nötig.

„Nacht, Kollege."

„Nacht."

Donnelly verschwand in die Nacht und Brandt kehrte für weitere Recherche an seinen Computer zurück.

8

AM NÄCHSTEN Morgen konzentrierte Brandt sich ganz auf seinen Job – er hatte sich so darauf konzentriert, wie jemand auszusehen, der sich gerne vor der Kamera einen von der Palme wedeln wollte, dass er fast vergessen hätte, sich wie jemand zu benehmen, der wusste, wie man mit Hammer und Nagel umging. Der Morgen ging schneller vorbei, als er erwartet hätte.

„Mittagspause!", rief Willy und im Handumdrehen war das Badezimmer leer. Brandt hantierte noch ein wenig herum, sortierte sein Werkzeug, um etwas Zeit totzuschlagen und fünf Minuten später öffnete sich die Tür zum Flur und Nick trat ein.

„Hey, Zeit fürs Mittagessen?", fragte er mit strahlendem Lächeln.

„Absolut!" Brandt ging zu ihm hinüber.

Nick warf einen flüchtigen Blick auf Brandts Schritt, der sich dank der blähenden Zauberkraft seiner neuen Unterwäsche stark ausbeulte, und grinste.

„Schicke … Hose", sagte er und hob eine Augenbraue.

Brandt fühlte, wie ihm das Blut in die Wangen stieg. „Ähm, danke. Ist neu."

„Tja, sieht aus, als wären sie gut ausgelastet. Komm mit." Nick verschwand wieder im Flur.

Brandt wusste nicht, wie er Nicks Kommentar deuten sollte. *Flirtet er etwa mit mir? Glaubt er, ich wäre schwul? Ganz ruhig bleiben. Tu einfach cool und lass ihm die Führung. Und das Atmen nicht vergessen!*

Sie gingen durch den Flur zur Hausküche. Wie der Rest des Anwesens war auch dieser Raum groß und luxuriös ausgestattet. Nick lud Brandt ein, sich an die Theke zu setzen, während er selbst sich an den Herd stellte und sich mit mehreren dampfenden und köchelnden Töpfen beschäftigte, die ein herzhaftes Essen versprachen.

„Ich hoffe, du magst Pasta", sagte Nick und rührte in einem Topf herum. „Meine Spezialität."

„Pasta ist wunderbar, danke dir. Überhaupt ist es sehr nett von dir, mich einzuladen."

„Es ist mir eine Ehre, für die Kolonne zu kochen, die unser Badezimmer in eine Spielwiese verwandelt."

„Dann lädst du die anderen Jungs auch ein?"

Nick schenkte ihm ein schiefes Grinsen und lachte dann. „Ne, nur dich. Die anderen Kerle sind so alt und verschwitzt. Aber du … na ja …" Er ließ den Satz in der Schwebe, während er die Nudeln abgoss.

Nick stellte zwei große dampfende Teller Nudeln mit roter Soße auf die Theke und setzte sich neben Brandt.

„Also, Jason, gehst du zur Uni?"

Der Name versetzte Brandt einen leichten Schock, aber er fing sich schnell wieder. „Ja, und du?"

„Gerade mein erstes Jahr hinter mich gebracht."

Brandt schaute sich in der Küche um. „Das ist ein Wahnsinnshaus. Deine Eltern müssen sehr wohlhabend sein."

Nick lachte so heftig, dass er seine Gabel niederlegen und einen Schluck Wasser trinken musste. „Meine Eltern? Der war gut! Ne, das ist nicht mein Elternhaus."

„Wem gehört es denn dann?"

Nick musterte Brandt und schien zu überlegen, was er auf die Frage antworten sollte. Eigentlich hatte Brandt nicht so unverfroren vorgehen wollen, aber Nicks lockere Art hatte ihn ermutigt.

„Na ja", setzte Nick an, hielt inne und schaute wieder zu Brandt. „Bist du ein aufgeschlossener Typ?"

„Würde ich schon sagen", gab Brandt zurück, froh, dass es ihm so einfach gemacht wurde.

Nick machte eine zustimmende Kopfbewegung und nahm noch einen Bissen Pasta. „Okay. Also, das hier ist nicht wirklich ein Haus."

„Das hättest du mir aber durchaus weismachen können. Es sieht aus wie ein Haus."

Nick lachte wieder. „Nein, ich will damit sagen, dass es eher ein Geschäftssitz ist als ein Wohnhaus. Sind dir die ganzen Kameras aufgefallen?"

„Ja, aber ich dachte, dass deine Familie sehr auf Sicherheit bedacht ist, oder so was."

Nick schüttelte den Kopf. „Hör zu, ich weiß, dass du mich gestern beobachtet hast. Gegenüber der Tür ist ein Spiegel, in dem konnte ich dich sehen."

Brandt wurde blass. „Oh, äh, ich, ich wusste nicht, dass …"

„Junge, komm mal runter. Ist okay. Nicht schlimm. Ich dachte nur, dass es dir anscheinend gefallen hat, zuzuschauen und du verstehst, was wir hier machen. Hast du gemerkt, dass auch an dem Laptop auf meinem Bett eine Kamera war?"

Brandt nickte.

„Tja, genau das tun wir hier. Ich wohne hier mit einem Haufen anderer Jungs und die meiste Zeit laufen wir ohne Klamotten herum. Manchmal holen wir uns vor der Kamera einen runter. Das ist so eine Sex-Show-Nummer."

Brandt sagte nichts mehr. Er hatte nicht erwartet, dass die Dinge so schnell ihren Lauf nehmen würden. Wie sollte er jetzt weitermachen?

In diesem Moment öffnete sich die Küchentür und drei Typen kamen herein – komplett nackt. Brandt überlegte fieberhaft, wie sein Alter Ego Jason wohl auf diese Situation reagieren würde, aber er hatte keinen blassen Schimmer.

31

Nick begrüßte die Neuankömmlinge. „Hey zusammen, das hier ist Jason, von dem ich euch erzählt habe."

Was jetzt?

Die drei Männer schienen augenblicklich zu verstehen, was Nick ihnen sagen wollte. Das beunruhigte Brandt. Sie wussten von ihrer gestrigen Begegnung? Was hatte Nick ihnen erzählt?

„Schön, dass du hier bist", sagte der, der ihm am nächsten stand und streckte die Hand aus.

Sofort erkannte Brandt in ihm Trent von der Website und während er ihm die Hand schüttelte, konnte er an nichts anderes denken, als an die Tatsache, dass er sein Arschloch gesehen hatte. Nicht gerade ein souveräner Einstieg ins Gespräch.

„Ebenso", presste Brandt heraus. Trent wandte sich an Nick.

„Wir gehen zum Pool. Der alte Geldsack will noch ein Wasservideo, das nehmen wir jetzt in Angriff. Sag Bescheid, wie es läuft mit …" Er nickte mit dem Kopf in Brandts Richtung. Nick stimmte zu.

Die drei Nackten liefen durch die Küche und durch die Fenstertüren hinaus in den Garten.

„Tut mir leid, war das ein bisschen schräg für dich?", fragte Nick.

„Ähm, ne. Ich meine, ja, ein bisschen. Das ist alles ein bisschen schräg."

„Ich bin wahrscheinlich schon dran gewöhnt. Aber die sind doch ziemlich heiß, oder nicht?"

„Nick, ich bin nicht schwul."

Nick lachte. „Tja, das sagt mein Freund auch immer."

„Nein, wirklich. Ich meine, schön, dass du es bist. Ich aber nicht."

„Ich? Wie kommst du darauf, dass ich schwul bin?" Nick klang amüsiert, nicht gekränkt.

Brandt schaute ihn verwirrt an. „Na ja, du hast die Jungs heiß genannt. Und vor ein paar Minuten hast du recht auffällig auf meinen Schritt gestarrt. Oh, und gerade hast du von deinen Freunden gesprochen."

Nick hörte nicht auf zu lachen. „Ach das. Okay. Das könnte ich erklären, aber das würde eine Weile dauern. Ein andermal. Aber was den Rest angeht … sagen wir so, ich weiß Schönheit in jeder Form zu schätzen. Du, mein Heterofreund, bis wunderschön. Und du hast mir dabei zugeschaut, wie ich es mir selbst besorgt habe, was dich ein klein wenig weniger hetero erscheinen lässt. Meinst du nicht?" Er schob sich einen großen Bissen in den Mund, den Blick weiterhin auf Brandts immer blasser werdendes Gesicht gerichtet.

„Ich denke, ich … äh, ich habe so was noch nie gesehen, also war ich wahrscheinlich … irgendwie …"

Nick lächelte – liebenswürdig, nicht spöttisch – und schüttelte den Kopf. „Du hast noch nie gesehen, wie sich einer einen keult? Das halte ich", er ließ den Blick über Brandts Körper wandern, „für unwahrscheinlich."

Brandt hatte die Kontrolle über den Gesprächsverlauf verloren. Er brauchte dringend Zeit zum Nachdenken.

„Wie lange arbeitest du schon hier?", fragte er Nick, um Zeit zu schinden.

Wenn der plötzliche Themenwechsel Nick überraschte, so ließ er es sich nicht anmerken. Er trank einen Schluck Wasser, bevor er antwortete. „Letzten Herbst habe ich angefangen. Musste meine Studiengebühren verdienen."

„Wird das gut bezahlt?"

„Oh ja. Vor allem die Liveshows. Für Privatvorführungen gibt es sogar noch mehr – da wartet das große Geld."

Brandt wagte sich weiter vor. „Ziehen sie euch viel ab?"

„Wer, sie?"

„Na, die, denen das Ganze hier gehört. Behalten die viel von dem Geld ein?" Brandt wusste von seiner Recherchearbeit, dass ein Monatsabo für die Liveshows bei *Str8 Frat Dudes* dreißig Dollar kostete, aber es gab keine Preisliste für das, was Nick „Privatvorführungen" nannte.

„Ich weiß nicht. Ich weiß nur, dass ich für drei Stunden Arbeit hier tausend Dollar kassiere. So viel würde ich nirgendwo sonst verdienen."

Bevor er wusste, was er sagte, platzte Brandt heraus: „Hast du es mal mit Modeln versucht? Also bekleidet?"

Nick gluckste und schüttelte den Kopf. „Habe ich gemacht. Aber das hier ist einfach rentabler – und was mich anbelangt, denke ich: Je weniger Klamotten, desto besser."

Brandts Hirn lief auf Hochtouren, während er versuchte, das Gespräch weiterhin auf Nick zu fokussieren. „Wie ist dein Freund so?"

Hatte er diese Frage gerade wirklich gestellt? Völlig durcheinander widmete er sich wieder seinen Nudeln, um nicht mit einer peinlichen Frage nach der anderen herauszuplatzen.

„Sieh mal, ich will nicht, dass du dir falsche Vorstellungen machst", antwortete Nick sanft. „Ich schlafe nicht mit Männern. Ich meine, ich schlafe mit einem Mann, Pete, aber abgesehen davon bin ich total hetero."

Brandt hatte während Nicks Erklärung aufgehört zu kauen. „Was?"

Nick grinste. „Ja, ich weiß. Ich habe so oft versucht, das zu erklären, aber irgendwann habe ich aufgegeben." Als wäre das Thema abgehakt, wandte er sich wieder seinem Teller zu, aber Brandts Schweigen brachte ihn dazu, es doch noch mit einer Erklärung zu versuchen. „Also, Pete und ich, na ja, wir haben uns irgendwie aus Versehen verliebt. Der Zufall hat uns zusammengebracht. Ich meine, ich liebe ihn und alles, aber eigentlich stehe ich grundsätzlich auf Frauen."

„Und das ist okay für Pete?"

Nick gluckste. „Am Anfang war es das nicht so. Aber irgendwann haben wir es hinbekommen. Diesen Sommer bin ich hier und verdiene das Geld fürs Studium und er leistet ehrenamtliche Arbeit in Osteuropa, um die Welt zu einem besseren Ort zu machen. So einer ist er."

„Okay, nur um sicherzugehen, dass ich alles verstanden habe", sagte Brandt. „Du hast einen Freund, stehst aber auf Frauen und bei der Arbeit veranstaltest du Ringkämpfe mit anderen nackten Kerlen."

Nick trank einen Schluck und schaute Brandt an. „Ringkämpfe? Davon habe ich nichts gesagt."

Brandts Magen schlug einen Salto. Das hatte er wohl versaut. Da hatte er die Kontrolle über das Gespräch verloren und war in die Falle getappt.

„Oh, ich dachte nur, du würdest … ich meine …"

Nick brach in Gelächter aus. „Lass gut sein", presste er schließlich heraus. „Belassen wir es dabei. Du brauchst nicht zu erklären, warum du von den Ringkampfvideos weißt, genau wie du mir nicht erklären musst, warum du mich gestern beobachtet hast. Das ist so toll hier, Jason – du musst niemandem irgendetwas erklären. Wir tun einfach, was sich gut anfühlt und wofür die Leute zahlen. Glücklicherweise ist das oft dasselbe."

Brandt war tierisch wütend auf sich selbst, obwohl Nick es ihm so einfach machte. Vielleicht etwas zu einfach?

Mittlerweile hatten sie aufgegessen und Nick trug die Teller zum Spülbecken. Während er das Geschirr spülte, schaute er Brandt offen ins Gesicht.

„Wie sieht's aus, Jason, würdest du selbst hier arbeiten wollen?"

Kaum hatte Brandt den ersten Schrecken verdaut, kam gleich der nächste. Aber sein Job verlangte ihm die Antwort ab, gegen die sich sein Körper mit jeder Faser sperrte.

„Verdammt, ja. Im Handwerk verdienst du heutzutage gar nichts. Könnte ein bisschen Kohle gebrauchen."

Nick grinste breit.

„Großartig. Das hatte ich gehofft." Er stellte die Teller weg. „Was hältst du davon – komm morgen vorbei und sprich mit Mr. Drake. Er ist der Hausmanager."

„Du meinst so eine Art Vorstellungsgespräch?"

„So in der Art, ja. Brauchst nicht nervös zu sein. Ich weiß, was hier ankommt und du, mein Lieber", sein Blick wanderte wieder Brandts Körper entlang, „bringst alles mit, was wir hier suchen."

„Das wäre super", log Brandt. Selbst die vagsten Vorstellungen von dem, was ihn in diesem Job erwartete, waren zu abschreckend.

„Super. Wie wäre es mit zehn Uhr morgen früh?"

„Ich werde da sein."

„Also gut, bis dann", sagte Nick und streckte die Hand aus. Brandt schlug ein und Nick hielt den Händedruck etwas länger, als es für Brandts Empfinden normal gewesen wäre. „Es wird super, mit dir zu arbeiten." Nick zwinkerte und ließ Brandts Hand los.

„Ja, danke gleichfalls", murmelte Brandt, während er wieder zur Baustelle trottete. Den Rest des Nachmittags schwang er abwesend den Hammer, denn bei all dem, was ihm durch den Kopf schoss, fiel es ihm schwer, sich auf die Arbeit zu konzentrieren.

9

„DU BIST drin? Das ist großartig!"

„Jep. Juhu. Morgen früh habe ich ein Vorstellungsgespräch für einen Job, bei dem ich mir alle Kleider vom Leib reißen und vor laufender Kamera masturbieren muss in der Hoffnung, dass das Video im Internet landet und sich ein paar kranke Ficker auch einen drauf keulen. Großartig!"

Donnelly nahm den Blick kurz von der Straße, um seinen Kollegen aufmunternd anzuschauen.

„Ich weiß, das ist zum Kotzen. Aber du leistest gute Polizeiarbeit und kannst Ergebnisse vorzeigen. Das ist einiges wert."

„Ja, ich bin ein heißer Anwärter für den Mitarbeiter des Monats. Aber jetzt brauche ich erstmal neue Klamotten."

„Brauchen wir Bryce?"

„Bis jetzt hat er uns nicht enttäuscht. Ich glaube, dass mein Wonderbra da unten heute seine Pflicht und Schuldigkeit getan hat. Schauen wir mal, was er noch auf Lager hat."

Zum dritten Mal in drei Tagen betraten die beiden Polizisten *Camp & Dragg* und wieder wurden sie sofort von Bryce begrüßt.

„Ooh! Sie sind zurück!", trällerte er, während er sich den Weg durch den Laden bahnte. „Und Sie sehen scharf aus! Wer hat Sie eingekleidet? Seien Sie ehrlich! Ich trage es wie ein Mann."

Brandt errötete, vielleicht etwas weniger als bei den letzten Malen. „Das waren Sie, Bryce. Und wir hoffen, dass Sie das noch ein weiteres Mal tun."

„Noch mehr Arbeitsoutfits? Aber Schätzchen, wir haben doch Wochenende! Wollen wir das Ganze nicht ein bisschen lockerer gestalten?"

„Das wäre tatsächlich ganz gut. Ich habe morgen noch mal ein Gespräch wegen des Modeljobs, also darf es gerne etwas Legeres sein."

Bryce' Augen leuchteten auf und er klatschte in die Hände und sprang auf und ab. „Oh! Oh! Oh! Es hat geklappt! Sie werden entdeckt! Oh Schätzchen, ich freue mich so für Sie!" Und zu Donnelly flüsterte er hörbar: „Mein Werk – der Junge brauchte ja eine komplette Rundumerneuerung!"

Donnelly lachte, zu verwirrt durch Bryce, um irgendetwas anderes zu tun.

„Aber Schätzchen, hier finden wir kein Wochenend-Outfit, das den Sack zumacht. Dafür müssen wir zwei Türchen weitergehen." Bryce scheuchte sie aus dem Laden und rief über die Schulter: „Ich mach eine Pause! Bin ratzfatz wieder da!"

„Bleib gefälligst hier, Bryce!", kam ein von Tabakduft begleitetes Knurren aus dem hinteren Ladenbereich.

„Spring für mich ein, ja? Fick dich später!", rief Bryce zurück, ohne stehen zu bleiben.

Die drei traten hinaus auf den Bürgersteig. Bryce fasste beide am Ellbogen und führte sie zu einem Geschäft zwei Türen weiter. Sein Schaufenster strahlte in kitschiger Tiki-Optik und die Worte *Cabana Boy* glitzerten über der Tür.

Die Kleiderauswahl hätte nicht weiter von den derben Jeans- und Karohemden bei *Camp & Dragg* entfernt sein können. Hier lag der Fokus auf winziger Badebekleidung und ultrakurzen Shorts, die schon aus sicherer Entfernung „Kuckuck!" riefen. Die Kundschaft bei *Cabana Boy* bestand hauptsächlich aus spindeldürren jungen Männern, die vorhatten, die Aufmerksamkeit von reichen, älteren Männern auf sich zu ziehen. Das erklärte vielleicht auch den Aufruhr, der beim Eintreten der beiden kräftig gebauten Staatspolizisten (und Bryce) ausbrach. Nicht weniger als drei Abteilungsleiter tauchten wie nach Männern lechzende Erdmännchen auf. Alle Blicke klebten auf Brandt und Donnelly.

„Nestor! Nestor, schwing deinen knochigen Arsch her, das ist ein Notfall!", kreischte Bryce, während er die beiden zögernden Polizisten in den Shop bugsierte.

Einer der Abteilungsleiter wuselte herbei, um Bryce und seinen Notfall zu begutachten. Sein erfreuter Gesichtsausdruck zeigte seine Bewunderung für Bryce' Geschmack in punkto männlicher Accessoires.

„Beruhige dich, Bryce! Nestor ist ja hier. Kein Grund für Gezeter, du Zicke!"

„Das hier sind meine beiden Herzallerlieblingskunden, und der hier", Bryce deutete auf Brandt, „muss morgen Eindruck schinden." Er lehnte sich näher heran und flüsterte laut vernehmlich: „Er hat ein Date auf der Casting-Couch."

Nestor nickte weise. Er wandte sich an Brandt und taxierte seinen Körper.

„Sie haben zwei Möglichkeiten. Entweder sie gehen auf die Knie und blasen, bis die Sie einstellen oder Sie vertrauen sich mir an. Was darf es sein, Schätzchen?"

„Ich bin hetero, also entscheide ich mich für Tür Nummer zwei."

Brandts Heterobekenntnis ließ Bryce und Nestor giggeln. Anscheinend hatten sie ein weniger fest umrissenes Sexualitätsverständnis als Brandt.

„Dann sorgen wir mal dafür, dass Sie auf diesen Heterobeinchen stehen bleiben können. Mir nach, ihr Lieben!", ordnete Nestor an, und sie folgten ihm im Gänsemarsch, während er seine Vision erläuterte.

„Sie brauchen also einen Look, der sagt: ‚Ich bin hetero, aber selbst wenn nicht, wäre ich zu scharf für dich', stimmt's? Und dann soll Ihr Gegenüber denken: ‚Ich will dich, du Charmeur!' Und Sie dann so: ‚Zuerst den Job', richtig? Und der dann so: ‚Du hast den Job, und jetzt auf die Knie!' Und Sie dann so: ‚Bitch, please, ich habe den Job, ich knie mich nirgendwohin', habe ich recht?" All das rasselte er herunter, ohne einmal Luft zu holen, in voller Lautstärke, begleitet von ausufernden Armbewegungen. Nestor zuzuhören war erstaunlicherweise noch anstrengender, als Bryce zu folgen.

Dann blieb er plötzlich vor einer Art Regal stehen, das aus Surfbrettern bestand, die von unglaublich muskulösen Schaufensterpuppen gehalten wurden, die australische Rettungsschwimmer darstellten. Er wählte khakifarbene Shorts und ein T-Shirt mit U-Ausschnitt in verwaschenem Blau aus, das Brandts Augenfarbe perfekt widerspiegelte.

„Hier, Püppchen", sagte er beinahe nüchtern, als er Brandt die Kleidung reichte.

Brandt konnte selbst nicht fassen, welche Frage er jetzt stellen wollte.

„Was ist mit … ähm …" Er lehnte sich ein wenig näher heran, in vollem Bewusstsein, dass alle Blicke im ganzen Shop auf die geräuschvolle Männertraube um ihn herum gerichtet waren. „… Unterwäsche?"

Nestor lachte gackernd. „Oh, Schätzchen, nein! Darunter trägt man doch keine Unterwäsche! Diese Stoffe müssen den Körper frei umfließen, Ihr starkes Fleisch umschmeicheln, so leicht wie eine Feder vor und zurück schwingen." Nestor seufzte verträumt, als würde er sich Brandts blanke Haut unter diesen dünnen, seidigen Stoffen vorstellen.

„Okay, dann probiere ich das wohl mal an."

„Oh, ja, ja! Auf zur Umkleide!"

Die gesamte Entourage pilgerte zum Umkleideraum. Brandt ging vor und Donnelly, Bryce und Nestor folgten ihm. Letzterer schlug die Tür vor den Nasen der anderen Verkäufer zu, die ohne Zweifel darauf geierten zuzusehen, wie Brandt in etwas Bequemes schlüpfte.

Brandt hatte sich mittlerweile komplett seinem Schicksal gefügt und einfach schon begonnen sich auszuziehen, egal wie viele Leute sich noch im Raum befanden. Nestor warf Bryce einen vielsagenden Blick zu, als Brandt sein Hemd abstreifte. Dann fixierte er sich wieder auf Brandts Gürtelschnalle und fuhr sich so subtil mit der Zunge über die Lippen wie ein fetter Pantomime in einem unsichtbaren Donutshop.

Brandt zog den Reißverschluss seiner Hose herunter und vergaß für einen Moment, wie sehr seine Push-Up-Unterhose alles ausbeulte. Es fiel ihm schwer, die Jeans so herunterzuziehen. Nestor schnappte nach Luft und griff sich an die Kehle, als wollte er überprüfen, ob sein Herz noch schlug.

Sobald er die Jeans losgeworden war, musste Brandt sich von den dehnbaren Grenzen seiner Unterwäsche befreien und aus irgendwelchen Gründen stellte sich das als unerwartet schwierig heraus. Vielleicht lag es daran, dass er so kräftig rütteln musste, um seinen Schwanz zu befreien oder daran, dass er sich (angesichts der permanenten Konfrontation mit dem Thema) in der letzten Zeit mit der Masturbation zurückgehalten hatte oder weil er in einem Raum voller Leute stand, die ihn alle beobachteten, während er sich auszog – was auch immer der Grund sein mochte, Brandt bekam jedenfalls genau jetzt eine Erektion und es war unmöglich, die zu verstecken. Scheiß drauf, dachte er und machte einfach weiter.

Als Brandt seinen Penis befreite, wurde in allen Ecken des Raumes gejapst – zu Brandts Schrecken auch in der, in der Donnelly stand. Im erschlafften Zustand war Brandts Schwanz nicht mehr als eine Handvoll, vielleicht zwei. So wie jetzt machte er erheblich mehr her. Er erhob sich über seinem gleichermaßen ansehnlichen Hodensack und reckte sich zwanzig Zentimeter in die Höhe.

Nestor fächelte sich Luft zu. Bryce' Mund formte ein perfektes O, wie gemacht, um sich über einen prallen Penis zu stülpen. Donnelly blinzelte nur und wandte dann den Blick ab.

„Was? Ihr guckt alle, als hättet ihr noch nie einen Schwanz gesehen", sagte Brandt mit leichter Abwehr in der Stimme.

„Schätzchen, das dachte ich auch, aber ich lag wohl falsch", antwortete Bryce und legte, ganz im Stil von Blanche DuBois, eine zitternde Hand an die Kehle.

Brandt schaute zu Donnelly, der sich abrupt abwandte. Also zog Brandt die Shorts an und zerrte sie zurecht, um das Monster in seinem Schritt zu verbergen. Es fühlte sich an, als wollte er eine Wurst zurück in die Pelle stopfen und das Resultat war eine obszöne Beule in seiner Hose. Brandt griff nach dem T-Shirt und zog den Stoff über seinen muskulösen Oberkörper. Es schmiegte sich an ihn wie eine zweite Haut und ehrlich gesagt sah er noch unbekleideter aus als zuvor.

Er schaute in den Spiegel und erkannte sich kaum wieder. Das Shirt zeigte jede einzelne Sehne und die Shorts machten keinen Hehl daraus, was sich unter ihnen verbarg. Er musste selbst zugeben, dass er heiß aussah. Dann beobachtete er die Spiegelbilder der anderen Männer, die überraschenderweise alle mit ihm übereinzustimmen schienen.

„Also, was sagt ihr?", fragte er. „Bekomme ich den Job?"

„Ich würde Ihnen jeden Job geben, den Sie wollen", sprudelte aus Bryce hervor. „Einen ganz besonderen Job würde ich Ihnen genau jetzt geben…"

„Sieht klasse aus, Mann. Heilige Scheiße, hast du einen Körper", sagte Donnelly.

„Oh mein Gott, oh mein Gott, oh mein Gott", murmelte Nestor, als würde er einen Rosenkranz zur Hingebung an den männlichen Körper beten.

„Tja, das hätten wir wohl", fasste Brandt zusammen. Er schaute sich um. „Kann ich ein bisschen Privatsphäre haben, um meine anderen Klamotten anzuziehen?", fragte er, plötzlich etwas verschämt. Als die anderen Männer den Raum verließen, hörte er, wie Bryce und Nestor begeistert über das Einzige plapperten, was für sie gerade Relevanz hatte – sein eigener Schwanz.

10

SPÄTER AM selben Abend saß Brandt wieder vor dem Computer und studierte die *Str8-Frat-Dudes*-Website. Er suchte nach jeglichen Informationen, die ihm am nächsten Tag behilflich sein konnten. Donnelly war zu ihm gekommen, wie so oft in der letzten Zeit. Gerade kam er aus der Küche und blieb hinter Brandts Stuhl stehen. Brandt hörte, wie er hörbar nach Luft schnappte, als er das Video sah, in dem sich zwei Jungs gerade ein Masturbationsrennen lieferten.

„Oh Mann. Daran gewöhne ich mich nie", sagte er und setzte sich mit dem Sandwich, das er gerade zubereitet hatte, auf die Couch.

Brand drehte seinen Schreibtischstuhl herum und schaute seinen Kollegen an. „Lustig. Eben konntest du nicht aufhören, mir auf den Schwanz zu glotzen."

Donnelly erstarrte beim Kauen. Brandt drehte sich wieder zum Bildschirm.

„Wovon redest du da?", fragte Donnelly, als er seinen Bissen mit Schinken und Käse heruntergeschluckt hatte.

Brandt schnaubte. „Du weißt, was ich meine. In der Umkleidekabine. Ich verstehe ja, warum Bryce und der komische kleine Kubaner nicht weggucken konnten, aber du? Du hast das doch schon zigmal gesehen."

Donnelly betrachtete eingehend den Teppich und sagte noch immer nichts.

„Kam mir nur seltsam vor, das ist alles", schloss Brandt und widmete sich wieder seiner Recherche.

„Ich hatte das noch nie zuvor gesehen", presste Donnelly schließlich heraus.

Brandt stoppte seinen Klickmarathon und fragte: „Was zur Hölle soll das heißen? Wir duschen doch ständig nach der Arbeit zusammen."

„Ja, aber das ist anders."

„Das sagst du ständig. Was genau ist denn anders daran?"

Donnelly hielt kurz inne, als müsste er über seine Worte nachdenken. „Na ja. Du warst erregt. Das macht es anders. Wir haben alle einen Penis, aber ein steifer ist was anderes."

„Ja, der eine ist hart, der andere nicht. Aber ein Schwanz ist ein Schwanz. Nur weil er manchmal steht und manchmal nicht, ändert das doch nichts."

„Doch", erwiderte Donnelly leise. „Ein Penis ist ein Penis, aber eine Erektion ist eher wie eine Botschaft an andere Leute. Das ist ein Verlangen, nicht bloß ein Körperteil."

Jetzt drehte sich Brandt doch wieder zu ihm um. „Es ist ein Verlangen, kein Körperteil? Aus welchem abgefuckten Feministenratgeber hast du das denn?"

„Aus keinem. Man bekommt keine Erektion, wenn man nicht von irgendetwas erregt wird und mehr davon will."

Brandt hatte nicht vor, näher über Donnellys Worte nachzudenken und wog seine Antwort vorsichtig ab.

„Fick dich."

„Fick dich selbst. Du hattest eindeutig Spaß. Ich fand das alles nur peinlich."

„Peinlich genug, um mir eine Stunde lang auf den Schwanz zu starren?"

„Kumpel, hast du den mal selbst gesehen? Weißt du, wie groß der wird?"

Brandt verdrehte die Augen. „Selbstverständlich. Ich habe ihn sogar ein- oder zweimal angefasst."

„Na, dann weißt du ja, was ich meine. Tut mir leid, dass ich dich angestarrt habe – ich konnte nicht anders."

Brandt war sich nicht sicher, was ihm unangenehmer war: Dass er in der Umkleidekabine eine Erektion bekommen hatte oder dass Donnelly es gesehen hatte. Er wandte sich zum Finale des Onanie-Wettstreits wieder dem Bildschirm zu. Ganz gemäß den gängigen Studentenverbindungtraditionen endete er damit, dass der Gewinner (der, der zuerst fertig war) seine Ladung über dem Verlierer verschoss. Brandt schloss das Browserfenster und starrte ein paar Minuten lang auf seinen leeren Computerdesktop.

„Hey", sagte er irgendwann sanfter. „Kann ich dich mal was fragen?"

„Klar, was?"

Brandt hielt inne und runzelte die Stirn. „Wie hat dein Bruder herausgefunden, dass er schwul ist?"

Im Raum herrschte Stille. Brandt konnte nicht einmal Donnellys Kaugeräusche hören. Er drehte den Stuhl wieder herum und sah, dass sein Kollege eine verwirrte Grimasse zog.

„Was?", fragte Donnelly durch seinen offenbar in Vergessenheit geratenen Mund voll Sandwich.

„Wie ist ihm klargeworden, dass er schwul ist?"

Donnelly kaute zögerlich und kniff die Augen zusammen. Dann schluckte er und versuchte sich an einer Antwort.

„Ich schätze, er hat es rausgefunden, als er gemerkt hat, dass es sich bei demjenigen, der seinen Schwanz gelutscht hat, um einen Kerl handelte."

Brandt seufzte und schüttelte den Kopf. „Nein, du Volldepp. Woher wusste er, dass er will, dass ein Kerl seinen Schwanz lutscht?"

„Ich weiß nicht. Irgendwann hat er es halt gemerkt und danach ergab alles Sinn – für ihn und für uns alle. Außer für Mom. Die ist immer noch nicht drüber hinweg. Warum fragst du?"

„Ich musste nur an Nick denken – an die ganzen Jungs dort im Haus. Die behaupten alle, hetero zu sein, tun aber gleichzeitig all diese Dinge, die alles andere als normal für Heteros sind. Zumindest was die Heteros betrifft, die ich kenne. Ich frage mich nur, ob manche von ihnen nicht wirklich schwul sind, es aber nur noch nicht wissen. Ich meine, Nick spricht offen über seinen Freund und nennt sich selbst hetero. Was hat es damit auf sich?"

41

„Na ja, als mein Bruder auf der Highschool war, hatte er auch Dates mit Mädchen – er war einfach noch nicht dazu bereit, offen zuzugeben, dass er auf Jungs steht. Sogar sich selbst gegenüber nicht, schätze ich."

„Ich versuche nur, irgendwie auf das alles hier klarzukommen. Ich habe gerade zwei Typen, die von sich selbst behaupten, hetero zu sein, dabei beobachtet, wie sie sich voreinander einen runterholten und gegenseitig anwichsten. Kommt dir das nicht auch ein bisschen schwul vor?"

„Die ganze Geschichte kommt mir schwul vor."

„Aber wo ist die Grenze? Wann hörst du auf, ein Hetero zu sein, der nur herumspielt und fängst an, ein Schwuler zu sein, der Sex hat?"

„Ich höre für nichts in der Welt damit auf, hetero zu sein", antwortete Donnelly.

„Ich rede nicht von dir. Ich meine die Jungs in dem Haus. Wann, würdest du sagen, haben sie die Linie überschritten?"

Donnelly legte den Kopf schief, als versuchte er, eine mathematische Gleichung zu lösen. Dann schien ihm die Erleuchtung zu kommen. „Penetration", sagte er, schlicht aber entschieden.

„Penetration? Da ist deine Grenze?"

„Jep. Wenn ein Körperteil in die andere Person eindringt, das ist die Homolinie", bekräftigte er.

„Also zählt oral auch."

„Jep."

„Und anal."

„Selbstverständlich."

„Handjob?"

Donnelly hielt inne. „Ich würde sagen, ja."

„Aber da gibt es keine Penetration."

„Natürlich gibt es die. Der Schwanz penetriert die geballte Faust. Gleiches Prinzip."

„Küssen?"

„Wie, küssen?"

„Ob es dich zum Schwulen macht, wenn du einen anderen Typen küsst."

„Noch einmal, wir reden nicht darüber, was mich schwul macht. Mich wird nichts schwul machen. Aber ja, es macht dich zum Schwulen, wenn du einen anderen Typen küsst."

„Aber das hat auch nichts mit Penetration zu tun."

Donnelly seufzte. „Auch Zungen können penetrieren."

„Und wenn es ohne Zunge ist?"

„Dann machst du es falsch."

„Daran erinnere ich dich, wenn ich dich das nächste Mal küsse. Danke."

„Wie auch immer. Hey, soll ich dich morgen hinfahren? Zu dem … Termin?"

„Nein, ich fahre lieber selbst. Sieht bestimmt seltsam aus, wenn mich jemand dort absetzt. Aber wenn ich es geschafft habe, rufe ich an und sage Bescheid, wie es gelaufen ist, okay?"

„Ist mir recht. Bis später dann."

Donnelly ließ Brandt allein damit, über seine knappen Khaki-Shorts, das hautenge lavendelblaue Shirt und sein geschmackloses Schicksal nachzusinnen.

11

BRANDT TRAT auf die Veranda des Verbindungshauses und bereute jeden einzelnen Schritt. Gleichzeitig wusste er, dass er dort ankommen und seinen Job erledigen musste. Er fühlte sich zutiefst unbehaglich. Sein Sack wurde gegen seinen Oberschenkel gepresst, von der Enge der knappen Shorts an seinen Platz gequetscht. Er wünschte sich sehnlichst, sie einfach ausziehen zu können, aber als ihm klarwurde, dass dies durchaus passieren konnte, wurde ihm flau im Magen. Er klopfte an die Tür und wartete.

„Hey, da bist du ja", sagte Nick, der ihm die Tür öffnete.

„Und du bist nackt", gab Brandt zurück.

„Ja, das stimmt wohl. Am Wochenende ist das praktischer. Wenn ich so aus Versehen durch irgendein Set laufe, bin ich eine Zugabe, kein Spaßverderber. Komm rein!"

Brandt trat durch die Tür, die Nick für ihn aufhielt. Sein Becken, lediglich vom Stoff seiner Shorts bedeckt, streifte Nicks komplett unbekleidete Hüfte. Er fühlte sich beschämt. Nick hingegen schien es nichts auszumachen.

„Mr. Drake wartet im Büro auf dich", sagte Nick, während sie durch den Hauptflur gingen. Brandt versuchte angestrengt nicht auf den Hintern seines neuen Freundes zu starren, aber weil dieser ihm vorausging, hatte er nicht viele Ausweichmöglichkeiten.

Nick hielt vor einer Tür, die aussah, als würde sie zu einem Wandschrank führen. Als er sie öffnete, bemerkte Brandt, das sich tatsächlich ein Büro dahinter verbarg. Ein recht schlichtes, wenn man an den luxuriösen Rest des Hauses dachte: Hier gab es nur einen Schreibtisch, einen Tisch mit ein paar Stühlen und ein paar Landschaftsfotografien an den Wänden, die nach der Toskana aussahen. Am Schreibtisch saß ein kleiner, aber gut gebauter Mann. Er mochte Mitte dreißig sein und war damit beschäftigt, irgendwelche Formeln in eine Tabelle einzutragen. Er hob den Kopf, als Nick mit Brandt eintrat.

„Ah, Nick, du hast also deinen neuen Freund mitgebracht", sagte er, während er sich erhob und die Hand über den Schreibtisch streckte. „Ich bin Tim Drake", stellte er sich freundlich und mit leichtem Akzent des Mittleren Westens vor.

„Ich bin Jason. Schön, Sie kennenzulernen", antwortete Brandt.

„Bitte setzen Sie sich." Er deutete auf den Stuhl vor seinem Schreibtisch. „Danke sehr, Nick. Ich sage Bescheid, wenn wir dich brauchen."

Nick lächelte, drehte sich um und schloss die Tür hinter sich, als er das Büro verließ.

„Also, Jason, verraten Sie mir, was Sie heute hierherführt?"

„Na ja, ähm, also Nick hat mir gesagt, dass Sie vielleicht noch Leute suchen und ich könnte ein bisschen Geld gebrauchen."

Mr. Drake lächelte. „Ihnen ist klar, was wir hier tun?"

Brandt schaute auf den Fußboden. „Ja, Sir, das weiß ich."

„Und es macht Ihnen nichts aus?"

„Ich denke nicht. Ich meine", er hob den Blick und schaute Mr. Drake direkt an, „ich bin nicht schwul, oder so, aber ich bin gerade wirklich extrem abgebrannt."

Mr. Drake gluckste leise. „Oh, Jason, ich denke, Sie werden feststellen, dass nur wenige unserer Mitglieder schwul sind. Sie sind einfach offener als die meisten Leute, aber fast alle von ihnen bezeichnen sich als hetero."

Brandt nickte, als würde das irgendeinen Sinn ergeben. War dem so? Er wusste gar nichts mehr.

„Also würden Sie sich nackt vor der Kamera wohlfühlen, Jason?"

Brandt nickte.

„Und würden Sie auch vor der Kamera masturbieren?" Mr. Drake klang irgendwie skeptisch.

Brandts Wangen glühten und er machte sich Sorgen, dass er Mr. Drake nicht davon überzeugen konnte, dass er für die Arbeit im Haus geeignet war. Er zwang sich dazu, noch eine Schippe draufzulegen.

„Ja, klar", schnaubte er mit einem machohaften Lachen. „Ich mach's mir doch eh ständig selbst. Wäre ganz cool dafür bezahlt zu werden, meinen Sie nicht?"

Mr. Drake lächelte breit. Das war offensichtlich genau das, was er hören wollte.

„Wunderbar. Dann gehen wir's an. Wir brauchen ohnehin zuerst einen Kameratest, um sicherzugehen, dass Sie telegen sind. Das machen wir heute. Wir zahlen Ihnen 250 Dollar dafür und wenn uns Ihr Video gefällt, dann reden wir über einen Folgeauftrag. Wie hört sich das an?"

„Großartig!", antwortete Brandt und versuchte, sichtlich begeistert über dieses schrecklich karrierevernichtende Angebot, das ihm unterbreitet wurde, zu klingen.

„Wunderbar. Dann brauche ich nur noch eine Unterschrift von Ihnen und dann rufe ich Nick wieder herein. Er hilft Ihnen bei der heutigen Videoaufnahme."

Brandt füllte eine bemerkenswert kurze Modelfreigabe mit den Kontaktdaten seiner Undercoveridentität aus und unterzeichnete mit der Unterschrift, die er letzte Nacht mit Donnelly geübt hatte. Mr. Drake wählte eine Nummer und sagte in sein Telefon: „Nick? Ja, es läuft. Klar, das Set gehört heute euch. Okay." Er legte auf.

„Nick kommt sofort vorbei. Haben Sie bisher irgendwelche Fragen?"

„Nein. Bin nur gespannt darauf loszulegen", log Brandt.

„Und ich bin gespannt auf Ihr Video", gab Mr. Drake zurück.

Brandt fühlte, wie Drakes Blick auf seinem Hinterteil klebte, als Nick ihn aus dem Büro führte.

„Okay", sagte Nick im Gehen. „Wir drehen heute im großen Schlafzimmer. Das ist ein Wahnsinnsraum – große, in den Boden eingelassene Badewanne, eine dieser Duschen, in denen das Wasser von allen Seiten kommt und ein großes Fenster, das viel Licht auf das Bett wirft."

Brandts Magen verkrampfte sich bei jedem von Nicks Worten mehr, während er ihm durch den Flur folgte. Das würde grauenvoll werden. Um wenigstens ein bisschen richtige Polizeiarbeit zu retten, zog er sein Smartphone hervor und tippte eine Nachricht an Donnelly: „Drake, Tim. State College 2001." Brandt war Drakes Collegering aufgefallen.

Viel zu schnell hatten sie das Schlafzimmer erreicht. Es war wunderschön, wie Nick es versprochen hatte. Ein Ort, an dem Brandt gerne mal ein Wochenende verbracht hätte. Mit einer Frau. Was zur Hölle machte er hier?

Nick gab sich ganz geschäftsmäßig, während er den Raum vorbereitete. „Wir haben zwei feststehende Kameras, hier", er deutete in die Ecke gegenüber des Betts, „und hier." Er zeigte an die Decke über dem Bett. „Und ich habe diese Kamera hier, mit der ich mich bewegen kann, um alle Winkel abzudecken. Das Technische wäre also abgeklärt …" Er verstummte allmählich. Anscheinend hatte er bemerkt, wie überwältigt Brandt war.

„Schau mal", sagte Nick mit sanfter Stimme. „Ich weiß, dass das erste Mal ein bisschen nervenaufreibend sein kann. Wir gehen es langsam an und du machst nur, was du willst, okay?"

Brandt konnte nur nicken. Er hatte Angst, dass er sein Frühstück auskotzen würde, wenn er den Mund aufmachte.

„Für das Testvideo spielen Geräusche keine Rolle. Du kannst mir also Fragen stellen, wenn du willst und ich kann dir Anregungen geben. Alles, was wir wollen, ist zu sehen, wie du vor der Kamera wirkst, okay?"

Brandt nickte wieder. Er stand da und wusste nicht, was er tun sollte.

Nick schnappte sich die Kamera und begann zu drehen.

„Also, Mason", sagte er.

Brandt schaute ihn verwirrt an. Nick spähte hinter der Kamera hervor.

„Habe ich für dich erfunden. Clever, nicht wahr?" Er grinste.

Oh, super. Jetzt habe ich meinen eigenen Pornonamen. Wie reizend. Und nur ein Buchstabe unterscheidet ihn von meinem anderen Decknamen. Das ist, als hätte ich gar keinen richtigen Namen mehr.

Brandt wurde klar, dass er nicht riskieren durfte, dass die Eigendynamik, die sich plötzlich entwickelt hatte, wieder ins Stocken geriet und er die Konsequenzen seiner Handlungen akzeptieren musste.

Konzentriere dich, Brandt, konzentriere dich.

Er erwiderte Nicks Lächeln und versuchte so zu tun, als wäre er dankbar für Nicks Inspiration.

„Alles klar, wie wäre es, wenn wir in der Dusche anfangen?", schlug Nick vor.

Brandt lächelte – neckisch, wie er hoffte. Er ging zum Badezimmer und Nick folgte ihm. Irgendwie witzig, dass er, Brandt, vor der Kamera stand, während Nick nackt herumlief.

Die Dusche war so groß, dass keine Duschtüren nötig waren. Brandt streckte die Hand aus und drehte das Wasser auf, das gleich aus drei Duschköpfen in den Wänden und einem weiteren an der Decke strömte. Er wartete darauf, dass es sich aufwärmte.

„Zieh dein Shirt aus", schlug Nick vor. Seine Stimme war zu sanft, als dass sie wie ein Kommando gewirkt hätte. Brandt kam es so vor, als wollte er ihn ermutigen, anstatt ihm Anweisungen zu geben. Irgendwie kam Brandt sich dadurch noch schmutziger vor.

Achtlos streifte er sein T-Shirt über den Kopf ab.

„Hollala, mein Großer! Mach mal ein bisschen langsam", sagte Nick und gab Brandt das Shirt zurück, das er auf die Ablage hatte fallen lassen.

„Warum?"

„Weil du dich enthüllst. Dein Publikum lechzt danach zu sehen, was sich unter diesem strammen Hemd verbirgt und du sollst es ihm zeigen. Aber das musst du langsam machen, damit es an ihnen zerrt. Bau ein bisschen Spannung auf, bevor du ihnen deine bemerkenswerten Brustmuskeln zeigst, okay?"

Nicks heiterer Tonfall passte nicht dazu, wie er Brandt unumwunden anstarrte. *Steht er auf mich?,* fragte sich Brandt, völlig verwirrt. Aber gehorsam zog er sein Shirt wieder an.

Nick gab ihm mehr Anweisungen.

„Okay, jetzt fass es am Saum. Das ist die Bewegung, die dem Zuschauer signalisiert, dass du es gleich ausziehst. Aber mach noch nichts! Heb es nur ein bisschen an und dann dreh dich zum Spiegel, als würdest du dein Aussehen überprüfen. Das ist es! Oh Mann, so kriege ich einen Wahnsinnsschuss von deinen wahnsinnigen Bauchmuskeln. Heilige Scheiße, bist du scharf!"

Es war die reine Tortur für Brandt. Was tat er hier eigentlich?

„Okay, jetzt dreh dich weg, sodass wir deine Brust noch nicht direkt sehen. Lass uns warten. Ooh, ja, das ist es! Und jetzt über den Kopf ausziehen, langsam, langsam. Großartig. Jetzt balle das Shirt in einer Hand zusammen und dreh dich wieder zu uns. Oh, fuck! Das ist es! Du, ich glaube, ich bin gerade gekommen!"

Brandt wandte sich schockiert zu Nick und sah, dass er nur einen Witz gemacht hatte.

„Hah, erwischt! Okay, jetzt versuch es noch mal mit dem Wasser und dann machen wir das gleiche mit den Shorts, okay?"

Brandt hielt die Hand unter das Wasser, das jetzt warm genug war. Dann machte er mit seinem Striptease weiter. Er wandte Nick sein Hinterteil zu, knöpfte sich die Shorts auf und fuhr mit seinen Daumen unter den Bund. Langsam zog er sie herunter und zeigte gerade den Ansatz seines Hinterns, als Nick nach Luft schnappte.

„Heilige Scheiße, du trägst ja keine Unterwäsche! Das ist mal heiß!"

Brandt war sich nicht sicher, ob er es aushalten konnte, noch einmal von einem anderen Typen als heiß bezeichnet zu werden. Aber er biss sich auf die Lippe und fuhr fort damit, seine Shorts herunterzuziehen. Er fühlte, wie ihm irgendetwas genommen wurde – ihm war, als würden seine größten Geheimnisse der Öffentlichkeit preisgegeben, und alle, die ihn nicht kannten, konnten sich ihrer bedienen. Das stimmte ihn unfassbar traurig. Aber dann war das Gefühl plötzlich ebenso schnell verschwunden, wie es von ihm Besitz ergriffen hatte. Stattdessen überkam ihn ein irgendwie gefährliches Machtgefühl – sein Hintern konnte die Leute dazu bringen, innezuhalten und hinzuschauen, sie auf eine Art erregen, die Brandt sich niemals vorgestellt hätte. Er fühlte sich plötzlich frei.

„Okay, jetzt dreh dich um, langsam, und zeig den Ansatz deines Schambereichs."

Und schon war das neue Gefühl wieder verflogen und Brandt kam sich wieder wie eine Nutte vor. Aber pflichtbewusst drehte er sich herum und schaute in die Kamera, sein Intimbereich nur noch spärlich vom dünnen Stoff seiner Shorts bedeckt.

„Okay, Kumpel, leg die Karten auf den Tisch. Zeig mir deinen Wahnsinnsschwanz."

Brandt schaute Nick an. „Bist du dir sicher, dass du hetero bist?"

Nick grinste. „Ist es hetero, dass ich dir diese Shorts herunterreißen will? Ja, ist mir egal. Ich muss den Riesenschwanz sehen."

Brandt spürte, wie diese befreiende Kraft wieder zurückkehrte und es verwirrte ihn nur noch mehr. Er versteckte, was Nick und wer weiß wie viele andere Leute unbedingt sehen wollten. Das war keine Handvoll Schwuchteln in einer Umkleidekabine, das war ein Publikum aus anonymen Zuschauern, vielleicht dutzende, die dieses Video sehen würden und in diesem Moment kreisten ihre Gedanken nur um ihn. Um seinen Schwanz. Er musste unwillkürlich grinsen. Dann zog er die Shorts weiter herunter. Ein Großteil des Stoffs war ohnehin schon unter seinen Arschbacken und der Rest des Stoffs glitt geschmeidig an seinem Penis entlang. Einen Augenblick später war er gänzlich entblößt. Nick holte bewundernd Luft.

„Was ein heißes Stück Fleisch, Kumpel", keuchte er, die Kamera geübt darauf gerichtet.

Brandt trat seine Shorts zur Seite und drehte sich zur Dusche um.

„Oh, nett", hörte er Nicks Stimme hinter sich. Was war nett? Alles, was er getan hatte, war über den Rand der Dusche zu treten … Oh. Anscheinend hatte er seine Gesäßmuskeln dabei angespannt und darauf spielte Nick jetzt an. Brandt wurde bewusst, dass jede seiner Bewegungen als Sexobjekt reine Performance war. Daran würde er sich gewöhnen müssen.

In der Dusche tat er, was er immer tat – er reckte sein Gesicht ein paar Sekunden lang dem Wasserstrahl entgegen, griff dann nach dem Shampoo, quetschte eine Portion in die Hand und begann damit, es sich in die Haare einzumassieren.

„Holla, langsam, mein Lieber!", rief Nick. „Du kannst doch nicht einfach so vorpreschen!"

Brandt stand auf der Leitung.

„Was soll ich denn tun?", fragte er. „So dusche ich nun einmal."

„Aber das hier ist keine Dusche – es ist eine Aufnahme, die die Fantasie wecken soll. Die Zuschauer wollen deinen scharfen Body von allen Seiten sehen. Und sie wollen sehen, dass du ihn ebenso sehr liebst wie sie."

„Wie, soll ich jetzt gleich loslegen, oder was?"

„Nein, noch nicht. Aber du solltest unter dem Wasser stehen und es dir über den Körper laufen lassen. Zusehen, wie es deine Brust und deine Bauchmuskeln entlangrinnt. Das ist großartig und genau das, was die Zuschauer sehen wollen."

„Also soll ich einfach hier herumstehen und mir das Wasser über den Körper fließen lassen? Wer macht denn so was?

„Im echten Leben niemand. Aber diese Videos funktionieren so. Versuch's mal."

Brandt stand reglos unter dem Wasser und ließ es an sich hinabfließen. Es fühlte sich dumm an.

Nick spähte wieder hinter der Kamera hervor. „So, und jetzt streich dir mit den Händen über den Oberkörper."

„Warum?"

„Warum was?"

„Warum sollte ich das tun? Ich habe nicht einmal Seife hier."

Nick holte tief Luft.

„Jason, was glaubst du, wollen die Leute sehen, die sich dieses Video angucken?"

„Ähm … wie ich mir einen von der Palme wedele, schätze ich mal."

„Okay, ja, letztendlich schon. Aber nicht sofort. Erst wollen sie sehen, wie du darauf hinarbeitest."

„Habe ich doch gemacht!"

„Nein, du hast einfach dagestanden. Aber sie wollen hier sein, bei dir, ihre Hände über deinen atemberaubenden Körper gleiten lassen, die harten Muskeln unter deiner weichen Haut fühlen. Sie wollen über deine Brust streichen und fühlen, wie deine Nippel hart werden. Sie wollen dein Sixpack zählen, mit ihren Fingern auf Schatzsuche gehen und sie dann um deinen Schwanz schlingen. Der gerade ganz schön anwächst, wie ich sehe."

Brandt schaute erschrocken an sich hinunter. Nick hatte recht. Ihn hatte Nicks anschauliche Beschreibung der gesichtslosen Zuschauer und ihrer Wünsche tatsächlich erregt. Scheiße. Er war wirklich zu einer Schlampe mutiert, dachte Brandt, und entschied sich dafür, diesen Zustand nach Kräften zu ignorieren.

49

„Okay, sie wollen mich also zerfleischen. Was soll ich noch mal machen?"

„Du musst dich selbst berühren, ihnen das abnehmen, was sie nicht können. Deine Hände müssen das tun, was ihre tun würden. Du musst quasi ihre Rolle einnehmen."

„Wer schaut sich so etwas eigentlich an?" Brandt hoffte, mit seiner Fachsimpelei seinen immer noch anschwellenden Schwanz ablenken konnte.

Nick zuckte die Schultern. „Na ja, hauptsächlich Männer."

„Ja, das hatte ich mir schon gedacht. Aber gruselige alte Männer, oder was?"

„Ne, die meisten unserer Kunden sind eher so in den Dreißigern oder Vierzigern. Die wollen die Studentenjahre nachleben, die sie nie hatten, oder so. Ein paar sind älter oder jünger. Weißt du noch, dass ich gesagt habe, dass mein Freund Pete mit seinem Freund Josh in Europa war? Also Josh war einer der ersten Zuschauer meiner Liveshows und er ist etwa in meinem Alter."

Brandt nahm diese Informationen auf und schielte kurz nach unten. Langsam legte sich seine Erregung. Puh! Auch Nicks Blick wanderte nach unten. Falls er sich über Brandts Zusammenschrumpfen Gedanken machte, so ließ er es sich nicht anmerken.

„Alles klar, bist du bereit?", fragte Nick.

„Ja, denke schon. Es ist nur irgendwie seltsam, sich die ganzen Typen vorzustellen, die das Video anschauen werden. Irgendwie macht mich die Vorstellung wahnsinnig, dass ich mich so berühren soll, wie sie es gerne hätten."

„Na ja, dann stell dir einfach vor, dass die Leute, die das Video anschauen, Cheerleader von der Uni sind oder lesbische Pornostars, oder was auch immer."

Schwupp. Brandts Penis machte sich wieder selbstständig.

„Okay, dann fang jetzt an, dich zu befummeln."

Brandt gab sich größte Mühe, zu tun, was Nick von ihm verlangte, aber es fühlte sich so seltsam an. Er rieb sich mit der Hand über die Brust, wie Nick es vorgeschlagen hatte und zu seiner Überraschung fühlte er, wie seine Brustwarzen sich aufrichteten. Um Nick zu zeigen, dass er sich Mühe gab und die Anweisungen verstanden hatte, zwickte er sich in seine linke Brustwarze – und erschrak über das wohlige Gefühl, das sich in seiner Brust ausbreitete. Er schaute an sich hinunter und war erstaunt über die Gänsehaut, die sich auf seiner ganzen Brust gebildet hatte. Vielleicht hatte er ja wirklich all die Jahre etwas verpasst, wenn er förmlich durch die Dusche gehetzt war.

Er schaute zu Nick, geradewegs in die Kamera, und zwickte seine rechte Brustwarze. Und wieder durchfuhr es ihn wie ein Blitz und die kleinen Härchen stellten sich rund um die harte Knospe auf. Ohne nachzudenken, seufzte Brandt mit halbgeschlossenen Augen, während er sich etwas mehr gönnte von diesem … was auch immer es war, das Nick von ihm wollte.

„Oooh, fuck", flüsterte Nick. Sein Tonfall hatte sich verändert, war sanfter geworden, als hätte er gemerkt, dass Brandts Zurückhaltung sich langsam auflöste.

Brandt selbst fühlte sich wie auf einer verrückten Autopilotfahrt, während er etwas Duschgel in die Hand quetschte und sich damit einrieb. Alle paar Sekunden meinte er, er würde sich von seinem eigenen Körper lösen – es waren Momente, in denen es sich so anfühlte, als würden seine Hände jemand anderem gehörten – und dann reagierte sein Körper umso leidenschaftlicher auf seine Berührungen. Sein Schwanz war mittlerweile knüppelhart und pulsierte, obwohl er zögerte, ihn zu berühren, für den Fall, dass es nicht das war, was Nick von ihm wollte. Tat er das hier wirklich? War es ihm wirklich wichtiger, irgendeinen neunzehnjährigen Perversling mit Kamera zufriedenzustellen, als seiner Polizeiarbeit nachzugehen? Was zum Henker?

„Du hast beim Waschen einen Teil vergessen", murmelte Nick und Brandt sah, wie er kaum merklich in Richtung seines Schritts nickte. „Ich schätze, den wäscht du dir sonst auch, oder?", meinte er zwinkernd.

Brandt hoffte, dass die Hitze in seinen Wangen nicht im Video zu sehen war. Er war gerade dabei, den Bogen rauszukriegen und vor diesem Moment hatte er sich gefürchtet. Bis jetzt war er nur beim Duschen gefilmt worden. Falls irgendjemand, den er kannte, das zu Gesicht kriegen sollte, konnte er immer noch behaupten, dass das Video heimlich und ohne sein Wissen aufgenommen worden war. Aber jetzt würde er sich vor der Kamera einen von der Palme wedeln und musste so aussehen, als wäre er voll bei der Sache. Das hier war er. Der Moment, der seine Karriere beenden konnte. Der sein Leben verändern würde. Er konnte es nicht. Niemals.

Er warf Nick einen Blick zu und dessen goldene Augen waren auf ihn gerichtet. Er sah das neckische Grinsen, das Nicks Lippen umspielte, bevor er aufstöhnte – ein drängender, urtümlicher Laut. „Ach komm schon, tu's für mich. Denk nicht an alle anderen." Er schaute durch die Kamera, die er noch immer auf Brandts Genitalien gerichtet hielt. „Denk einfach an mich. Gib's mir. Nur mir." Er fuhr sich mit der Zunge über die Lippen.

Brandt schloss die Finger um seinen Schwanz.

Er tat es ohne nachzudenken, ohne zu zweifeln oder sich Sorgen zu machen. Er tat es für Nick.

Seine rechte Hand war ganz glitschig von der Seife und sie glitt vom Ansatz bis zur Spitze die zwanzig Zentimeter Fleisch entlang. Dann hob er seinen Schwanz an und presste ihn gegen seinen flachen, muskulösen Unterbauch. Es fiel ihm immer schwerer, gleichmäßig zu atmen und er stieß ein „Uff!" aus, während er die Bewegung wiederholte, immer schneller, er härter zufasste, Reibung schuf. Bald nahm er seine Hand nur noch als verschwommenen Schatten wahr.

„Perfekt." Nicks gehauchtes Lob war kaum zu hören, aber es klang in Brandts Ohren nach wie eine Glocke. Er fühlte, wie sich seine Lenden verkrampften. Wenn er jetzt nicht aufhörte, würde es gleich soweit sein, und …

„Stop!", rief Nick. Brandt gehorchte ihm, wie er es immer tat, wenn er eine Anordnung bekam. Er warf Nick einen Blick zu und zitterte in präorgasmischer Trance.

Nick lächelte. „Sah aus, als warst du kurz vorm Kommen, aber das wollen wir in der Dusche lieber lassen, oder?"

Woher zur Hölle wusste er, dass ich fast soweit war?, fragte sich Brandt.

„Warum nicht?"

„Uäh, klebrige Sauerei. Wenn ich unter der Dusche komme, ziele ich in meine Hand und lecke es dann auf – das ist viel besser, als später zu versuchen, es abzuwaschen. Wie auch immer, spül dich am besten ab und dann weiter zum Bett, okay?", sagte er strahlend.

Das war zu viel für Brandt. Hatte er es wirklich so weit kommen lassen? Fuck. Er sah, wie Nick sich wieder hinter die Kamera beugte und wusste, dass er wieder auf Sendung war. Das musste er wohl später überdenken. Oder gar nicht.

Er spülte die Seife ab und nahm das Handtuch, das Nick ihm herausgelegt hatte, eine unfassbar flauschige weiße Monstrosität, die brandneu aussah. Brandt trocknete sich ab und tupfte sogar seinen Intimbereich ab, ohne von Nick angespornt zu werden. Dann schlang er sich das Handtuch um die Hüften und ging ins Schlafzimmer.

Und dann stand er vorm Bett. Hier würde er sich erniedrigen müssen, körperlich und seelisch, stets zu Diensten. Er atmete tief durch, um sich zu beruhigen und war so konzentriert darauf, all seinen Mut zusammenzunehmen, dass er gar nicht bemerkte, wie Nick von hinten an ihn herantrat. Der warme Atemhauch an seinem Ohr jagte Brandt einen überraschenden Schauder über den Rücken.

„Es ist vollkommen okay, dass du nervös bist, Hengst." Die tiefe Stimme füllte Brandts Ohr mit brummiger, tröstender Wärme. „Aber du bist der sexieste Mann, der je auf diesem Bett gelegen hat, und die Leute werden auf dein Video abfahren. Jetzt mach einfach dein Ding und ich schau dir zu." Er fühlte, wie Nick sich von seinem Ohr entfernte und dann aber wieder heranrückte. „Ich fahre übrigens voll auf dich ab", flüsterte er. Und dann spürte Brandt etwas an seinem Ohrläppchen. Hatte Nick ihn etwa gerade aufs Ohr geküsst? Ihn verdammt noch mal geküsst?

Brandt war felsenfest entschlossen, diese Hölle hinter sich zu bringen. Der einzige Weg aus diesem bizarren, übersexten, abgefuckten Ort heraus war, es einfach zu tun. Während er sich zum Bett bewegte, bemerkte er überrascht, dass sich Gänsehaut über seinen ganzen linken Arm zog. Die hatte Nick ihm verpasst. Indem er ihn verflucht noch mal geküsst hatte. Fuck.

Brandt ließ sich aufs Bett fallen. Er öffnete das Handtuch und entblößte sich trotzig vor Nick, als würde er erwarten, dass der Jüngere durch die plötzliche Macht seines Striptease ausgeknockt würde. Nicks angehobene Augenbrauen und zischendes Luftholen zeigten Brandt, dass seine Botschaft angekommen war. Nick verschwand wieder hinter der Kamera.

Brandt griff nach seinem Schwanz und begann ihn zu reiben. Auf dem Nachttisch lag eine Tube Gleitgel, aber er ignorierte sie. Auf dem Monitor am Fußende des Betts lief ein Porno, aber er schaute nicht einmal hin. Er griff nur kräftig zu und starrte grimmig in die Kamera. Verfluchter Nick, der ihn einfach küsste. Was dachte dieser Mistkerl, was hier lief?

Nick hielt die Kamera unentwegt auf Brandts Schwanz gerichtet, zuckte aber leicht zusammen, als könnte er die derbe, trockene Behandlung selbst fühlen.

In weniger als einer Minute fühlte Brandt, wie sich sein Orgasmus ankündigte. Er spannte seine Bauchmuskeln an, um ihn voranzutreiben – er zwang ihn herbei, als ginge es um sein Leben – und die Wärme aus seinen Lenden breitete sich in seinem ganzen Körper aus. Seine Brust verkrampfte sich und jeder einzelne Muskel spannte sich an, während jede Faser in seinem Körper den Höhepunkt herbeisehnte. Er schloss die Augen, warf den Kopf zurück und rieb, als wollte er einen Wettbewerb gewinnen.

Seine Hände verkrampften sich, und er fühlte, wie das Leben in ihm pulsierte. Brandt schrie auf, während er seine Hüften in den eisernen Griff seiner Hände stieß, stieß und immer wieder stieß, um jede Reibung zu bekommen, die er kriegen konnte. Dann erstarrte er.

Sein roter und regloser Schwanz, fest im Griff seiner steifen Hände, entließ die erste Ladung. Sein Sperma schoss in die Luft und fächerte sich dann auf wie ein Fluss, ein gewundener weißer Amazonas, quer über Brandts Bauchmuskeln. Ein unterdrücktes Stöhnen entwich seinen Lippen, sein ganzer Körper zuckte und dann entlud sich die zweite Explosion, die hinauf bis zu seiner Brust reichte. Die dritte flog grazil durch die Luft und sammelte sich an seiner Kehle. Dann baute sich der Druck erneut auf und sein ganzer Körper schüttelte sich in Krämpfen, während er alles aus diesem Orgasmus herausholte, den er sich schlussendlich zu Willen gemacht hatte. Überall spritzte sein Sperma herum, prasselte wie zähflüssiger Regen auf die Laken, Kissen und Brandts ganzen zuckenden Körper. Es schüttelte ihn und er schrie auf, bis er erschöpft war, leer, fertig. Er keuchte, die Finger noch immer um seinen noch immer harten Schwanz geschlossen, nass vom Produkt seiner Ekstase.

Nick stand da mit offenem Mund. „Oh … mein … Gott", brachte er schließlich mühevoll hervor. „Das war unglaublich. Ich habe nur nie … noch nie hat einer … das war der Wahnsinn."

Brandts Gedanken waren komplett leergefegt gewesen, verbrannt von dem säubernden Feuer des brutalsten Orgasmus, den er je erlebt hatte. Aber Nicks Stimme brachte ihn wieder zurück in die Realität, an diesen Ort und zu dem, was er gerade getan hatte. Sein Schwanz schmerzte, sein Ohrläppchen kribbelte und die Klimaanlage blies kalte Luft über die Spermapfütze auf seiner Brust. Ihn fröstelte. Er öffnete die Augen und setzte sich auf, schüttelte den Kopf und hoffte entgegen aller Vernunft, dass sich das hier als schlimmer Albtraum herausstellte.

„Hast du …", krächzte er mit vom Stöhnen und Schreien rauer Kehle. Erst jetzt wurde ihm klar, welche Geräusche er von sich gegeben haben musste. „Hast du alles, was du brauchst?"

„Fast."

Brandt schaute ihn fragend an und Nick deutete auf seine Genitalien. Sein Schwanz stand kerzengerade und ein glänzender Silberfaden tröpfelte träge von seiner Spitze.

„Noch eine Minute und ich hätte alles vollgespritzt, ohne auch nur Hand anzulegen."

Irgendwie fühlte Brandt sich geschmeichelt. Die Demütigung seiner Verführung machte es sich in seinen Gedanken neben dem Stolz, seine Sache gut gemacht zu haben, gemütlich. Schon oft hatte man ihm gesagt, dass er einfach zu beflissen war, es allen recht zu machen und hier war der ultimative Beweis. Zum ersten Mal in seinem Leben hatte er vor einer anderen Person masturbiert und anstatt angeekelt zu sein, errötete er vor Stolz.

„Kann ich mich jetzt waschen gehen?", fragte Brandt.

„Klar, wenn ich dir Gesellschaft leisten darf", gab Nick zwinkernd zurück.

Brandt starrte ihn nur an. Das war einfach zu viel.

„War nur ein Witz! Du kannst duschen gehen und ich ziehe das schon mal alles auf den PC, um es zu schneiden." Nick sammelte seine Ausrüstung ein und ging zur Tür. „Komm einfach runter, wenn du fertig bist. Ich bin im Esszimmer. Dort bearbeiten wir unsere Videos."

„Okay", murmelte Brandt benommen.

Während er sich unter der Dusche sein Sperma von der Brust wusch (und von den Beinen, Armen und eigentlich jedem anderen Fleck seines Körpers), versuchte er nachzudenken – über irgendetwas anderes als das, was eben geschehen war. Alles kam ihm so unwirklich vor, selbst als er sich die Wichse aus den Schamhaaren schrubbte. Er hatte vor der Kamera masturbiert. Für Geld. Indem er Anweisungen von oben befolgt hatte, war er zu jemandem geworden, der er nie hatte werden wollen. Er fühlte sich leer. Da mussten vorher seine Würde und Privatsphäre (ein wichtiger Teil seiner Menschlichkeit) gesteckt haben. Die waren ihm genommen worden und er spürte den schmerzlichen Verlust. Er presste die Hände gegen die Wand und legte seine Stirn an die kühlen Fliesen, während das heiße Wasser auf ihn einprasselte.

„Fahr zur Hölle, Brandt", sagte er laut in der Hoffnung, sich wieder sammeln zu können. „Reiß dich zusammen!"

Er zwang sich dazu, seine Situation zu analysieren. Sein Vorsprechen war eindeutig gut gelaufen – er war dabei. Aber wie ging es jetzt weiter? Wie sollte er an die Informationen kommen, die der Chief von ihm erwartete? Die steckten irgendwo in Tabellen und Unterlagen, aber die einzige Unterlage, die er bisher angefasst hatte, war das Laken auf dem Bett und das war jetzt mit seinem Sperma bespritzt.

Fuck.

„Reiß dich zusammen", wiederholte er mit zusammengebissenen Zähnen. Er tat, was er in der Vergangenheit schon getan hatte, wenn ihn der Stress im Job übermannte – er versetzte sich zurück in die Zeit auf der Polizeiakademie, als er körperlich und geistig an sein Limit gebracht wurde. Der Ausbildung bei der Staatspolizei wurde nachgesagt, so anspruchsvoll zu sein wie auf einer Militärakademie und die Absolventen konnten froh sein, sie überlebt zu haben. Brandt hatte selbstverständlich mehr als nur überlebt, aber nie hatte er Härteres durchmachen müssen.

Bis jetzt.

Während er sich ein Bild von sich selbst vor Augen rief, wie er durch den stinkenden Schlamm des Hindernisparcours kroch, wuchs seine Entschlossenheit und sein Rücken streckte sich. Er würde auch das hier meistern. Irgendwie würde er es schaffen.

12

WIEDER IN seinem Surferoutfit, machte Brandt sich auf den Weg zum Esszimmer. Dort fand er Mr. Drake, der über Nicks Schulter schaute, während dieser wie verrückt auf dem Computer herumklickte. Verschiedene Bilder flackerten über den Bildschirm. Die Audiospuren waren bereits gelöscht und der Film stattdessen von einem Soundtrack unterlegt worden, der zwischen sanften Pianoklängen und rhythmischen Beats wechselte, abhängig von der Stimmung, die Nick erschaffen wollte.

„Du kommst gerade recht für das große Finale!", rief Nick über seine Schulter – er musste Brandts Spiegelbild in einem der Monitore gesehen haben.

Staatspolizisten mussten damit rechnen, schreckliche Dinge im Laufe ihres Berufslebens zu sehen: Unfälle, Mordopfer, verwesende Überreste. Aber nichts in Brandts bisherigen Erfahrungen hatte ihn darauf vorbereitet, sich selbst zu sehen, rücklings auf dem Bett, die Finger um seinen Penis geschlossen. Das war der privateste Moment, den er sich vorstellen konnte und hier konnten es zwei Fremde mitansehen. Brandt spürte, wie sein Puls anstieg, als würde sein Herz gerade die Koffer packen und den eigenen Umzug vorbereiten.

Nicks Musik baute sich in einem Crescendo auf, während Brandt sich auf dem Bett herumwarf und dann herrschte plötzliche Stille, als der erste weiße Strom wie ein Geysir aus seinem Schwanz schoss. An dieser Stelle erklang dafür ein inständiges, fast bestialisches Stöhnen. Brandt hatte nicht einmal bemerkt, dass er diesen rauen, schmerzhaften Ton von sich gegeben hatte, und er brauchte ein wenig, bis ihm klar wurde, dass es seine eigenen Laute waren. Sie verklangen zu einem bettelnden Wimmern, einer Bitte nach Vollendung. Brandt schloss die Augen. Er konnte sich das wirklich nicht weiter ansehen.

Mr. Drake schnappte nach Luft und presste die Hand auf den Mund.

„Ich weiß, nicht wahr?", rief Nick.

Die Stille, die darauf folgte, sagte Brandt, dass das Video durchgelaufen war und er die Augen wieder aufmachen konnte.

„Okay, hier sind meine Titelideen", sagte Nick und auf dem Bildschirm erschien ein sauber entworfener, aber nicht zu subtiler Schriftzug, der „Masons erstes Mal" ankündigte.

„Zwei Dinge", sagte Mr. Drake. „Erstens, hoch damit."

Nick reckte den Daumen in die Höhe und fuhr mit dem Tippen fort.

„Zweitens", fuhr Drake fort und wandte sich an Brandt. „Das war un-fucking-fassbar. Sind Sie sicher, dass Sie das noch nie zuvor gemacht haben?"

Brandt schüttelte den Kopf. Er wünschte, er hätte es nicht ein einziges Mal tun müssen.

„Drittens", fuhr Mr. Drake fort. „Das war zu kurz. Unfassbar heiß, aber nicht lang genug. Wenn die Leute sehen, dass es nur sieben Minuten dauert, denken sie doch, wir betrügen sie. Nick?"

„Ja, Mr. Drake?"

„Eugene filmt heute Nachmittag einen Soloclip. Nimm Jason doch mit ans Set, damit er sich mal angucken kann, wie er nächstes Mal auf mehr Minuten kommt."

„Alles klar, Sir."

Drake wandte sich wieder an Brandt. „Das war gute Arbeit, Jason. Holen Sie sich Ihren Scheck ab, bevor Sie heute gehen."

Er drehte sich um und ging zurück in sein Büro, während Nick einige letzte Tasten drückte und sich erhob.

„Wie wäre es mit Mittagessen, bevor wir bei Eugene vorbeischauen?"

„Ähm, gerne."

Sie gingen in die Küche.

„Nick?"

„Ja?"

„Was meinte Mr. Drake, als er dir ‚hoch damit' gesagt hat?"

„Dass ich dein Video auf die Seite hochladen soll."

Brandt blieb stehen. „Was?"

„Er sagte, ich soll es hochladen. Das habe ich gemacht und jetzt bist du drin."

„So schnell?"

„Technologie ist was Tolles, nicht wahr? Was hältst du von Burgern?"

Nick ging voraus in die Küche und ließ Brandt im Flur zurück, wo dieser nachempfinden konnte, wie es sich anfühlte, wenn man den genauen Moment kannte, an dem das Leben endete. Wie Brandts soeben. Er setzte sich auf eine Bank im Flur und wartete darauf, dass das Haus aufhörte sich zu drehen.

Er hatte gewusst, dass das Video vielleicht im Internet landen würde. Keine Versicherung seitens des Chiefs hatte ihm den Verdacht nehmen können. Aber ihm war nicht klargewesen, dass die Ablaufzeit zwischen seiner völligen Demütigung und der weltweiten Verfügbarkeit derselben nur knapp eine Stunde betrug. Fuck.

„Jason, kommst du?", rief Nick aus der Küche.

„Ja, bin gleich da", schaffte Brandt zu antworten, während er gleichzeitig versuchte, das Gefühl abzuschütteln, dass er gerade ausgeraubt worden war. Oder vergewaltigt. Oder was auch immer.

Konzentriere dich auf den Job, Brandt.

Bei der Staatspolizei wurde ihnen immer wieder eingebläut, wie gefährlich Undercover-Einsätze waren und es kursierten viele Geschichten von Polizisten, die in Drogenbanden eingeschleust wurden und irgendwann für diese Banden arbeiteten, selbst den Drogen verfallen. Brandt war sich immer sicher gewesen, dass ihm so etwas niemals passieren könnte – er würde nie zu denjenigen werden, gegen die er ermittelte. Aber die Realität war viel verworrener, als er es vermutet hatte. Vor dem heutigen Tag hätte er sich auch nicht vorstellen können, dass er es schaffte, vor einer Kamera zu masturbieren – und sei es nur in seinem eigenen Schlafzimmer, um ein Mädchen zu beeindrucken. Aber genau das hatte er gerade getan. War er gefährdet?

Er ging in die Küche, wo Nick am Herd stand und Burger briet. Er trug jetzt eine Schürze gegen mögliche Fettspritzer, aber nichts sonst. Brandt stand an der Anrichte und schaute ihm zu, wobei er sich immer noch fragte, wo hier die Grenze zwischen Leben und Performance verlief. Spielte Nick, der unter dem wachen Auge von nicht weniger als drei Kameras kochte, eine Rolle? Einerseits war er gerade nur mit Kochen beschäftigt. Andererseits war er komplett nackt und seine Rückseite war schlank und muskulös, sein Hintern so glatt und wohlgeformt und …

Oh, fuck. Brandt schloss die Augen. Hatte er gerade wirklich Nicks Hintern begutachtet? Er versuchte, hier einen guten Job zu machen (auf beiden Seiten), an die Informationen zu gelangen, die ihm bei seiner Ermittlung halfen und gleichzeitig ein guter Angestellter in diesem verrückten Bruderschaftsbordell zu werden. Aber das bedeutete, dass er sich Dinge angucken musste – in diesem Fall Nicks Dinge – mit denen er sich alles andere als wohl fühlte.

Als Nick ihm ins Ohr geflüstert hatte, dass er scharf auf ihn sei, war das nur ein Teil des Jobs gewesen? Und was sollte Brandt fühlen, wenn er auf Nicks Hintern starrte? Und was, wenn ihn das Vortäuschen etwaiger Gefühle dazu brachte, tatsächlich zu fühlen, was er nicht wollte?

Brandt legte den Kopf auf die Anrichte. Das war wirklich der schlimmste Job aller Zeiten.

„Hey, geht's dir gut?", fragte Nick, während er einen Teller vor Brandt abstellte und sich dann neben ihn setzte.

„Oh, ja, klar", antwortete Brandt und hoffte, dass er lässig genug klang, wenn man bedachte, dass er sich gerade für ein weltweites Publikum vor der Kamera befriedigt hatte. Vielleicht half ja ein wegwerfendes Glucksen? „Hahaha, Scheiße." Er griff nach dem Burger, den Nick für ihn zubereitet hatte und nahm einen so großen Bissen, dass es ihn wenigstens für ein paar Momente davor bewahrte, sich unterhalten zu müssen.

„Aha." Nick schaute Brandt skeptisch an und schien zu erwarten, dass dieser mehr von seinen Gefühlen preisgab.

Brandt widmete sich jedenfalls mit ausgesprochener Hingabe dem Mittagessen. Ihm war wirklich nicht nach Gesprächen zumutete. Nick hatte kaum zwei Bissen genommen, als Brandts Teller leer war.

„Wow, kannst du reinhauen", sagte Nick. „Du musst echt viel trainieren, um das wieder loszuwerden. Ich meine, dein ganzer Körperfettanteil entspricht doch nicht einmal einem halben Burger."

„Wir haben jeden Tag PT", sagte Brandt noch kauend.

„PT? Nennen die so nicht das Training beim Militär?", fragte Nick und kniff die Augen zusammen.

Scheiße, schon wieder, dachte Brandt. „Ähm, ja. Mein Dad war beim Militär. Ich benutze das Wort aus Gewohnheit. Ich meine, ich trainiere jeden Tag."

„Oh. Wer ist das ‚wir‘, mit dem du trainierst? Bist du in einem Team?"

Denk nach, Brandt, denk nach.

„Ähm, ne. Ich trainiere mit einem Kumpel. Wir halten uns gegenseitig bei der Stange."

Ein leichtes Grinsen umspielte Nicks Mundwinkel.

„Verstanden", sagte er. „Ich war nur einen Moment besorgt. Vor ein paar Monaten hatten wir hier mal einen Typen, der im Wrestling-Team an seiner Uni war und die waren übelst angepisst, als sie auf sein Video gestoßen sind. Haben ihn aus dem Team geworfen. Er hat sein Sportstipendium verloren und alles."

„Das ist echt beschissen", sagte Brandt und zum ersten Mal in den ganzen letzten verlogenen Tagen meinte er seine Worte ernst. „War das wegen dieser Schwulennummer?"

Nick schnaubte. „Nein, er war hetero. Seine Freundin hat ihn dazu gebracht. Die haben es so hingestellt, als dürfte er kein Geld verdienen, während er für das Team spielt. Aber viele andere Spieler hatten noch Teilzeitjobs, also konnten sie das Argument schon mal vergessen. Dann haben sie gemeint, dass sie aufgrund des Stipendiums das alleinige Bildrecht besäßen und das Video gegen das Copyright verstoßen würde, irgendwie so was. In erster Linie wollten die einfach nicht, dass irgendjemand sieht, wie sich einer ihrer Spieler einen runterholt und deswegen haben sie einen Weg gefunden, ihn zu feuern. Scheißkerle."

„Was ist mit dir?"

„Oh, ich bin in keinem Team oder so, keinen interessiert, was ich so treibe."

„Weiß deine Familie Bescheid?", fragte Brandt. Ihm war das Essen ausgegangen und Fragen zu stellen war einfacher, als sie zu beantworten.

„Keine Familie", erwiderte Nick schlicht.

„Oh." Brandt war nicht sicher, wie er darauf reagieren sollte. Das war eine seltsame Aussage für einen Menschen in seinem Alter und die fehlenden Emotionen in Nicks Stimme machten es nicht weniger seltsam. „Was ist mit Pete?"

Nick schloss die Augen, schüttelte den Kopf und gluckste leise.

„Du fängst ja wirklich oft von ihm an. Hör mal, ich mag dich und so, und ich finde dich wirklich rattenscharf, aber Pete ist mein Mann. Mein einziger."

„Danke für die Erinnerung, aber ich bin immer noch hetero. Ich bin so hetero, dass ich nicht einmal einen festen Freund habe."

Nick lachte. „Du bist witzig."

„Du auch. Wirklich witzig. Nein, was ich meinte, ist: Weiß er über deine Arbeit hier Bescheid?"

„Naja, am Anfang haben wir ziemlich viel darüber diskutiert. Ich brauche das Geld wirklich, weil ich anders als Pete keine Eltern habe, die für alles aufkommen.

Er war ziemlich angepisst, als er es herausgefunden hat, aber sein Freund Josh hat ihn davon überzeugt, der Sache entspannter gegenüberzustehen."

„Josh ist der, der sich deine Liveshows ansieht, richtig?"

„Ja. Er ist wirklich ein goldiger Typ. Aber er hat auch irgendwas Versautes an sich. Manchmal glaube ich, er kann Leute schwul machen, wenn er sie nur ansieht."

„Also Pete ist schwul?", fragte Brandt, als gäbe es unzählige realistische Antwortmöglichkeiten, wenn man einen Typen fragte, ob sein fester Freund schwul war.

Nick dachte einen Augenblick nach. „Ja, ich denke schon. Er hat eine Weile gebraucht. Aber ich glaube, dass er von dieser Sommerreise als ein anderer Typ zurückkommt. Ich glaube, das wird ihm guttun."

Brandt setzte gerade zu der Frage an, was er damit meinte, als Nick auf die Uhr schaute.

„Oh, Scheiße. Eugene fängt in ein paar Minuten an. Wir müssen uns beeilen."

Er sprang auf und eilte zu der ausladenden Treppe, die die Eingangshalle des Hauses dominierte. Brandt folgte ihm – in sicherem Abstand, denn als sie die Treppe hinaufstiegen, befand sich Nicks Hintern etwa auf seiner Augenhöhe. Erst im zweiten Stockwerk fiel Brandt auf, dass er die ganze Zeit nicht einmal den Blick von diesem hügeligen Muskelpaket genommen hatte. Fuck.

„Er ist da drin", rief Nick vor einer Tür ein Stück den Flur hinunter. Brandt folgte ihm. Als er den Raum betrat, sah er, dass Eugene alles andere als Eugene war.

Es war Trent.

Der Typ, dem Brandt bei seinem ersten grauenhaften Besuch auf der Website beim Wichsen beobachtet hatte. Dessen Hand er gestern allen Bedenken zum Trotz geschüttelt hatte. War das wirklich erst einen Tag her?

Eugene glättete das hauteng Shirt, das er sich gerade erst über den muskulösen Oberkörper gezogen hatte. Dann trat er zu Brandt und streckte erneut die Hand aus. *Super,* dachte Brandt.

„Schön, dich wiederzusehen, Jason", sagte er mit seiner tiefen, volltönenden Stimme. Brandt fiel auf, dass er Trent in seinem Video nicht hatte sprechen hören.

„Ähm, danke gleichfalls." Gott sei Dank war Eugene immer noch angezogen, was diese Aussage ein bisschen weniger seltsam klingen ließ, als sie es sonst vielleicht gewesen wäre.

„Okay, zeigen wir dem Neuen jetzt, wie's richtig läuft?", fragte Eugene Nick grinsend.

Nick stupste Brandt an. „Das ist seine Vorstellung von einem guten Wortwitz. Weißt du, Eugene kommt immer wie ein echter Pornostar."

„Hey, ich bin ein Pornostar!"

Nick verdrehte die Augen.

„Eine Facebook-Fanpage macht dich noch nicht zu einem Star, Kumpel. Wie auch immer." Er wandte sich wieder an Brandt. „Er verschießt die fettesten, ekelhaftesten Wichsfäden, die du je gesehen hast. Das ist quasi sein Markenzeichen."

„Du bist doch nur neidisch. Du hast gesagt, das wäre geschmacklich die beste Wichse, die du je hattest."

„Halt die Klappe, Trent."

Eugene lachte. „Weißt du, Jason, er nennt mich so, weil ich keine Angst davor hatte, meinem Arsch ein bisschen Dildo zu gönnen, als meine Fans danach gefragt haben. Er ist noch nicht lange genug dabei, um sich das zu trauen."

„Ich spare mich für die Ehe auf", gab Nick scharfzüngig zurück.

„Ja, als würde Pete irgendwann einen ehrenwerten Mann aus dir machen", stichelte Eugene.

Nicks Antwort darauf war ein Faustschlag gegen Eugenes Brust, was eher klang, als hätte er auf einen rohen Schmorbraten eingeprügelt. Der Typ war massiv. Eugene reagierte, indem er den immer noch nackten Nick am Hals packte und ihn aufs Bett warf. Dann sprang er im Wrestling-Stil hinterher. Es folgten zwei, drei Minuten Ringen und Räkeln. Die erste Minute war aggressiv, während der Rest aus purem Vergnügen zu bestehen schien. Als Eugene ihn losließ, konnte Nick eine beeindruckende Erektion vorweisen. Brandt suchte Eugenes Basketballshorts nach ähnlichen Anzeichen ab, konnte aber keine finden. (Er erkannte seinen Fehler erst später, als Trent beim Striptease seinen stählernen Tiefschutz offenbarte, der seinen Schwanz im Zaum hielt.)

„Okay, fuck! Du hast gewonnen, du Höhlenmensch. Ich werde nie verstehen, wie deine knochige Freundin das überlebt, wenn du oben bist. Eigentlich musst du dich nur zurücklehnen und ihr das Klettern überlassen."

Eugene zwinkerte Brandt zu. „Nick stellt sich immer vor, wie es sein muss, meine Freundin zu sein. Armer Kerl. Er kann einfach nicht verkraften, dass ich ihm das hier", er griff sich mit der Hand in den Schritt und wackelte in Richtung von Brandt, Nick und der ganzen Welt, „nie schenken werde." Er hatte aber auch genügend Potential zum Wackeln.

Nick verdrehte die Augen. „Wenn die Dramaqueen bereit für die Nahaufnahme ist, würde ich die Show hier gerne durchziehen."

„Fick dich, Kumpel", war Eugenes Antwort.

„Auf jeden Fall nicht mit dem Ding da!" Nick zeigte mit dem Finger auf Eugenes Schwanz. „Verflucht, niemals."

Nick griff nach der Minikamera auf der Kommode und schaltete sie geschickt ein. „Okay, bin startklar. Dann heizen wir ihnen mal ein."

Zwischen den beiden jungen Männern herrschte eindeutig keine Feindseligkeit und sie machten sich mit größter Professionalität ans Werk.

Brandt versuchte immer noch, die sozialen Verflechtungen dieser kleinen Welt zu analysieren. Er kam nicht sehr weit.

Als Nick die Kamera einschaltete, gingen auch die restlichen Kameras im Raum an. An jeder leuchtete ein kleines, aber helles rotes Licht. *Ziemlich raffinierter Aufbau,* dachte Brandt.

Noch bemerkenswerter aber war die unmittelbare Verwandlung von Eugene zu Trent. Vor der Kamera wurde er zu einer ganz anderen Person – zu der, die Brandt schon mehrmals auf der Website gesehen hatte. Er war ganz professionell und seine Profession bestand darin, seine Zuschauer scharf zu machen. Wie er es selbst gesagt hatte – das war genau sein Handwerk.

Vor der Kamera begann Trent aufzuleben, und dabei schien er kaum zu bemerken, dass sie da war. Sein Timing und seine Bewegungen waren überaus penibel und immer richtete er seinen Körper für den bestmöglichen Effekt aus. Sein Striptease war sexy, ohne billig zu wirken, maskulin und doch reizend. Wie er das alles zugleich schaffte, war Brandt ein Rätsel – aber die Tatsache, dass selbst Brandt die Raffinesse hinter Trents Vorführung auffiel, sprach für sein Talent. Wenn selbst ein Hetero sehen konnte, wie unfassbar sexy er war, dann würde er bei jedem ankommen. Ausnahmsweise schalt sich Brandt einmal nicht für das, was er in Trent sah, denn Trent benutzte seinen Körper wie eine Waffe. Wer konnte ihm einen Vorwurf machen, dass er dem zum Opfer fiel?

Irgendwann war Trent nackt, aber er hatte sich immer noch nicht gänzlich der Kamera gezeigt. Er ging ins Badezimmer und kurz darauf hörte Brandt, wie erwartet, Wasser rauschen. Als er Kameramann Nick ins Bad folgte, sah er, dass es nicht aus der Dusche, sondern in die Wanne hineinströmte. Man musste Trent wirklich für seine Kreativität loben. Aber Badewannen waren doch eher das Revier gestresster Hausfrauen und Pärchen mit Erektionsstörungen – wie sollte Trent da sexy wirken?

Die Antwort auf die Frage bekam Brandt, als Trent sich zum Spiegel drehte und Nick und der Kamera die Reflektion seines Körpers darbot. Eigentlich wusste Brandt, dass sein eigener Schwanz sehr gut gebaut war. Er hatte ihn letzte Nacht nach der Aktion im Umkleideraum das *Cabana Boy* sogar ausgemessen und das hatte ihn einige Überwindung gekostet. Aber jetzt wusste er, dass seiner im erregten Zustand über zwanzig Zentimeter maß.

Ihm wurde bewusst, dass Trents sogar noch größer war, auch wenn er noch ein wenig anwachsen musste. Warum war ihm das nicht vorher aufgefallen? Ihm wurde plötzlich bewusst, wie angestrengt er es vermieden hatte, in den Videos auch nur auf Trents Schwanz zu gucken. Diesen Teil hatte er sich immer verkniffen. Und jetzt baute er sich vor ihm auf. In nur anderthalb Metern Entfernung. Heilige Scheiße.

TRENT FÜHLTE das Wasser in der Badewanne und stellte die perfekte Temperatur ein – nicht die, die er als Eugene für ein Bad wählen würde, sondern die, die Trent brauchte. Das bedeutete, das Wasser musste warm genug sein, damit seine Hoden nicht schrumpelten (was ganz offensichtlich auch eine Fan-Vorliebe war, denn er selbst fand einen schlaffen Sack eher unangenehm, musste sein Publikum aber zufriedenstellen), aber nicht so heiß, dass seine Haut rote Stellen bekam. Er hatte es auf die harte Tour gelernt: Nach einem besonders heißen Bad war er in den Diskussionsforen auf der Website als „Der Hummer" tituliert worden. Dadurch war er vorsichtiger geworden.

Zufrieden mit der Temperatur und der Wasserhöhe, kletterte Trent in die Badewanne – so langsam, dass sein Schwanz einen Moment lang frei über dem Badewannenrand schwebte, während er die Beine hinübergrätschte. Er wusste, dass Nick ein guter Kameramann war und gewährte ihm einen erstklassigen Blickwinkel direkt auf Höhe seines Hinterns, um den Moment abzupassen, in dem sein Gehänge den meisten Schwung bekam.

Dann machte er es sich in der Badewanne bequem. Er fühlte, wie die beiden Männer instinktiv näher herantraten, um zu sehen, was als nächstes kam, aber er lehnte sich nur zurück, verschränkte die Hände hinter dem Kopf und schloss die Augen. Zunächst bewegte er sich kein bisschen.

Auch wenn es nicht danach aussah, leistete er doch Schwerstarbeit. Er hatte die Bauchmuskeln angespannt, als er in die Wanne gestiegen war und sie waren hart geblieben, ein Wunder der isometrischen Spannung. Eugenes Bauchmuskeln wären glatt und entspannt gewesen, während er in der Wanne relaxte, aber Trents waren wie eine Landschaft mit Gipfeln und Tälern, und jeder einzelne Muskel ragte herausfordernd aus dem Wasser.

Mit seinen Gedanken war er ganz woanders. Er hatten einen eigenartigen vedischen Text darüber gelesen, wie man Muskeln einzeln kontrollieren konnte und im Moment konzentrierte er sich darauf, seinen Kremastermuskel zu entspannen, damit seine Hoden noch tiefer hingen, als sie es durch den Einfluss des warmen Wassers ohnehin schon taten. Gleichzeitig krümmte und streckte er seine Zehen und vollführte seine Bewegungen so gewissenhaft, dass es wirklich so aussah, als würde ein Athlet nach einem anstrengenden Training seine Füße dehnen. Trent hatte keine Ahnung, warum so viele seiner Zuschauer auf seine Füße abfuhren, aber wenn man Mr. Drakes monatlichen Statistiken Glauben schenken durfte, so lagen sie in seinem PHUK (dem Physische-Highlights-im-User-Konsens-Bericht) an vierter Stelle. Für diesen Bericht wurde ausgewertet, wie oft einzelne Körperteile der jeweiligen Models in den Diskussionsforen erwähnt wurden. Ganz oben an der Spitze stand selbstverständlich sein Schwanz, gefolgt von den Hoden und Bauchmuskeln, aber die Füße hielten sich hartnäckig hinter der Top 3, und wenn der Trend anhielt (im Sommer herrschte schließlich Sandalensaison), so würden sie zum Ende des Quartals vielleicht sogar aufs Treppchen steigen.

Auch wenn Eugene diese Ergebnisse nicht nachvollziehen konnte (Warum Füße? Igitt!), so vertraute er ihnen trotzdem. Er besaß einen Master in Informatik und hatte das Programm, das diese Daten sammelte und analysierte, selbst entwickelt. Den Algorithmus hatte er als Projektarbeit bei einem Wettbewerb eingereicht. Er war Dritter geworden, hatte aber, nachdem die Arbeiten begutachtet worden waren, fünf neue Fans seiner Arbeit bei den *Str8 Frat Dudes* gewonnen.

Schließlich begann er, sich zu bewegen. Er zog die Hände hinter dem Kopf hervor und ließ sie langsam über seinen Oberkörper gleiten und strich mit einstudierter Geistesabwesenheit über seine Bauchmuskeln. Gänsehaut breitete sich auf seiner Brust aus, die Brustwarzen stellten sich auf und er zwickte sie sanft mit beiden Händen. Er seufzte und verrenkte den Hals, als wäre er überrascht von der Lust, die ihm diese Berührungen bereiteten, obwohl nichts an seinem Körper ihn noch überraschen konnte. Ihm fiel auf, dass der Neue, Jason, den Schritt seiner Hose zurechtrücken musste, aber er war zu professionell, um eine Reaktion darauf zu zeigen.

Trent ließ die Hände weiter über seinen Körper gleiten, als wäre das altbekannte Territorium, das sie erkundeten, völliges Neuland. Schon längst hatte er Nicks Ratschlag angenommen und versuchte, seine Zuschauer glauben zu lassen, dass ihre Hände mit den seinen auf Entdeckungsreise gehen konnten. Das klang dämlich, wenn man es laut aussprach, aber die Vorstellung war unheimlich erregend.

Trent stöhnte, rollte sich geschmeidig auf den Bauch und präsentierte so seinen wie aus Stein gemeißelten Rücken und den wohlgeformten, muskulösen Hintern. Auch das war keine Position, wie er selbst sie bei einem Bad eingenommen hätte, aber so konnte er seine attraktive Gestalt von ihrer besten Seite präsentieren. Kaum merklich begann er, die Hüften langsam und bedächtig zu bewegen und den Eindruck zu erwecken, als würde er die Reibung seines Glieds am Badewannenrand genießen. Seine Bewegungen wurden immer energischer, sein Hintern entspannte und verkrampfte sich bei jeder Auf- und Abwärtsbewegung und gab immer, wenn er aus dem Wasser tauchte, den Blick auf seine von Haaren umrandete Öffnung preis. So schnell wie dieser Anblick hervorblitzte, verschwand er auch wieder. Trent stellte sich vor, wie seine Legionen von Fans diesen Ausschnitt wieder und wieder in Zeitlupe anschauten, um einen guten Einblick in seine geheimsten Körperteile zu bekommen.

Trents übertriebene, ruckartige Stöße ließen das Wasser über den Wannenrand schwappen (das Vortäuschen völliger Hingabe war ein weiterer essentieller Teil des Handwerks), bis er sich schließlich wieder auf den Rücken drehte und zum ersten Mal seinen voll erigierten Penis zeigte. Sowohl Nick als auch der Neue holten zischend Luft.

Trents Schwanz war ein Wunderwerk der Natur. Er stand parallel zu Trents Unterbauch, lag aber nicht auf seinem Körper auf, pulsierte zwischen Schambereich und Bauchnabel, erzitterte neben den untersten Bauchmuskeln. Seine Hoden hatten sich in der Zwischenzeit völlig entspannt. Zusammen formten Schwanz und Skrotum eine ununterbrochene Linie von mehr als dreißig Zentimetern genitaler Pracht, die alle Aufmerksamkeit auf sich lenkte.

Trent stand geschmeidig auf, drehte der Kamera erst den Rücken zu und wandte sich dann langsam wieder zurück, um nach einem Handtuch zu greifen und sich ganz vor der Kamera zu enthüllen. Sein Schwanz stand unverändert aufrecht. Er hatte der Schwerkraft kein bisschen nachgegeben und seine Hoden hingen, wenn es überhaupt möglich war, noch tiefer und präsentierten sich auffällig unter ihrer dünnen fleischigen Hülle.

Sein Umgang mit dem Handtuch war ebenso gewissenhaft nachlässig wie sein Baden – jeder Teil von Trents Körper wurde mit dem dicken, weißen Stoff abgetupft, gerubbelt und liebkost. Dann zerzauste Trent sein Haar zu einem nonchalanten Wuschelkopf und schlang das Handtuch um seine schmale Hüfte. Diese plötzliche Körperverhüllung war nicht mehr als die Verheißung, dass das, was sie verdeckte, schnellstmöglich wieder preisgegeben werden würde.

Trent machte sich auf den Weg zum Bett. Dort angekommen behielt er das Handtuch vorerst an, während er mit nachdenklichem und verträumtem Gesichtsausdruck seinen sauberen und jetzt auch trockenen Körper streichelte. Die Nachmittagssonne fiel durch das Fenster hinein und tauchte seinen Körper in einen goldenen Glanz. Dann legte er sich rücklings aufs Bett und langte unter das Handtuch an seinen Schwanz. Und wieder war der Zweck dieser Bewegung ein ganz anderer als der, den die Zuschauer sich dahinter vorstellten. Während es so aussah, als könnte Trent nicht genug von seinem beeindruckenden Schwanz bekommen, überprüfte er lediglich, ob er prall genug war, um ihn dem Publikum wieder zu zeigen.

Er fuhr mit den Fingerspitzen über seinen Körper, als würde er eine andere Person berühren. Nach ein paar Minuten bewegten sie sich auf seinen Intimbereich zu und doch vermied er es vorerst, seinen Penis zu berühren (der immer noch aufrecht stand, weil Trent die Vorstellung davon, dass Leute ihm zusahen, ebenso sehr genoss wie Nick). Stattdessen schloss er die Finger um seine Hoden, zupfte, rieb und quetschte sie sogar ein bisschen, sodass die Haut sich spannte und glänzte. Dann formte er mit Daumen und Zeigefingern Ringe und ergriff damit je einen Hoden, sodass sie nach rechts und links gezogen wurden. Sein Skrotum war so entspannt, dass er sie einige Zentimeter auseinanderziehen konnte. Eugene hätte das wohl nicht gefallen, aber wenn seine Hoden so weit oben auf Trents PHUK standen, musste er Mittel und Wege finden, mit ihnen zu hantieren, ohne sie sich gleich aus dem Körper zu reißen. Während seiner beruflichen Fortbildung (Mr. Drake zahlte ihnen mehrere Stunden im Monat, um neue „Inhalte" für ihre Videos zu entwickeln) experimentierte er gern mit härteren Techniken herum. Manche davon hatten mit Lederriemen zu tun, aber er war sich nicht sicher, ob die so richtig in das Bild eines Collegeverbindungshauses passten. Allerdings fühlten seine Hoden sich dadurch großartig an.

Als er mit seiner Hodenmassage fertig war, kümmerte Trent sich um den Bereich etwas weiter hinten, wofür er sie an die Seite schieben musste. Seine Finger bewegten sich zu dem kompakten Knoten seines Anus, taten aber nicht mehr, als über die äußere Oberfläche zu streichen, bevor er die Hand wieder zurückzog. Er machte seine Zuschauer scharf, damit sie nach einer richtigen Analvorführung verlangten und für eine Liveshow zahlten, bei der er mehr als nur den winzigen Dildo benutzen würde, den er sich letzte Woche eingeführt hatte. Er freute sich nicht gerade darauf, aber er hatte ein Auge auf einen klassischen BMW geworfen, für den ihm noch einige tausend Dollar fehlten. Wenn er sich einen Dildo einführen musste, um das Auto seiner Träume zu bekommen, dann tat er das auch – wer würde das nicht? Seine Freundin hatte ihm bei den Vorbereitungen geholfen, also würde er bald dazu bereit sein.

Erst nach dreißig Minuten Videodreh berührte Trent seinen Schwanz – aber nur für einen kurzen Moment ließ er seine Fingerspitzen den Schaft auf- und abwandern. Dann drehte er sich wie im Bad auf den Bauch und begann damit, wieder und wieder in die Matratze hineinzustoßen. Das war eine seiner beliebtesten Aktionen. Ein langjähriger Fan, OMGTrent11, hatte in den Diskussionsforen auf der Website eine Liste mit den genauen Zeitangaben erstellt, wann Trent in welchem Video den Matratzenfick begann. Er selbst fand es ziemlich seltsam und wenn er zu lange durchhielt, wurde die Reibung lästig, aber er tat es aus dem gleichen Grund, aus dem Ethel Merman immer „Show Business" sang – nicht aus Liebe, sondern aus Liebe zu ihren Fans. Und für Geld.

Aber was den Zuschauern wirklich gefiel, war das, was Trent jetzt tat. Er spreizte die Beine und reckte dabei sein Hinterteil der Kamera entgegen. Trent wusste, dass sein Arsch einen bewundernswerten Anblick bot. Er bestand aus nichts als Muskeln, Sehnen und ganz fein behaarter Haut. Während er vortäuschte, sich selbst ganz in seinem Akt mit der Matratze zu verlieren, kam er bei seinen Rückwärtsbewegungen der Kamera immer näher und öffnete sich ihr mehr und mehr. Schließlich war seine runzlige Knospe gänzlich zu sehen, rosa und jungfräulich, und Nick, das wusste Trent, hielt die Kamera voll darauf gerichtet. Das Ganze wiederholte sich mehrere Male, bis Trent plötzlich innehielt und mit weit gespreizten Arschbacken erstarrte. So hielt er still und holte tief Luft, als wäre er von der Anstrengung, mit seinem Schwanz über die Decke zu scharren, ganz erschöpft.

ERST ALS Trent wieder nach vorn stieß und sich dann auf den Rücken rollte, wurde Brandt klar, dass er das Arschloch eines Kerls angestarrt hatte und es sogar ziemlich heiß gefunden hatte.

Vor ein paar Tagen hatte ihn der Anblick von Trents Hintern noch angewidert und jetzt spürte er, wie sehr es ihn erregte, mit ihm im gleichen Raum zu sein. Was das bedeutete, für ihn, für seine Sexualität, für seine Zurechnungsfähigkeit, daran mochte er jetzt noch gar nicht denken. Vielleicht später. Oder nie.

Diskret quetschte Trent einen Spritzer Gleitgel aus einem Spender, der am Kopfende der Matratze verborgen war und begann, mit größerer Absicht über seinen Schwanz zu streichen. Seine Bewegungen waren langsam und wohlüberlegt und er machte immer wieder Pausen, um sich mit den Fingerspitzen dem kleinen Loch an der Eichel oder seinen Hoden zu widmen. Das war das komplette Gegenteil von Brandts Vorstellung vor ein paar Stunden. Wo Brandt auf seinen Orgasmus hingearbeitet hatte, verzögerte Trent ihn und wartete darauf. Es dauerte weitere zehn Minuten, bevor er kräftiger zupackte.

Demütigenderweise kannte Brandt mittlerweile die Anzeichen eines zurückgehaltenen männlichen Orgasmus so gut, dass er wusste, wie nahe Trent dem Höhepunkt war. Seine Hoden waren wieder auf dem Weg in ihre natürliche Position, seine Brust hob und senkte sich und Muskeln wölbten sich hervor. Sein Kopf bewegte sich von einer Seite zur anderen, der Mund stand ihm offen und seine Augenbrauen bogen sich vor schmerzhaftem Verlangen. Seine Handbewegungen wurden immer kürzer und schneller und konzentrierten sich auf das obere Viertel seines Schwanzes (das gut und gerne sechs Zentimeter maß) und seine Haut glänzte vor Schweiß. Brandt sah, dass das Ende nahte, aber er war nicht darauf vorbereitet, was es mit sich brachte.

Mehrere Dinge passierten zugleich: Trent griff mit der linken Hand nach unten und presste sein Skrotum an die Unterseite seines Schwanzes. Seine rechte Hand war zu einem hautfarbenen Schleier verschwommen. Er hob den Kopf, um an sich hinunterzuschauen, über die angespannte, sich hebende Brust mit den erregten Brustwarzen und die kopfsteinpflasterartigen Bauchmuskeln, von denen der Schweiß perlte, bis hin zur Spitze seines knochenharten Schwanzes. Brandt betrachtete das alles überwältigt. Und dann war es ihm, als hätte jemand die Zeitlupe eingestellt. Trent schnappte dreimal nach Luft und hörte dann zu atmen auf, als könnte der nächste Atemzug sein letzter sein. Seine Hände unterbrachen ihr wildes Zucken und die Bewegungen wurden kleiner, wogender, sanfter. Jeder Muskel in Trents Körper erstarrte in stählerner Erwartung.

Aber dann.

„Oh." Das war das einzige Geräusch, das Trent von sich gab, aber in Brandts Ohren ertönte es wie ein Donnerschlag. Es war so leise und so voller Verlangen, dass es sowohl sein Herz brach als auch seinen bereits felsenfest aufrechtstehenden Schwanz vor Sympathie zum Zucken brachte.

Aber dann.

Die erste Ladung Sperma schoss mit solchem Dampf aus Trents Schwanz, dass Brandt sie erst sah, als sie sich schon in hohem Bogen über Trents Brust bog. Sie alle – Brandt, Nick, die Kamera – schauten hinterher, wie sie flog und dann graziös herabsank. Trent verfolgte sie ebenfalls mit dem Blick und hier zeigte sich sein ganzes Können, denn selbst in den letzten Zügen eines sehr realen und doch gespielten Orgasmus schaffte er es, den Mund so zu öffnen, dass es einfach so aussah, als würde er einatmen. Und genau dort, in seinem Mund, landete der erste Schuss heißer Flüssigkeit. Genau in dem Moment, als sie ihr Ziel fand, war schon ein zweiter in der Luft und ein dritter drängte aus seinem Schwanz, der gerade erst begann.

Da sich alle jungen Männer im Haus als Heteros verkauften, musste auch Trent überrascht und bestürzt tun, als sein eigenes Sperma in seinem Mund landete (Welcher Hetero will so etwas schon?), aber sein in der Mehrheit nicht heterosexuelles Publikum wollte natürlich, dass er so aussah, als wäre ein Mundvoll Sperma genau das, was er immer gewollt und sich nur nie eingestanden hatte. Das war eine komplizierte Gratwanderung und Brandt wurde klar, dass Trent diesen Drahtseilakt perfekt meisterte. Ein leises Lächeln umspielte seine Lippen, seine mit Sperma verschmierten Lippen, und dann stieß er ein leichtes Keuchen aus, das die Flüssigkeit wieder durch die Luft fliegen ließ. In diesem Moment bewies er, dass seine Heterosexualität sowohl unumstößlich als auch äußerst flexibel war. Seine Bewegungen waren beinahe verspielt. Brandt erkannte, wie gut er seine Rolle erfüllte.

Als er seine Kunstfertigkeit unter Beweis gestellt hatte, entspannte Trent sich ein wenig und dann begann das Sperma erst richtig zu fliegen. In einem fast ununterbrochenen Strom verspritzte sein Schwanz Faden um Faden der dickflüssigen, weißglänzenden Samenflüssigkeit, die sich über seinem gesamten Torso verteilte und ihm die Optik reich geäderten Marmors verlieh. Er war komplett voll davon und noch immer quoll mehr hervor.

Brandt hatte es den Atem verschlagen. Noch nie hatte er etwas Derartiges zu Gesicht bekommen und mit zittrigen Beinen trat er einen Schritt vom Bett und Trent und dem scharfen Geruch der Spermapfützen, die ihn bedeckten, zurück. Seine Gedanken fuhren Achterbahn und er war sich nicht sicher, ob sein Schwanz gerade Vorejakulat oder das Endergebnis absonderte. Die Grenzen zwischen seinen Gefühlen und dem, was er nicht fühlen wollte, waren aufgehoben. Er bebte am ganzen Körper – diese Art Zittern, die er sonst von besonders intensiven Orgasmen kannte – und konnte nicht sicher sagen, ob er selbst gekommen war. Und es war ihm egal.

„Uuund wir haben's!", rief Nick, während er die Kamera ausschaltete. „Das war der Wahnsinn, Euge. Ein Volltreffer." Nick lächelte und hob eine Augenbraue in Richtung seines in Sperma getränkten Kumpels, offensichtlich gleichermaßen neidisch, stolz und angeturnt.

„Duschen. Muss dringend duschen", krächzte Eugene und richtete sich langsam in eine sitzende Position auf. Brandt merkte verdutzt, dass das Sperma an seinem ganzen Oberkörper und Hals Fäden bildete, die auch hielten, als er sich aufsetzte. (War da auch etwas an seinem Ohr?) Nick hatte ihm bezüglich der Zähflüssigkeit also die Wahrheit gesagt. Offenbar entwickelte er sich gerade zu einer Art Spermaexperten, stellte Brandt fest, und ihm wurde ein wenig übel. Auch darüber würde er später nachdenken müssen. Viel später.

13

Nick und Brandt machten sich wieder auf den Weg die Treppe hinunter, damit Eugene sich in Ruhe waschen konnte. Die Vorstellung, dass er dort oben alleine unter der Dusche stand, ohne dass eine Kamera auf ihn gerichtet war, kam Brandt plötzlich seltsam vor. Er fragte sich, ob er jemals wieder so über eine so simple Sache wie Duschen denken konnte wie vor dem Tag, als seine Welt zu einer Bühne wurde.

Als sie durch den Flur gingen, steckte Drake den Kopf aus seinem Büro.

„Oh, Jason! Gut, dass ich Sie erwische. Hier ist Ihr Scheck."

Er reichte Brandt einen sehr schlichten geschäftsmäßigen Scheck, so einen, wie man ihn sonst in der Post hatte, wenn man eine zu hohe Gasrechnung zurückerstattet bekam. Brandt hatte etwas anderes erwartet, aber andererseits war er sich auch nicht sicher, was er erwartet hatte – vielleicht einen grellroten Wisch mit Bildern von nackten Männern? Das war doch dumm.

„Danke, Mr. Drake."

„Ist mir ein Vergnügen! Hey." Drake wandte sich an den immer noch nackten Nick. „Du solltest Jason mal zeigen, was sein Video macht." Er drehte sich wieder zu Brandt. „Wir hätten Sie gerne baldmöglichst für einen weiteren Dreh." Seine Stimme klang ein wenig heiser. Dann ging er wieder zurück in sein Büro und schloss die Tür.

„Komm schon", sagte Nick und ging voraus ins Esszimmer. „Schauen wir mal, wie es läuft."

Er setzte sich an den Computer und suchte nach den Besucherzahlen der *Str8-Frat-Dudes*-Website. Das Video von Brandt war jetzt seit zwei Stunden online.

„Wow."

„Was?", fragte Brandt, von Nicks Reaktion alarmiert.

„Siebzehn-Sechsundzwanzig."

Brandt verstand gar nichts. „Was bedeutet das?"

„Das bedeutet, dass eintausendsiebenhundertsechsundzwanzig Besucher dein Video angeklickt haben. Bis jetzt."

Brandt wurde schlecht. Bis jetzt hatte er die Vorstellung beiseitegedrängt, dass irgendjemand tatsächlich sein Video anschaue, aber jetzt wurde er mit der Tatsache konfrontiert, dass schon fast zweitausend Leute es angesehen hatten.

„Und das ist erst der Anfang", fuhr Nick fort und schüttelte bewundernd den Kopf. Er lehnte sich vor und schaute auf der Karte nach, aus welchen Gebieten die Besucher kamen. „Junge, in England bist du der Renner."

Er zeigte auf die Karte. Die Britischen Inseln leuchteten rot auf.

69

„Manchmal gibt es solche Ausreißer um diese Uhrzeit. Ich glaube, das sind die ganzen verklemmten Briten, die jetzt von der Arbeit in der Bank nach Hause kommen, Zylinder und Monokel ablegen und sich auf einen kleinen Fick mit einem kräftigen amerikanischen Collegestudenten freuen." Nick kicherte bei der Präsentation seiner Vorstellung, die teils an Mary Poppins erinnert und teils, ja, einfach pervers war.

„Oh Gott."

„Geht's dir gut, Mann? Siehst ein bisschen blass aus."

„Mir geht's ... gut. Ja, mir geht's gut." Brandt schüttelte den Schock darüber ab, dass so viele Leute seine demütigende Vorstellung mitangesehen hatten und versuchte noch einmal, zwanglos damit umzugehen. Aber er konnte nicht anders, als sich zu fragen, ob ihn irgendjemand wiedererkannt hatte, ob irgendeiner seiner Bekannten das Video gesehen haben konnte. Allein der Gedanke daran war irrsinnig, das wusste er, aber trotzdem fühlte er sich wie jemand, dem plötzlich klarwurde, dass sein Hosenstall offen war. Nach einer zehnminütigen Rede bei der Morgenkonferenz. Vor dem stellvertretenden Geschäftsführer.

Ihm wurde wieder schlecht.

„Hör mal, wie wäre es, wenn du Feierabend machst und dir eine Pause gönnst?", schlug Nick vor.

„Ja, das ist eine gute Idee", murmelte Brandt und versuchte, sich daran zu erinnern, wo es zur Haustür ging.

„Du kannst in einem der oberen Räume schlafen, wenn du magst", bot Nick gut gelaunt an. „Ich mache später ein geiles Barbecue zum Abendessen."

Brandt fand Nicks Angebot so herzerwärmend und beruhigend, dass er kurz erwog, es anzunehmen, bevor ihm überhaupt klarwurde, was er da fühlte: Nick, sein Porno-Lehrer, bot an, sich um ihn zu kümmern, als wäre er Brandts Großmutter. Das Einzige, was noch fehlte, war ein Hühnersüppchen.

„Oder ich mach dir schnell eine Suppe oder so was", fuhr Nick fort. Er hatte die Augenbrauen hochgezogen und sah sehr besorgt aus.

Oh, verdammt.

Brandt holte tief Luft und schaffte es, bestimmt und mit Überzeugung, die er absolut nicht empfand, zu sagen: „Ne, danke, Mann, aber ich muss mal wieder los."

Er streckte die Hand aus und versuchte, seine „Scheiß drauf, dass ich gerade vor der Kamera masturbiert und mir von zweitausend Leuten dabei habe zusehen lassen"-Haltung zu wahren.

Nick schaute auf seine Hand, lächelte und schlug sacht ein. Er streckte den anderen – gebräunten, muskulösen – Arm aus und legte die Hand auf Brandts Schulter, zog ihn zu sich heran und nahm ihn in den Arm. Er hielt ihn fest und fuhr mit einer Hand über Brandts Rücken. Dieser wiederum versuchte krampfhaft, sich daran zu erinnern, wie man noch mal atmete.

Endlich trat Nick einen Schritt zurück, ließ aber einen Arm auf Brandts Schultern liegen.

„Pass auf dich auf, Kumpel. Sehen wir uns nächste Woche?"

Zu fertig, um seinen Schock zu verbergen, schnappte Brandt nach Luft.

„Wozu?", fragte er, einen Moment lang wie benommen von dem Gedanken, dass weitere erniedrigende Aufgaben auf ihn warteten.

„Dein Job auf der Baustelle, oder nicht?" Nick lächelte, während er Brandt subtil daran erinnerte, wer er momentan war.

„Oh, ja. Das. Weißt du ..." Brandts Fähigkeiten zur Heuchelei kehrten allmählich zurück und er konzentrierte sich wieder auf sein eigentliches Ziel. „Vielleicht kündige ich einfach. Die Bezahlung ist wirklich schlecht. Hier kann ich einiges mehr reißen." Er klopfte auf seine Tasche, in die er den Scheck gesteckt hatte.

„Wunderbar", rief Nick mit einem Lächeln so strahlend wie die Sonne. „Das habe ich gehofft."

Brandt schämte sich zutiefst, sich selbst für weitere Demütigung angeboten zu haben. Er biss die Zähne zusammen und hoffte, dass er begeistert aussah.

„Ich schreibe dir einfach am Montag und dann machen wir irgendwas für nächste Woche aus, okay?" Nick sprudelte vor Aufregung fast über.

„Klingt super. Man spricht sich", presste Brandt heraus, während er sich auf den Weg zur Tür machte.

Die Sonne schien ihm direkt ins Gesicht. Es war das erste Mal, dass Officer Brandt, die männliche Hure, das Tageslicht zu sehen bekam.

14

„Er hat dich also umarmt? Hast du nicht gesagt, dass er nichts anhatte?"

„Der war die ganze Zeit nackt. Das war vollkommen schrecklich." Brandt konnte Donnelly nicht sagen, dass es nicht *vollkommen* schrecklich war. Irgendwie konnte er es ja nicht einmal sich selbst eingestehen.

Es war Sonntagmorgen und wie jede Woche trainierten Donnelly und Brandt zusammen. Brandt hatte eine schlaflose Nacht hinter sich, hauptsächlich weil er jedes Mal, wenn er die Augen schloss, Nick oder Eugene oder – und das war das Schlimmste – sich selbst durch das Fenster eines Webbrowsers gesehen hatte. Manchmal sah er auch sich selbst, wie er am Computermonitor (der einen Zylinderhut trug) vor Ehrfurcht erstarrt Eugenes epische Ejakulation begaffte. Gegen halb vier hatte er alle Einschlafversuche aufgegeben.

Niemand sonst trainierte am Sonntagmorgen, also nutzten die beiden Polizisten meist diese Zeit, um den Dampf der Woche abzulassen – und in Brandt hatte sich viel Luft angestaut. Er versuchte zuerst, die Dinge grob für Donnelly zusammenzufassen, aber es verlangte ihn so sehr danach, mit jemandem über seine Erfahrungen zu sprechen, dass er es schnell aufgab, irgendetwas zu beschönigen. Er begann mit dem Ende, als er den Scheck bekommen und Nick ihn umarmt hatte (und seinem Penis wirklich nah gekommen war, was Brandt allerdings verschwieg, weil ihn der Gedanke an diesen zu intensiven und ungewollten Kontakt zum Kochen brachte).

„Hey, aber du hast Geld dafür bekommen. Das ist doch super. Was musstest du alles vorgaukeln, um eingestellt zu werden?", fragte Donnelly, während er zusätzliche Gewichtscheiben auf Brandts Hantel steckte.

Brandt holte tief Luft.

„Ich hab's gemacht, Mann. Ich hab's gemacht." Er griff nach der Hantelstange und begann mit seinen Wiederholungen, um das nicht genauer erklären zu müssen.

Donnelly kniff die Augen zusammen. „Was gemacht?"

Brandt beendete seine Einheit und Donnelly half ihm, die Hantel in ihre Halterung zu setzen.

„Ich habe ein Video gedreht", murmelte Brandt mürrisch und stand auf, um einen Schluck Wasser zu trinken. Donnelly blieb zurück und musste diese Information verdauen.

„Wovon?", rief er Brandt zu, der am Wasserspender stand.

Brandt drehte sich zu ihm um und schüttelte den Kopf.

„Ein Kochvideo, selbstverständlich. Ich habe ein Überraschungsomelett zusammengerührt und das war so umwerfend, dass sie mir gleich meinen ersten Michelin-Stern verliehen haben."

Donnellys Kinnlade fiel herunter.

„Du hast eines dieser Videos gedreht? Wie die, die wir gesehen haben? Wo dieser Typ so …" Donnelly schnappte wie eine Kaulquappe nach Luft. „Und dann hat er …" Nein, eher wie ein Frosch.

Brandt beobachtete seinen verdatterten Freund und schüttelte den Kopf, während er zur Trainingsmatte zurückkehrte.

„Ja, natürlich eins dieser Videos, du Dummkopf. Das war doch der Sinn der ganzen Sache. Mich ins Haus schleichen, freundlich aufgenommen werden, herausfinden, wie das Ganze läuft. Also ja, ich habe ein Video gedreht, wo ich meine Scheißklamotten ausziehe und mir vor der Kamera einen von der Scheißpalme wedele, okay? Jetzt begriffen? Und um acht Uhr heute Morgen ist das Video schon – ich zitiere meinen Pornoguru Nick – „in mehr als siebentausend Haushalten angeklickt worden", was einfach nur ein perverser Ausdruck ist, weil es sich nicht gerade um einen Familienfilm handelt."

Brandt schnaufte. Es war anstrengend, gleichzeitig aufgebracht und sarkastisch zu sein. Jetzt sah Donnelly ein wenig blass um die Nase aus.

„Wie war es so?", fragte er schließlich.

„Wie war was?"

„Das alles. Hat es sich seltsam angefühlt?"

Brandt verdrehte die Augen. Aber andererseits wusste er, dass er mit Donnellys Fragen rechnen musste, also zwang er sich selbst, geduldig zu antworten.

„Ja, das war seltsam. Hauptsächlich, weil alle dort so geschäftsmäßig drauf sind. Na ja, außer Nick, der fühlt sich da wie auf seiner persönlichen Spielwiese. Also wirklich, dieser Typ …"

„Also hast du dich einfach vor die Kamera gestellt und losgelegt?"

„Nein, natürlich nicht", stotterte Brandt. „So war das nicht." Er versuchte zu erklären, wie Nick ihn bei der Sache angeleitet hatte, wie er ihn quasi aus seinen Klamotten herausgelockt hatte, wie er ihn so weit gedrängt hatte, dass er den Orgasmus nicht nur wollte, sondern wirklich brauchte. Er fand einfach keine Worte für all das.

„Also wie dann?", fragte Donnelly leise und suchte Blickkontakt mit Brandt. Wie Nick schien er sich auf Brandts inneren Konflikt einzustellen. Das überraschte Brandt. Wusste eigentlich jeder, wie er sich fühlte?

Donnelly streckte die Hand aus und legte sie auf Brandts Schulter.

Brandt erstarrte. Diese Berührung, Donnellys Berührung … das war genau wie bei Nick. Sie traf ihn tief in seinem Inneren, dort, wo er all die Scham des gestrigen Tages vergraben hatte. Er stieß Donnellys Hand weg.

„Fass mich verdammt noch mal nicht an!", rief er mit rotem Gesicht und zitternden Beinen. Er versetzte Donnelly mit der Hand einen Stoß vor die Brust und schubste ihn so hart weg, dass sein Kollege stolperte und auf dem Boden landete. „Fass mich verdammt noch mal nie wieder an!"

Brandt drehte sich um und stürmte aus dem Fitnessstudio. Donnelly blieb ausgestreckt auf der Matte liegen.

15

ERST AM Nachmittag fand Brandt den Mut, Donnelly anzurufen. Nach der Aktion im Fitnessstudio war er nach Hause gefahren, ins Bett gefallen und hatte es endlich geschafft, den Schlaf der letzten Nacht nachzuholen. Gegen sechzehn Uhr wurde er wach und fühlte sich platt und verschwitzt.

„Hey", meldete sich Donnelly am anderen Ende der Leitung.

„Hey."

Schweigen.

„Tut mir leid wegen heute Morgen", fing Brandt an, aber Donnelly schnitt ihm das Wort ab.

„Nein. Du brauchst dich nicht zu entschuldigen. Vor einem Partner muss man sich nicht entschuldigen, oder? Wir sind Cops. Wir verrichten harte Arbeit und manchmal wird einfach alles ein bisschen zu viel."

Verdammt. Was für ein Typ.

„Ich habe dir doch von dieser Sache im Haus meiner Schwester erzählt, weißt du noch?"

Brandt konnte sich nicht erinnern. Dann rastete sein Gedächtnis ein. Würde es sich je davon erholen?

„Ja. Ja, ich erinnere mich."

„Ich finde, du solltest mal vorbeikommen. Dir ein bisschen Zeit unter Leuten gönnen und normale Gespräche führen."

„Worum ging es da noch gleich?"

„Nur um ein Abendessen. Meine Schwester liebt große Dinnergesellschaften am Sonntag, und seit meine Mom von der Sache mit meinem Bruder so ins kalte Wasser geworfen wurde, ist sie die einzige, die das noch durchzieht. Nur Familie, nichts weiter. Du solltest vorbeikommen."

„Hey, ich weiß das Angebot wirklich zu schätzen …"

„Gut, dann hole ich dich in zwanzig Minuten ab." Donnelly war ein zu guter Freund, als dass er ein Nein als Antwort akzeptiert hätte.

„Warte, was …" Aber die Leitung war schon tot. Brandt holte tief Luft und ging unter die Dusche. Würde er sich dort jemals wieder sauber fühlen?

Genau zwanzig Minuten später klingelte Donnelly an der Tür. Brandt, der sich nach dem Duschen und Rasieren wieder ein wenig menschlicher fühlte, trat zu ihm hinaus in den warmen Sonntagabend. Es war ein Tag, an dem normale Leute normale Dinge unternahmen. Brandt wünschte, er würde zu ihnen gehören.

„Gut siehst du aus, Kumpel", zwitscherte Donnelly heiter.

„Äh, danke." Früher hatte Brandt Komplimente zu seinem Aussehen immer abgewehrt, aber jetzt sah er sie in einem anderen Licht – dem Licht einer Videokamera. Er schloss die Augen, atmete tief durch und versuchte, die Röte zu unterdrücken, die seinen Hals hinaufkroch.

„Lass uns gehen", brachte er heraus und klang fast fröhlich.

Donnelly lächelte angesichts des vorgetäuschten Jubels, auch wenn Brandt nicht sagen konnte, ob er ihm die gute Laune abkaufte.

Auf der Fahrt zum Haus von Donnellys Schwester sprachen sie kaum ein Wort miteinander. Fünfundzwanzig Minuten lang starrte Brandt aus dem Fenster und versuchte, sich daran zu erinnern, wie die Welt ausgesehen hatte, bevor alles anders geworden war, und Donnelly hielt den Blick starr auf die Stoßstange des vor ihnen fahrenden Wagens gerichtet und schaute nicht einmal zu Brandt. Schließlich bogen sie in die Auffahrt eines kleinen ranchähnlichen Hauses ein, neben dem etwas stand, das wie ein aufgemotzter Minivan aussah.

„Nettes Gefährt", sagte Brandt mit einem Blick auf den Minivan. „Aber warum gibt man sich so viel Mühe, eine Familienkutsche tieferzulegen und zu lackieren? Das ist immer noch ein Minivan."

„Der ist für einen Rollstuhl umgebaut worden", erklärte Donnelly, während sie zur Veranda gingen. Vermutlich hatte er seinen bissigen Ton nicht so gemeint, aber er traf Brandt trotzdem.

„Oh", war alles, was Brandt dazu einfiel. Innerlich hasste er sich dafür, dass er sich so in seiner eigenen abgefuckten Situation vergrub, dass er nicht einmal das kleinste bisschen menschliches Mitgefühl aufbringen konnte. Andererseits hatte Donnelly nie erwähnt, dass eines seiner Familienmitglieder im Rollstuhl saß.

Donnelly öffnete die Haustür und trat ein.

„Hey Schwesterherz! Was gibt's Gutes?", rief er und hielt die Fliegengittertür für Brandt offen. „Sollte was Gutes sein – ich habe Gesellschaft mitgebracht!"

„Oh! Hast du jemand Besonderes mitgebracht?"

„Ja, er ist ziemlich besonders. Er ist mein trotteliger Kollege!"

Donnellys Schwester kam aus der Küche. Sie wischte ihre Hände an einem Handtuch ab, lächelte breit und trat zu den beiden Männern.

„Dann ist das also Officer Brandt! Ich habe schon viel von Ihnen gehört. Herzlich willkommen!" Sie streckte die Hand aus.

„Danke sehr. Es tut mir leid, dass ich noch nicht so viel von Ihnen gehört habe." Brandt verpasste Donnelly einen Hieb auf den Arm, wie um zu zeigen, wer daran Schuld trug. „Danke für die Einladung."

„Sie sind hier immer willkommen. Bitte nennen Sie mich Chris."

„Schön, dich kennenzulernen, Chris."

Sie schaute Brandt erwartungsvoll an, als hoffte sie, auch seinen Vornamen zu erfahren, aber Brandt konzentrierte sich in erster Linie auf seine Pflichten als Gast.

„Das ist ein wirklich schönes Haus", sagte er, während er sich im Zimmer umschaute und hoffte, dass er aufrichtig klang. Warum fiel ihm plötzlich alles so schwer? Er fragte sich, wie er sich wohl verhalten würde, hätte er nicht gerade sein Pornodebut hinter sich gebracht. Warum sollte das hier eine Rolle spielen? Oder warum tat es das so offensichtlich?

Chris schaute sich ebenfalls um. Selbst im besten Licht war dies nicht mehr als ein wenig elegantes Siedlungshaus in einem Wohngebiet, das sich schon vor langer Zeit von der Mittelklasse verabschiedet hatte.

„Ach, dieses alte Haus? Das ist doch nichts Besonderes, aber für mich reicht's. Aber jetzt kommt mit in den Garten zu den anderen!"

Sie ging voraus durch die Küche zur Gartentür und die vier Stufen hinab auf die Terrasse. Neben den Stufen führte eine Rampe vom Haus hinab.

Auf der kleinen, schlichten Terrasse, die von einem schmalen Rasenstreifen gesäumt wurde, saß der Rest von Donnellys Familie. Ein etwa vierjähriger Junge spielte in einem provisorischen Sandkasten. Neben ihm saß ein kräftiger Mann um die dreißig in einem Rollstuhl. Er sprach lebhaft mit dem Baby auf seinem Schoß, während das Kind ihn glücklich sabbernd anstarrte.

Donnelly trat an die beiden Personen im Rollstuhl heran.

„*Hey there, Delilah!* Wie geht es meiner kleinen Prinzessin?"

Der Mann im Rollstuhl drehte die Kleine zu ihm um und augenblicklich hellte ein zahnloses Grinsen ihr kleines Gesicht noch mehr auf. Sie strampelte kräftig und völlig unkoordiniert mit den Beinen. Donnelly hob Delilah hoch und nahm sie auf den Arm. Ein Sabberfleck breitete sich auf seiner Schulter aus.

„Hey, komm, ich stell dir Will vor. Will, das hier ist mein Partner."

Brandt schenkte Will ein Lächeln und streckte die Hand aus. Will erwiderte den Händedruck mit kräftigem Griff. Seine Arme waren unfassbar muskulös.

„Schön, dich kennenzulernen, Partner." Will hatte eine tiefe, knurrige Stimme.

„Ethan."

„Schön, dich kennenzulernen, Ethan. Das hier", er nickte mit dem Kopf in Richtung Donnellys wertvollem Bündel voller Liebe und Sabber, „ist meine Tochter Delilah, und der da", er ruckte mit dem Kinn zum Sandkasten, „ist Dylan."

„Ihr seid eine wirklich schöne Familie", sagte Brandt und fühlte sich augenblicklich beschämt, hatte er Chris doch das gleiche Kompliment zum Wohnzimmer gemacht. Er versuchte, irgendwie aus der Situation herauszukommen. „Die Augen haben sie von ihrer Mutter." Das sollte funktionieren.

Will lächelte, als hätte Brandt einen gutgemeinten, aber nicht sonderlich lustigen Witz erzählt. „Da hast du recht, das haben sie."

Brandt ging neben Dylan in die Hocke und der Junge reichte ihm direkt einen Spielzeuglaster mit kippbarer Ladefläche. Brandt hatte keine Ahnung, was er damit anstellen sollte. Dylan verdrehte die Augen und zeigte ihm, wie er mit einer kleinen gelben Schaufel Sand in seinen eigenen Lastwagen lud. Dann reichte er Brandt die Schaufel und wartete darauf, dass er es ihm gleichtat. Brandt erfüllte ihm seinen Wunsch.

Dann schaute er auf zu Chris, die mit einem Tablett voll Drinks die Treppe hinunterkam. Zuvor war ihm nicht aufgefallen, wie hübsch sie war. Gleichzeitig sah er aber auch zu viel Ähnlichkeit mit Donnelly, sodass er diesen Gedankengang aufhalten konnte, bevor er wirklich begonnen hatte.

„Okay, Chris, ich hab's wieder ans Laufen gekriegt, aber wenn es das nächste Mal spinnt, ruf mich bitte direkt, bevor du versuchst, es selbst zu reparieren. Ich komme sofort vorbei."

Diese neue Stimme war männlich. Die Donnellys hörten ja gar nicht mehr auf. Brandt erhob sich und Will übernahm die Vorstellung.

„Ethan, das ist Lucas. Lucas, das ist Gabriels Partner Ethan."

Lucas streckte die Hand aus.

„So, so, Gabriels Partner? Muss anstrengend sein, ihn ständig davor zu bewahren, Ärger zu machen."

Brandt schüttelte Lucas' Hand.

„Ja, aber irgendjemand muss es ja machen."

Brandt hoffte auf eine Erklärung, wie Lucas sich in das Familienbild einfügte, aber dann trat dieser zu Donnelly und streckte die Arme aus.

„Delilah! De-LI-lah! Komm zu Daddy, meine Süße!" Donnelly reicht ihm das immer noch glucksende Baby.

Moment, wie war das? Super, jetzt höre ich schon Dinge.

16

EIN PAAR Stunden später entspannte sich die Gruppe im Schein kleiner weißer Lichter, die von Baum zu Baum gespannt waren, an einem großen Tisch, den Lucas in die Mitte der Terrasse geschoben hatte. Die Reste des Abendessens lagen herum und alle lachten und unterhielten sich. Delilah schlief in Chris' Armen und Dylan war wieder im Sandkasten mit seiner Lastwagenkolonne beschäftigt.

„Also, ich bin also im Streifenwagen und suche im Handschuhfach nach dem Erste-Hilfe-Kasten, als der Affe sich Gabriels Taschenlampe schnappt." Der ganze Tisch brach in noch lauteres Gelächter aus. „Und dann springt er vom Autodach, krallt sich sein Holster und beißt ihm direkt in den Arsch!"

Chris, schon ganz erschöpft vom Lachen, sah aus, als würde sie gleich umfallen. Lucas brüllte vor Lachen und Will liefen die Tränen die Wange hinunter.

„Hey, das hat wehgetan", bemerkte Donnelly kläglich. „Ich hätte eine Infektion bekommen können."

Das brachte die anderen nur noch mehr zum Lachen. Selbst Dylan gackerte im Sandkasten, ohne zu wissen, warum.

„Wie lange seid ihr jetzt schon ein Team?", fragte Will, als sich das Gelächter allmählich legte.

„Fast zwei Jahre. Die ganze Zeit, die ich jetzt bei der Staatspolizei bin." Brandt schaute über den Tisch zu Donnelly. „Er war mein Erster", fügte er kichernd hinzu. Brandt hatte drei Bier getrunken, zwei mehr, als er sich sonst zum Abendessen gönnte.

„Okay, ich glaube, dem Zwerg hier sollte mal jemand die Windel wechseln. Ich kümmere mich dann in der Zeit um den Abwasch", verkündete Chris, reichte Delilah an Lucas weiter und erhob sich.

Brandt wusste nicht recht, warum ihm das seltsam vorkam. Warum sollte eine Mutter nicht die Windeln ihres eigenen Babys wechseln?

„Ich helfe beim Abwasch", sagte Donnelly und stand auf.

Brandt erhob sich ebenfalls.

„Nein, nein, du bleibst sitzen und trinkst noch ein Bier", ordnete Chris an. „Keine Hausarbeit für unsere Gäste. Zumindest beim ersten Mal." Sie zwinkerte Brandt zu und ging die Stufen hinauf, gefolgt von Donnelly und Lucas, der Delilah im Arm hielt.

Brandt, jetzt allein mit Will, nippte an seinem vierten Bier.

„Also, Will, was machst du so?"

„Im Moment bereite ich mich auf die Paralympics vor."

„Wow. Das ist krass. In welcher Disziplin?"

„Biathlon."

„Das ist doch das mit dem Skifahren und Schießen, oder? Wie bist du darauf gekommen?"

„Na ja, ich bin immer gern Ski gefahren und während meiner Zeit bei der Army habe ich festgestellt, dass ich ein ganz guter Schütze bin."

„Oh, du warst beim Militär?", fragte Brandt und fuhr dann, vom Bier ermutigt, fort: „Bist du da … ähm …?"

„Jep. So bin ich im Rollstuhl gelandet. Afghanistan."

„Wow." Brandt war sich nicht sicher, was er darauf erwidern sollte. Dann wusste er es. „Danke."

„Wofür? Normalerweise bedanken sich die Leute nicht, wenn jemand eine Rückenmarksverletzung davonträgt."

„Nein, ich meine, dass du überhaupt dort warst."

„Na ja, das war irgendwie meine Pflicht. Aber", fügte Will hinzu und hob seinen Whisky Sour in Brandts Richtung, „gern geschehen."

„Donnellys Bruder war auch dort, oder? Wart ihr zusammen dort?"

Will blinzelte ein paar Mal.

„Wir haben in derselben Einheit gedient. Tatsächlich war es ein und dieselbe Explosion, dich mich in das Ding hier gebracht und ihn das Leben gekostet hat. Er war ein guter Typ. Jammerschade, dass er nicht hier sein und mit uns anstoßen kann."

Brandt hatte erst vor ein paar Tagen von der Sache mit Donnellys Bruder erfahren, aber jetzt fühlte er sich, als hätte er einen Freund verloren. Er beschloss, ein freundlicheres Thema anzuschneiden.

„Wie lange bist du schon mit Chris zusammen?"

Will lächelte. „Ich bin nicht mit Chris zusammen."

Brandt kniff die Augen zusammen.

„Oh, ich … was?"

Will gluckste.

„Ich bin mit Lucas zusammen."

Brandt hatte bereits zu einem Nicken angesetzt, als ihm die Absurdität dieser Information bewusstwurde.

„Halt, jetzt habe ich eine Sekunde wirklich gedacht, dass du und Lucas irgendwie, ja, eine Beziehung führt oder so." Brandt lachte über das Missverständnis.

Will lächelte. „Das habe ich auch so gemeint. Lucas und ich sind jetzt seit fast fünf Jahren zusammen und Chris ist die Leihmutter von Dylan und Delilah."

Brandt sortierte diese Aussagen vorsichtig in dem bierseligen Durcheinander, was einmal sein Gehirn gewesen war.

„Also du und Lucas, ihr seid … Oh, ich verstehe." Brandt überlegte, wie er sich durch diese delikate soziale Situation manövrieren sollte. „Das ist, äh, super."

„Danke, dass wir deinen Segen haben, Ethan. Das bedeutet mir sehr viel." Will grinste Brandt an und meinte es bestimmt nicht böse. „Was ist mit dir? Gibt es jemanden in deinem Leben?"

Brandt konnte nur den Kopf schütteln. Er wollte nichts sagen, das ihn noch tölpelhafter dastehen ließ.

„Gabriel sagt, dass du eher mit der Arbeit verheiratet bist. Weißt du, er spricht immer sehr hochachtungsvoll von dir. Oft genug."

Brandt errötete, ohne zu wissen, warum.

„Er hat gesagt, dass du gerade in einer supergeheimen Ermittlung steckst und wir bloß nichts dazu fragen sollen. Aber nach ein paar hiervon", er hob sein Glas, „stelle ich alle Fragen, die mir auf der Zunge liegen." Er grinste und nahm noch einen Schluck.

Brandt, durch Wills Aussage ermutigt, wagte auch einen Vorstoß.

„Irgendwie wirkst du gar nicht schwul."

Okay, das war ein bisschen unverblümter, als er beabsichtigt hatte. Nichts zu machen.

„Na ja, vielleicht, weil ich es vor Lucas gar nicht war."

„Was?"

„Wahre Geschichte. Ich war verheiratet, aber sie konnte nicht mit meinem neuen explosionsbedingten Zustand umgehen und hat mich verlassen. Lucas war mein Physiotherapeut. Er hat mir gezeigt, dass er so ziemlich alles hinbekommt, also habe ich ihn gelassen. Seitdem sind wir zusammen."

„Aber … aber … man wacht doch nicht einfach eines Morgens auf und beschließt schwul zu sein, oder?"

Will lachte. „Das dachte ich auch. Aber Lucas ist ein wirklich toller Kerl."

„Also er … Ach, egal, ich sollte dich das alles nicht fragen."

„Nein, nein, schon gut. Ich freue mich, dass ich drüber sprechen kann. Ich habe mir eine Art neue Karriere aufgebaut und halte anderen Veteranen Vorträge über Traumabehandlung. Meine Beziehung zu Lucas spielt da eine wichtige Rolle. Frag, was du willst."

„Also hat Lucas dich quasi verführt? Dich schwul gemacht?"

Will lächelte und schüttelte den Kopf. „Nein, das würde ich so nicht sagen. Er hat mir eher gezeigt, dass Liebe sich nicht um Bezeichnungen und Identitäten schert. Er hat mich geliebt, als ich kaputt und allein war, und ich habe erkannt, dass hetero zu sein eine größere Behinderung war, als die Behinderung selbst."

Brandt sagte nichts.

„Ich glaube, ich hatte einfach Glück, dass er da war, als ich am dringendsten jemanden gebraucht habe", schloss Will.

Brandt fühlte, wie ihm Tränen in die Augen stiegen, auch wenn er nicht wusste, warum. Donnelly kam aus dem Haus und setzte sich zurück an den Tisch.

„Okay, was habe ich verpasst?", rief er und griff nach einer Bierflasche.

„Oh, nur ein paar Kriegsgeschichten", gluckste Will, aber sein heiteres Verhalten passte nicht zu seinem ernsten Gesichtsausdruck.

Brandt hingegen starrte auf die glänzenden Hulamädchen auf der Plastiktischdecke. Er hoffte, die Welt würde einen Moment stillstehen, damit er seine Gedanken sortieren konnte. Donnelly schien gleich zu merken, dass etwas mit ihm nicht stimmte.

„Na ja, ich denke, wir machen uns dann auch besser mal auf die Socken. Komm schon, Kollege, packen wir's. Die Steuerzahler erwarten morgen einen vollen Arbeitstag von uns."

Brandt schüttelte knapp den Kopf und die Gedanken, die Will losgetreten hatte, flogen davon.

„Ja, langsam wird es Zeit." Brandt trank sein Bier aus und stand leicht schwankend auf. „Schön, dich kennengelernt zu haben, Will." Er streckte die Hand aus und Will überraschte ihn ein weiteres Mal mit seinem festen Griff.

„Gleichfalls", sagte Will lächelnd. Sein freundlicher Blick schien ihm irgendetwas sagen zu wollen, aber Brandt fühlte sich nicht imstande, irgendwelche Blicke zu enträtseln.

Sie machten sich auf den Weg durch Chris' Haus, verabschiedeten sich von Lucas und den Kindern und saßen bald wieder in Donnellys Auto auf dem Weg zu Brandts Wohnung.

„Okay, Kollege", setzte Brandt an, als sie auf die Autobahn fuhren. „Ist eigentlich irgendjemand in deiner Familie nicht homosexuell?"

„Na ja, da gibt es zum Beispiel mich", gab Donnelly in gespielter Entrüstung zurück. „Und Chris. Die ist nicht nur hetero, sondern hat auch eine ganze Versagerreihe an Exfreunden, um das zu beweisen. Was vielleicht ein Indiz dafür ist, dass sie es mal als Lesbe versuchen sollte."

„Will und Lucas haben mich überrascht", bemerkte Brandt und versuchte, möglichst beiläufig zu klingen, während er nach Informationen suchte.

„Okay, aber technisch gesehen gehören die ja nicht zur Familie. Ich meine, ja, die Kinder sind biologisch mit Chris verwandt und Will kannte meinen Bruder in Afghanistan, aber offiziell sind wir nicht verwandt ... wirklich ..." Donnelly verlor den Faden und versuchte es erneut. „Ich glaube, was wir gemeinsam haben, ist mein Bruder. Wir sind so etwas wie seine Hinterlassenschaft."

„Ich meine, ist ja alles gut", fuhr Brandt fort, immer noch um den lässigen Ton bemüht, der den Aufruhr in seinem Inneren nicht verriet. „Ich ... ich habe nur eine Sache nicht verstanden, die Will gesagt hat."

„Und das war?"

„Er meinte, vor Lucas wäre er nicht schwul gewesen."

Donnelly wartete einen Moment darauf, dass Brandt fortfuhr.

„Ja?", fragte er dann schließlich.

„Kommt dir das nicht seltsam vor?"

Donnelly warf seinem Kollegen einen Blick zu. „Fragst du das als Ermittler oder als Privatperson?"

Brandt schüttelte spöttisch den Kopf. „Ich meine ja nur, dass ich vorher noch nie davon gehört habe, dass so etwas passiert."

„Wie viele Schwule haben dir denn schon den genauen Moment beschrieben, in dem sie von ihrer Neigung erfahren haben? Passiert dir das des Öfteren?"

„Mann, ich meine ja nur."

„Na ja, was du meinst, hat aber mit jemandem zu tun, den ich zu meiner Familie zähle."

„Sieh mal, ich meine doch nur, dass es nicht so passieren kann. Ich wusste es bisher nur nicht. Ich hatte keine Ahnung, dass sich der Schwul-Schalter irgendwann einfach umlegt."

„Und was, wenn es so ist? Warum kommt dir das so seltsam vor?"

„Werden die Leute nicht so geboren? Das erzählen die uns doch immer in diesen ätzenden Seminaren zu Einfühlsamkeit und so. Dass die sexuelle Orientierung wie die Augenfarbe ist."

Donnelly dachte einen Augenblick darüber nach und nickte dann. „Das haben sie uns immer und immer wieder eingebläut. Aber ich glaube nicht, dass das für alle gilt."

„Ja, vielleicht nicht", stimmte Brandt zu und schaute wieder aus dem Fenster.

Er konnte Donnelly nicht gestehen, was ihn wirklich beschäftigte. Wenn so etwas Will zustoßen konnte, dem kräftigen Berufssoldaten Will, dann konnte es jedem passieren.

17

EINE WEILE lang saß Brandt in der dunklen Stille seiner Wohnung. In Momenten wie diesem wusste er wieder, warum er alleine lebte: Das allein garantierte ihm, dass er in der ruhigen Abenddämmerung ganz allein seine Gedanken sortieren konnte. Aber an diesem Abend war es ihm viel zu still. Das wohlwollende Chaos in Chris' Haus, ja, von Donnellys gesamter seltsam erweiterter Familie, schlich sich in die Winkel seines Bewusstseins und erinnerte ihn daran, wie gut es sich anfühlte, unter Menschen zu sein. Hier, wo er alles unter Kontrolle hatte und sich mit niemandes Marotten arrangieren musste, hatte er immer Zuflucht gesucht. Aber jetzt kam ihm seine Wohnung nur noch leer vor.

Instinktiv griff er nach seinem Smartphone, aber sobald er es in der Hand hielt, kam es ihm wie eine erbärmliche Suche nach Anschluss und Psychogeschwätz vor. Allerdings fand er mehrere ungelesene Textnachrichten vor – nachdem er im Fitnessstudio durchgedreht war, hatte er sein Handy auf lautlos gestellt. Das machte er jetzt wieder rückgängig und scrollte durch die Nachrichten.

Sie waren alle von Nick.

Die ersten, vom Vormittag an, enthielten neueste Updates über den Erfolg seines Debutvideos. Am frühen Nachmittag hatte er bereits eine fünfstellige Klickzahl gesammelt und Nick peppte seine zunehmend atemlosen Nachrichten mit einer peinlichen Masse an Ausrufezeichen auf. Die letzten Nachrichten waren vor etwa einer Stunde eingegangen und deuteten an, dass das Video einen neuen Tagesrekord aufgestellt hatte und Brandt unbedingt am nächsten Morgen zum Haus kommen sollte, um „die nächsten Schritte zu planen".

Gerade als Brandt diesen letzten Satz las, klingelte das Telefon und beinahe hätte er es zu Boden fallen lassen.

Es war Nick.

„Hey, Nick", sagte Brandt und machte sich auf weitere, wunderbar katastrophale Neuigkeiten gefasst.

„Junge! Du bist riiiiesig!", schmetterte Nicks Stimme durch die stille Wohnung.

Brandt holte tief Luft.

„Ich meine", fuhr Nick fort, „ich wusste ja, dass du riesig bist, aber auch dein Video ist riiiiesig!"

Brandt sagte gar nichts und schloss die Augen.

„Jason, bist du noch dran?" Nick schien sich etwas zu beruhigen.

„Ja, klar … bin noch da."

„Also, es sieht folgendermaßen aus", sprach Nick weiter, jetzt da er wusste, dass Brandt ihm zuhörte. „Du wurdest auf FYFB.com zum ‚Frischfleisch der Woche' gewählt! Und die Klickzahlen deines Videos haben sich gerade verdoppelt … in der letzten Stunde!"

„Frischfleisch der Woche?", war alles, was Brandt auf diesen bizarren Bericht erwidern konnte.

„Ja! Das ist, als hätte dich der Papst gesegnet. Jeder schaut am Sonntag nach dem Frischfleisch und diese Woche hat es dich getroffen!"

„Wer hat das gemacht? Und warum?"

„FYFB.com. Du hast doch schon davon gehört, oder?"

„Ähm, ne", gab Brandt zurück, schon auf dem Weg zum Computer, um selbst nachzuschauen.

„Du bist wirklich so was von hetero. Das steht für Fuck-Yeah-Frat-Boys! Punkt Com. Dort werden Rezensionen unserer Filme gepostet und von dem lahmen Zeug, das die Konkurrenz so bringt. Wenn du bei denen auf der Titelseite landest, ist das ein absoluter Glücksgriff! Ich habe nie gesehen, dass jemand so schnell zum Frischfleisch gewählt wurde – normalerweise müssen wir unsere Neuen richtig bewerben, damit sie wahrgenommen werden."

Während Nick weiterplapperte, baute sich die Seite in Brandts Browserfenster auf.

Da war er.

Die anspruchsvollen Kritiker auf Fuck-Yeah-Frat-Boys.com hatten drei Screenshots aus „Masons erstes Mal" für die Startseite ausgewählt. Auf dem ersten hob Brandt sein Shirt hoch (zum zweiten Mal). Dagegen konnte er keinen großen Einspruch erheben, denn es zeigte nicht mehr als die mühselig geformten Muskeln seines Oberkörpers. Beim Weiterscrollen zuckte er zusammen. Das nächste Bild zeigte ihn unter der Dusche, tropfnass und steinhart, mit einem Gesichtsausdruck, als ließe er sich völlig fallen. Nicks Werk, rief er sich in Erinnerung, nicht seins.

Auf dem letzten Bild sah man ihn in voller Aktion. Er lag rücklings auf dem Bett, seinen rotangelaufenen Schwanz in beiden Händen. Jeder einzelne Muskel wölbte sich deutlich hervor und die erste Ladung Sperma bahnte sich gerade ihren Weg aus der Spitze seines Penis. Brandts Augen waren zusammengekniffen, sein Kopf in den Nacken gelegt und zwischen seinen angespannten Hinterbacken war gerade eben der Schatten (Brandt lehnte sich nahe an den Monitor in der Hoffnung, nichts sehen zu können) seines Arschlochs zu sehen.

Fuck.

„Fuck", sagte er ins Telefon.

„Ich weiß, oder? Wir beobachten deine Klickzahlen hier so aufmerksam wie den Tacho des Space Shuttles und Mr. Drake ist vollkommen aus dem Häuschen. Er will sich morgen mit dir treffen und über deine Zukunft sprechen. Das ist so abgefahren, Mann!"

„Ja, abgefahren", brachte Brandt heraus. „Wann soll ich da sein?"

„Komm wann du willst. Wir sind eh hier. Ich habe ein paar irre Ideen für dein nächstes Video und du bestimmt auch. Bis morgen dann, okay?"

Brandt konnte sich nichts vorstellen, was nicht schon längst auf Video im Internet kursierte. Aber er war sich mittlerweile sicher, dass ihm schon in Kürze die Grenzen seiner Vorstellungskraft aufgezeigt werden würden.

„Alles klar. Morgen. Danke dir."

Er begann, eine Nachricht an Donnelly zu schreiben. „Gute Neuigkeiten. Gehe morgen zurück zum Haus, um Drake zu treffen. Wissen wir schon irgendwas über ihn?"

Er schaltete sein Smartphone aus und saß eine Weile einfach nur da und starrte sich selbst auf dem Computerbildschirm an.

Fuck.

18

AM NÄCHSTEN Morgen stand Brandt vor seinem Kleiderschrank und stellte fest, dass er nichts anzuziehen hatte. Natürlich besaß er Klamotten, aber jetzt musste er sich zum ersten Mal ohne Bryce' helfende Hand (und Augen) für seinen Auftritt im Haus anziehen. Er war sich überhaupt nicht sicher, wie er aussehen und wirken sollte. Einen Moment lang versuchte er, wie Bryce zu denken, aber das machte ihn nur etwas benommen, also griff er nach einer Jeans und einem Hemd, ohne weiter darüber nachzudenken. So etwas würde er tragen, wenn er mit Donnelly am Samstagabend etwas trinken ging. Und eigentlich ging es jetzt ja auch nicht mehr um die Klamotten, die er trug, sondern um das, was er außerhalb seiner Kleider anstellte. Er begutachtete sich selbst im Spiegel und zuckte die Schultern.

Sein Handy vibrierte.

„Also, was gibt's?", fragte er Donnelly auf dem Weg in die Küche.

„Nicht viel. Timothy Drake hat einen Abschluss in Finanz- und Rechnungswesen an der State University abgelegt. Bestnoten, mit Auszeichnung. Zugelassener Steuerberater. Hat sich auf Fusionen und Übernahmen spezialisiert. Hat noch einen Master of Business Administration hinterhergeschoben und bei einer großen Investmentfirma angefangen. Dem Typen ist nichts vorzuwerfen."

„Tja, das hilft mir nicht wirklich weiter", murmelte Brandt und goss sich ein Glas Orangensaft ein.

„Warte noch kurz. Ich habe hier noch einen Wisch von der Staatsanwaltschaft. Sieht aus, als hätte er vor ein paar Jahren eine Klage wegen sexueller Belästigung gegen seinen Chef eingereicht. Die haben ihn dann entlassen, woraufhin er Klage wegen sexueller Gewalt eingereicht hat."

Brandt wartete, aber Donnelly sagte nichts mehr.

„Okay, was ist passiert?", fragte Brandt.

„Nichts."

„Was meinst du mit nichts? Es passiert doch nicht einfach nichts, wenn jemand Anzeige stellt."

„Das ist ja das Seltsame daran. Sonst steht nichts in der Akte. Sieht aus, als wäre das Ganze nie verfolgt worden."

„Das kann doch nicht sein."

„Wenn ich es dir doch sage. Hier ist nichts mehr. Hör mal, ich frage noch mal bei der Staatsanwaltschaft nach und bitte um die vollständige Akte."

„Okay. Ich gehe jetzt los zum Haus. Schreib mir, wenn du mehr hast."

„Alles klar. Gutes Gelingen dir."

„Danke."

Auf seiner Fahrt zum Haus stellte Brandt sich verschiedene Szenarien vor, was mit Drakes Klage gegen seinen Boss passiert sein konnte. Als er sein Ziel erreicht hatte, schwirrte sein Kopf vor lauter Erpressung, Waffengebrauch und geflügelter Affen. Zu viel Koffein gehabt, dachte er und schüttelte den Kopf, um ihn wieder klarzubekommen.

Er klingelte an der Tür und war ein wenig erstaunt, als Nick ihm bekleidet öffnete. Brandt hatte sich schon völlig daran gewöhnt, dass er nackt war. Irgendwie missfiel ihm diese Feststellung.

„Jason! Schön, dich zu sehen!" Nick warf sich Brandt an den Hals und drückte ihn an sich, etwa anderthalb Sekunden länger, als es Brandts Empfinden nach angemessen gewesen wäre. Dann zog er ihn ins Haus. „Komm rein. Mr. Drake wird begeistert sein, dich zu sehen."

Sie gingen durch den Flur, vorbei an mehreren Gruppen junger Männer in verschiedenen Stadien der Nacktheit, die lebhaft in die Webcams ihrer Laptops sprachen. Offenbar war Montagmorgen eine geschäftige Zeit im Pornogeschäft.

Nick klopfte an die Bürotür und verkündete, dass „Jason" da sei.

„Kommt rein, kommt rein!", rief Drakes Stimme von der anderen Seite der Tür. Als die beiden eintraten, kam er schnell um seinen Schreibtisch herum. „Jason, schön, dich wiederzusehen!"

„Schön, dass ich wiederkommen durfte, Sir", gab Brandt zurück und setzte sich auf Drakes Handbewegung hin. Nick nahm in dem anderen Stuhl Platz und Drake hockte sich auf seine Schreibtischkante.

„Ich schätze, Nick hat dir alles über den Erfolg deines Debutfilms erzählt?"

„Er hat es so ein- oder zweimal erwähnt", antwortete Brandt und dachte an die dutzenden Textnachrichten, die Nick ihm in den letzten beiden Tagen geschickt hatte. Er warf ihm einen Blick zu. Nick zwinkerte und grinste.

„So etwas haben wir noch nie erlebt. Die Resonanz ist phänomenal. Die Leute schauen es sich nicht nur an – auch, wenn du da alle Rekorde gebrochen hast. Auch FYFB.com spielt keine große Rolle, so erfreulich es auch ist. Am erstaunlichsten ist der E-Mail-Verkehr, den du losgetreten hast. Außerdem sind alle Diskussionsforen voll mit Fragen, wann dein nächstes Video kommt."

„Also soll ich das heute tun?", fragte Brandt und hoffte, dass sein innerer Widerwille sich nicht in seinen Worten widerspiegelte.

„Tatsächlich nicht."

Brandt fühlte, wie ihn die Erleichterung übermannte. Allerdings lief ihm gleich darauf ein kalter Schauer über den Rücken, als er sich fragte, was Drake stattdessen im Sinn hatte.

„Weißt du über die weiteren Services Bescheid, die wir außer unseren Videos anbieten, Jason?"

Brandt überlegte einen Moment.

„Nick hat mal etwas von Liveshows erzählt."

„Das ist richtig. Aber wir haben noch weitere Angebote im Programm."

Brandt fühlte, wie ihm die Hitze in die Wangen stieg. Er mochte die Richtung nicht, die das Gespräch eingeschlagen hatte.

„Aber Sie reden jetzt nicht von … ich meine … Sie meinen keinen körperlichen Kontakt, oder?"

Drake lachte.

„Oh nein, Jason, das gehört nicht zu unserem Angebot. In diesem Staat – und in allen anderen Staaten, abgesehen von gewissen Gebieten in Nevada – ist das außerdem illegal."

Wunderbar. Jetzt bekam Brandt schon Rechtsaufklärungen von einem Pornobuchhalter.

„Worum geht es denn dann?"

„Für ganz besondere, wohlhabende Kunden bieten wir Einzelsitzungen an. So eine Art Videochat. Nur du und der Kunde, eine Stunde unter vier Augen."

Nick schien überrascht.

„Aber Sir, das machen wir doch eigentlich erst, wenn man etwas Erfahrung gesammelt hat, einige Liveshows …"

„Ich weiß, Nick, ich weiß. Aber unser neuer Freund hier hat so eine große Fangemeinde, dass wir es für sinnvoller halten, wenn er mit einer privaten Show beginnt. Tatsächlich haben uns schon einige deiner Fans einen Haufen Geld für deine erste private Liveshow geboten, Jason. Was hältst du davon?"

Brandt hatte das Gefühl, als stünde sein Stuhl in Flammen. Er spürte, wie ihm der Schweiß die Beine hinunterlief.

„Wie würde das Ganze ablaufen, Sir?", fragte er, einfach nur, um Zeit zu schinden. Er hatte keine Ahnung, was er als nächstes tun sollte.

„Das ist eigentlich ganz einfach. Du bist in einem Raum mit einer Webcam. Dein Kunde sitzt vor seiner eigenen Webcam, sodass ihr euch gegenseitig sehen könnt. Du sprichst mit ihm, dann ziehst du dich aus und tust das, was du auch in deinem Video gemacht hast. Das ist alles. Mehr nicht."

Aha, das ist also alles, dachte Brandt. Bei Drake klang das alles so harmlos, als würde er nicht mehr tun, als ein paar höfliche Floskeln mit einem Brieffreund austauschen.

„Mr. Drake, ich weiß nicht, ob ich …"

„Jason, ich will jetzt nicht dramatisch klingen, aber das ist deine Chance! Du wirst nie wieder so eine Aufmerksamkeit bekommen wie im Moment, zumindest nicht in diesem Berufsfeld. Ich glaube, die Gebote für deine Privatshow werden in die Höhe schießen."

„Gebote?"

„Das ist eine neue Idee, die wir mal ausprobieren wollen. Eugene – du hast Eugene kennengelernt?"

„Ja", krächzte Brandt. Man konnte es durchaus als ‚kennengelernt' bezeichnen.

„Er hatte die Idee, dass unsere User Gebote für Privatshows abgeben. Das höchste Gebot gewinnt dann die Show."

Brandt hatte keine Ahnung, was er tun sollte. Ihm war klar, was Drake von ihm wollte und das würde ihn näher an die Informationen bringen, die er brauchte. Aber allein bei der Vorstellung bekam er ein mulmiges Gefühl in der Magengegend.

„Wenn es gut läuft, dann gibt es keine Grenzen mehr für dich, Jason. Tatsächlich hat sich sogar der Eigentümer unserer Seite angekündigt, weil er dich unbedingt kennenlernen will. Das hat er noch nie getan. Wenn du diese Privatshow durchziehst, macht er dir vielleicht ein spannenderes Angebot."

Das war es. Brandt bekam die Chance, den Seitenbetreiber zu treffen, sein Zielobjekt. Nicks Japsen, als Drake diese neue Entwicklung erwähnt hatte, konnte nur bedeuten, dass das eine außergewöhnliche Gelegenheit war. Er musste es tun. Brandt rang sich sein draufgängerischstes Grinsen ab (das er sich von Nick abgeguckt hatte). Es funktionierte.

„Bin dabei, Sir. Sagen Sie mir nur, wann und wo."

Drake lächelte breit.

„Wunderbar! Ich sage Eugene, er soll die Versteigerung noch heute starten. Wir setzen die Show mit dem glücklichen Gewinner für Freitagabend an."

„Wunderbar. Dann sehe ich Sie dann." Brandt erhob sich und Nick tat es ihm gleich. Sie verließen Drakes Büro und gingen wieder in die Küche.

„Hast du schon irgendwelche Pläne fürs Mittagessen?", fragte Nick.

„Ich habe eigentlich überhaupt gar keine Pläne. Das geht gerade alles so schnell."

„Ich verstehe dich. Wie ich dir gestern gesagt habe, so etwas haben wir noch nie erlebt. Das muss wirklich überwältigend sein."

„Gelinde gesagt", presste Brandt heraus.

„Wie wäre es, wenn wir irgendwo was essen gehen und dann darüber reden?"

„Klingt gut. Ich fahre."

„Ich spiele das Navi. Darin bin ich gut."

Das wusste Brandt bereits.

Eine halbe Stunde später saßen sie in einem Restaurant im nächsten Vorort und warteten auf ihr Essen.

„Nick? Kann ich dich was fragen?"

„Klar. Was gibt's?"

„Wie hast du dich bei der ganzen Sache gefühlt, als du damit angefangen hast?"

Nick gluckste und schüttelte den Kopf.

„Ich weiß, dass ich nicht ganz normal bin, aber ich fand es toll. Also die Vorstellung, dass da Leute sitzen, die mich anschauen, die auf meinen Körper abfahren. Das finde ich immer noch toll."

„Aber du bist hetero, oder? Also in erster Linie."

„Ja. In erster Linie."

„Und die Leute, die dir zugucken, sind Typen, oder?"

„Größtenteils. Manchmal schauen auch ein paar Frauen zu und einmal hat eine der Studentinnenverbindungen auf meinem Campus ein Monatsabo abgeschlossen, aber es sind hauptsächlich Kerle."

Brandt rührte mit dem Strohhalm in seinem Eistee herum und seufzte.

„Es ist noch komisch für dich, oder?", fragte Nick mit besorgter Stimme.

„Ja, ziemlich. Ich denke die ganze Zeit, dass ich mich daran gewöhne, aber bis jetzt ist noch nichts passiert."

„Dann solltest du aufhören."

Überrascht schaute Brandt Nick an. „Was?"

„Wenn du dich damit nicht wohlfühlst, hör auf. Du solltest das hier nicht tun, wenn du nicht voll dabei bist."

Brandt schüttelte schnell den Kopf, überzeugt davon, dass er Nick falsch verstanden hatte.

„Aber du bist doch so begeistert von meinem Video und willst, dass ich dabeibleibe."

„Ja, aber nur, wenn du das auch willst. Wenn nicht, dann solltest du es nicht auf Teufel komm raus durchziehen", sagte Nick so ruhig, als wäre das die ganze Zeit klargewesen.

„Aber wären Mr. Drake und der Betreiber nicht wütend?"

Nick schnaubte spöttisch. „Nein. Das sind gute Menschen, Jason. Ich arbeite jeden Tag mit Mr. Drake zusammen und ich weiß, dass er nicht wollen würde, dass du etwas tust, was du nicht willst. Und den Betreiber habe ich zwar noch nie getroffen, aber er hat die Website immer hervorragend geführt – wir werden alle fair bezahlt und niemand muss etwas tun, das er nicht will."

Brandt war gerührt von Nicks Besorgnis und Unterstützung, aber das änderte nichts daran, dass er die Privatshow durchziehen musste, wenn er weiter in das Geschäft der Website eintauchen wollte.

„Ne, also, geht schon. Ich muss mich nur irgendwie dran gewöhnen. So etwas habe ich halt nie zuvor gemacht."

„Ja, das ist schon eine ungewöhnliche Art, sein Geld zu verdienen. Aber es ist verdammt gutes Geld!" Nick hob sein Glas. „Auf die geilen Typen, die unsere Rechnung zahlen!"

Brandt lachte und stieß mit Nick an.

19

AN DIESEM Abend besprachen Donnelly und Brandt zusammen in Brandts Wohnung die nächsten Schritte ihres Plans.

„Also du willst, dass ich für dich biete?", fragte Donnelly, nicht ganz sicher, worauf Brandt hinauswollte.

„Nicht auf mich, Dösbaddel, sondern auf eine einstündige private Liveshow mit mir."

Brandt hatte diesen Plan geschmiedet, um an den Betreiber der *Str8 Frat Dudes* heranzukommen, ohne Videosex mit einem Fremden haben zu müssen. Einem fremden Mann, um genau zu sein. Der Gedanke daran jagte Brandt immer noch Schauer über den Rücken.

„Und was dann?"

„Wenn du die Auktion gewonnen hast, bereiten sie die Show vor und dann können wir eine Stunde lang im Videochat Schach spielen, oder so."

„Merken die denn nicht, wenn wir keine Sexnummer abziehen?"

„Nick sagt, die würden die Privatshows nicht aufzeichnen, um die Kunden zu schützen. Deshalb wird niemand je erfahren, dass ich nichts gemacht habe. Super Plan, oder?"

„Ja, einmal davon abgesehen, dass wir das Geld dafür brauchen."

„Darum kümmere ich mich. Morgen rede ich mit dem Chief. In der Zwischenzeit behältst du Tim Drake im Blick. Ich will wissen, warum seine Belästigungsklage sich in Luft aufgelöst hat und wie es kam, dass er als Buchhalter einer Pornowebsite geendet ist."

Das Gespräch mit dem Chief entwickelte sich zu vielen Gesprächen – mindestens einmal am Tag musste Brandt in sein Büro und um mehr Geld bitten, während die Gebote in immer höhere Höhen kletterten. Nick schickte ihm stündliche Updates und am Dienstagmorgen hatte er mit Mr. Drake bereits einen Plan entwickelt, wie man die Versteigerung noch antreiben konnte. Sie wollten durch Fotos von Masons Outfit am kommenden Freitag einige visuelle Anreize bieten.

„Was genau soll ich denn tragen?", fragte Brandt, während Nick ihm seine neueste Idee unterbreitete.

„Ich denke, einen Jockstrap. Das sollte funktionieren."

„Nick, ich weiß nicht einmal, ob ich welche besitze. Selbst wenn ich welche hätte, so ansehnlich sind die jetzt auch nicht."

„Ach was. Du willst doch auch kein olles Ding tragen. Du brauchst was Superheißes!"

„Ich finde Jockstraps jetzt auch nicht superheiß."

„Deswegen sollst du das ja auch mir überlassen. Du musst dir nur einen heißen neuen Jockstrap kaufen und heute Abend vorbeikommen. Wir machen ein paar Bilder, die die Auktion in die Höhe schießen lassen. Und die Schwänze. Hah!"

„Okay, dann fahre ich auf dem Weg zu dir beim Sportgeschäft vorbei."

„Nichts da! Ich schicke dir eine Adresse. Fahr da vorbei und sprich mit meinem Kumpel Andy."

Atmen, Brandt.

„Wunderbar. Dann bis heute Abend."

Die Nachricht mit der Adresse ließ nicht lange auf sich warten. Anscheinend musste er wieder zur Alta Avenue.

An diesem Nachmittag fuhren Brandt und Donnelly zu seinem, wie Brandt hoffte, letzten Ankleidetermin. Der Adresse zufolge befand sich der Laden einen Block weiter als *Camp & Dragg* und das *Cabana Boy*. Schließlich standen sie vor einem Laden namens *Sporting Wood*.

Hier trugen die Angestellten Shirts im Schiedsrichterlook und Hotpants. Um den Hals trugen sie Trillerpfeifen und in ihren Taschen steckten gelbe Flaggen. Wie üblich kamen Brandt und Donnelly sich vor wie zwei Goldfische im Haifischbecken – kaum hatten sie den Laden betreten, wurden sie gleich von allen Verkäufern auf einmal umringt. Der erste, der sie atemlos erreichte, zeigte durch seine Aufregung, dass er nie in seinem Leben eine Sportart ausgeübt hatte, bei der man Kleidung trug.

„Willkommen! Wie kann ich euch beiden heute helfen?"

„Wir suchen nach Andy. Sein Kumpel Nick hat uns hergeschickt."

„Aaah, ja, der Nick! Eine wunderbare Persönlichkeit in der Hose. Andy ist dort hinten." Sie folgten ihrem Schiri den Gang entlang, wo ein weiterer Verkäufer Kompressionshosen in bunte Stapel sortierte.

„Andy, hier sind ein paar Freunde von Nick, die deine Dienste verlangen!", rief sein quirliger Kollege. Dann drehte er sich zu Donnelly um und flüsterte verschwörerisch: „Seine Dienste sind legendär, Schwester." Donnelly starrte ihn erschrocken an.

„Was kann ich für Sie tun, Gentlemen?", fragte Andy und legte die letzten lilafarbenen Stretchshorts auf den Stapel am Ende des Regenbogens.

Brandt sah auf den ersten Blick, warum Andy ein Freund von Nick war. Er war ähnlich gebaut, hatte ein gewinnendes Lächeln und seine Schiedsrichterhosen saßen besonders eng.

„Ich brauche einen Jockstrap", sagte Brandt schlicht. Besser, gleich die Karten auf den Tisch zu legen.

„Verstehe", gab Andy zurück und sein abschätzender Blick wanderte Brandts Körper auf und ab. Auch das erinnerte ihn an Nick. „Welche Sportart üben Sie aus?"

93

Brandt gluckste. Das spielte eigentlich keine Rolle, da er in jeder Sportart, die er bisher ausprobiert hatte, ziemlich gut war.

„Ähm, ich brauche ihn nicht wirklich für den Sport ..." Er verstummte und hoffte, dass Andy diese Information genügte.

„Also wollen Sie ihn nur so tragen? Unterstützend?" Und wieder wanderte Andys Blick über Brandts Schritt. Er kniff die Augen zusammen, als würde er Maß nehmen.

„Nicht wirklich", sagte Brandt, trat näher an Andy heran und senkte die Stimme. „Es ist, sagen wir, für einen Modeljob."

Andy nickte. „Verstehe. Da kommt Nick ins Spiel, nicht wahr?", flüsterte er mit einem verständnisvollen Zwinkern.

„Genau." Brandt war froh, dieses Gespräch hinter sich gebracht zu haben. Schlampenwäsche zu shoppen, wurde mit jedem Mal ein wenig einfacher.

„Ich weiß genau, was Sie brauchen. Warum gehen Sie beide nicht schon mal in Umkleidekabine eins? Ich bringe Ihnen eine Auswahl vorbei."

Donnelly schloss die Tür des Umkleideraums hinter ihnen und Brandt begann damit, sich auszuziehen. Er war schon bei seinen Boxershorts angekommen, als ihm auffiel, dass Donnelly ihn anstarrte.

„Was?", fragte Brandt.

„Nichts", gab Donnelly zurück.

„Du starrst mich an. Was ist los?"

„Du bist mittlerweile schnell darin, dich auszuziehen, nicht wahr?"

„Falls du es noch nicht gemerkt hast: Daran musste ich mich in den letzten Tagen gewöhnen. Ich glaube, es ist einfacher, wenn ich gleich loslege. Andernfalls kommt Andy gleich rein und starrt mich auch noch dabei an. Das ist viel unangenehmer."

„Ja, klar, je weniger unangenehm, desto besser. So ist es natürlich viel natürlicher – wenn nur ich dabei bin, während du dich komplett ausziehst."

„Werde erwachsen, du Pussy", knurrte Brandt Donnelly an, zog seine Unterwäsche aus und warf sie ihm an den Kopf. Donnelly duckte sich, drehte sich um und starrte entgeistert auf den zerknüllten Stoffhaufen, der hinter ihm auf dem Boden lag.

Dann drehte er sich zurück zu Brandt, blinzelte zweimal und fing an zu lachen. „Du kranker Ficker! Das macht dir wirklich Spaß, oder?"

Auch Brandt schüttelte sich vor Lachen. „Du hast ausgesehen wie ein Kind im Zoo, das von den Affen mit Scheiße beworfen wird!" Vor lauter atemlosen Lachen hüpfte sein Schwanz fröhlich auf und ab.

Donnelly wischte sich immer noch die Augen, als sich die Tür öffnete und Andy mit drei Paketen eintrat. Er legte sie auf der Sitzbank an der Wand ab. Die erste Packung war bereits geöffnet.

Andy drehte sich um, holte Luft und sagte dann: „Oh lala, Mister, wir sind ein bisschen vorschnell, nicht wahr?"

„Na ja", erklärte Brandt, plötzlich etwas befangen. „Ich dachte, es würde schneller gehen, wenn ich schon zur Anprobe bereit bin." Irgendwie fühlte er sich enttäuscht. Das erste Mal stand er nackt vor einem anderen Mann, der ihm nicht direkt sagte, wie sexy er aussah.

„Oh, unsere Kunden dürfen die Jockstraps nicht anprobieren, das ist gegen die Hygienevorschriften. Deswegen bin ich ja da." Und mit diesen Worten fuhr Andy mit den Daumen unter den Bund seiner Hose, zog sie herunter und offenbarte einen leuchtend roten Jockstrap.

„Das hier ist das Nachfolgemodell des klassischen Jocks. Achten Sie auf den gerollten Bund für größeren Komfort." Er zog am Bund, sodass sie die Verarbeitung erkennen konnten. „Auch die Bänder auf der Hinterseite wurden modifiziert." Er drehte sich um und zeigte ihnen, wie elegant die roten Haltebänder aus Elastan mit dem Hüftband verbunden waren. Sie rahmten seinen gebräunten, glatten Hintern perfekt ein.

Andy schaute über die Schulter zu seinen beiden sprachlosen Kunden.

„Der Beutel ist direkt mit den Haltebändern verwoben, also kein Scheuern mehr." Urplötzlich beugte er sich nach vorn und spreizte die Beine, um zu zeigen, wo die Bänder am Beutel angebracht waren. Gezwungenermaßen offenbarte er dadurch noch ganz andere Dinge.

„Verstehe", murmelte Brandt und versuchte, sich zusammenzuraufen. Donnelly war zu gar nichts mehr zu gebrauchen. Er trat ein paar Schritte zurück und ließ sich auf die Bank sinken.

Andy richtete sich wieder auf und drehte sich zu den beiden um.

„Also, was denken Sie?" Er schaute von Brandt zu Donnelly und wieder zurück und versuchte, ihre Reaktionen zu deuten.

Brandt holte tief Luft und gab sich Mühe, sein professionellstes Verhalten an den Tag zu legen.

„Das ist nett, Andy, danke. Ich glaube nur, ich brauche etwas Traditionelleres."

Andy grinste. „Ah, das hatte ich schon vermutet. Hier, versuchen wir diesen." Er öffnete die unterste Box von dem Stapel, zog das knappe Stückchen Stoff heraus und hielt es hoch.

„Hmm. Da ist auch nicht viel dran." Brandt versuchte sich vorzustellen, wie er selbst in dem winzigen Teil aussehen mochte. Es fiel ihm nicht gerade leicht.

„Warten Sie einen Augenblick!", gab Andy zurück und schlüpfte geschwind aus dem roten Jock. Er brauchte eine Minute, um ihn über seine Sportschuhe zu zerren. Währenddessen schaute Brandt verzweifelt in der Kabine umher. Donnelly hatte die Augen einfach geschlossen.

„So, das hätten wir!" Stolz richtete Andy sich vor den beiden auf. Er trug den schnittigen weißen Jockstrap. Die Vorderseite bestand aus feinen Maschen, sodass die Silhouette seines Schwanzes gut erkennbar war.

„Ich glaube nicht, dass ich so viel von mir zeigen will", sagte Brandt und deutete auf den gut ausgefüllten Beutel.

„Oh, das soll für Sie sein?", fragte Andy überrascht.

„Ja, hatte ich das nicht gesagt?"

„Da Sie ein Freund von Nick sind, war ich davon ausgegangen, dass Sie nach etwas suchen, das er tragen soll, wenn er für Sie modelt. Manchmal schickt er seine Privatkunden hierher, um etwas für ihn zu kaufen."

„Tatsächlich nicht, nein. Ich werde … na ja, ich bin irgendwie so eine Art Kollege."

Andy nickte bedächtig.

„Und ich bin, wissen Sie … hetero."

Andy musterte ihn von oben bis unten und nickte wieder.

„Na ja, da sind wir schon zu zweit. Deswegen hat er mich angeheuert – viele seiner Kunden ziehen das vor."

„Eigentlich sind wir schon zu dritt", meldete sich Donnelly verschnupft zu Wort.

Brandt beschloss, dass ihr Gespräch zu nichts führte und wechselte das Thema.

„Also, ich suche nach etwas Normalerem. Haben Sie etwas in der Richtung?"

Andy, wieder ganz professionell, lächelte und wandte sich wieder seinem Stapel zu. „Ich glaube, der hier könnte ihren Geschmack treffen."

Er hielt einen Jockstrap in die Höhe, der genauso aussah wie die, die Brandt während seiner Footballzeit auf der Highschool getragen hatte. Er lächelte.

„Das ist es!", rief er. „Kann ich den anprobieren?"

„Nicht, wenn Sie ihn nicht auch kaufen. Wenn Sie ihn anhatten, kann er nicht wieder umgetauscht werden."

„Oh, ich nehme ihn", sagte Brandt. Andy reichte ihm den Jock und er zog ihn an.

„Das ist nett." Brandt seufzte, als er sich im Spiegel betrachtete. „Aber irgendetwas fühlt sich anders an als früher. Was ist es?"

„Der Beutel", erklärte Andy. Er streckte die Hand aus und zog am Hüftband, sodass Brandt hineinsehen konnte. „Er sieht aus wie die alten Baumwoll-Elastan-Dinger, die unsere Dads getragen haben, aber das hier ist aus reiner Seide. Nett, nicht wahr?" Andys Hand war zu nah an Brandts Schwanz.

Brandt hob den Blick und schaute Andy an. „Ja, das ist … nett", flüsterte er und fragte sich, warum es plötzlich so warm im Umkleideraum wurde.

Langsam ließ Andy das Hüftband von Brandts Jockstrap los und grinste, als sich der Beutel um den schwellenden Inhalt schloss.

„Also", erklang Donnellys Stimme plötzlich laut. „Ich warte dann mal im Auto auf dich."

„Hey, du hast mir noch gar nicht gesagt, welcher dir am besten gefällt."

Donnelly starrte ihn durchdringend an. „Der rote natürlich. In diesem weißen siehst du aus, als kämest du gerade vom Trainingsfeld, total verschwitzt und eklig. Bäh." Und damit drehte er sich auf dem Absatz um und verließ den Raum.

„Was ist mit Ihrem Freund los?", fragte Andy, während er seinen Jockstrap auszog und wieder in sein Schiedsrichteroutfit schlüpfte.

„Keinen Schimmer", antwortete Brandt. „Er ist zurzeit ein bisschen zickig."

Andy zuckte die Schultern und Brandt interpretierte sein Kopfschütteln als universales Anzeichen männlicher Solidarität (abhängig vom Geschlecht der Beteiligten konnte es für „Frauen, was?" oder für „Kerle, was?" stehen).

Brandt wollte protestieren und feststellen, dass er und Donnelly nicht … na ja … aber eigentlich war es ihm nicht so wichtig. Manche Dinge wurden komplizierter, wenn man versuchte, sie zu erklären.

20

NACH DEM Jock-Shopping begab sich Donnelly wieder zur Arbeit und Brandt fuhr für das Fotoshooting zum Haus.

Selbst in der seltsam sexualisierten Welt der *Str8-Frat-Dudes*-Villa war Brandt so etwas wie eine Berühmtheit. Mehrere Jungs folgten ihm und Nick auf dem Weg zum Fotoset. Sie waren daran gewöhnt, einander beim Arbeiten zuzusehen und Brandt machte es nicht mehr viel aus.

„Alles klar, wir machen nur ein paar einfache Bilder von dir in deinem Jock, auf denen du, hmm, aussiehst, als wärst du noch zu haben. Nichts Unanständiges, das heben wir uns für Freitag auf, okay?" Die anderen Jungs stöhnten enttäuscht auf.

„Verstanden. Legen wir los", brummte Brandt und hoffte, die Sache schnell hinter sich zu bringen. Er zog sich aus und drehte sich um. Urplötzlich wurde ihm bewusst, wie sorglos er sich gerade vor einem Dutzend Männern gezeigt hatte. Er holte tief Luft und versuchte weiterzumachen.

Nick hatte eine Ledercouch ins Studio gestellt und forderte Brandt auf, sich darauf zu setzen. Dieser folgte seiner Anweisung so gut es ging und zuckte kurz zusammen, als sein Hintern auf die kalte Lederpolsterung traf. Sie wurde schnell warm und so schaute er zu Nick für weitere Instruktionen.

„Versuche einfach, natürlich herüberzukommen", schlug Nick vor, als wäre es etwas ganz Natürliches, sich in einem Jockstrap auf einer Ledercouch zurückzulehnen.

„Gut. Jetzt fahr dir mit einer Hand durchs Haar. Klasse. Und jetzt einmal die Brustwarze zwicken. Daaas ist mein Junge." Brandt war wie auf Autopilot und tat einfach, was Nick von ihm verlangte. Bald langte er mit den Daumen unter sein Hüftband, wie Andy es getan hatte.

Oh, Scheiße.

Der Gedanke an Andy, der an seinem Jockstrap zerrte, ließ Brandt, aus welchem Grund auch immer, einen Ständer bekommen. Sein Schwanz war wirklich auf dem Weg nach oben und er konnte nichts tun, um ihn zurückzuhalten. Verzweifelt beschwor er seinen Schwanz, sich zurückzuhalten, aber auf perverse Weise schien ihn das nur zu ermutigen. Er beulte den Jockbeutel aus wie ein Zelt und seine Hoden drängten an den Seiten nach draußen. Der Stoff dehnte sich immer weiter und Nick, der zu ahnen schien, dass er ein Rennen gegen die Zeit führte, drückte immer schneller auf den Auslöser, bevor Brandt die Beherrschung verlor.

Als Brandts Schwanzspitze sich aus dem Stoffbeutel zwängte, ertönte ein kollektives Keuchen im Raum.

„Wir haben's!", rief Nick. „Toll gemacht, Jason. Ich habe einige Wahnsinnsbilder. Die laden wir hoch und die Gebote werden durch die Decke gehen."

„Großartig", antwortete Brandt und hoffte, dass es überzeugend klang.

„Wenn du dich jetzt darum kümmern willst", fuhr Nick fort und reckte das Kinn in Richtung von Brandts hervordrängendem kleinen Freund, „dann lassen wir dir ein wenig Privatsphäre."

Aller Umstände zum Trotz musste Brandt lächeln.

„Ne, das spare ich mir für Freitag auf." Er schaute hinunter auf den kristallklaren Tropfen, der sich an seiner Schwanzspitze bildete. „Aber das Ding sollte ich vorher waschen."

„Das übernehme ich!", rief eine Stimme aus dem hinteren Teil des Raumes. Brandt fand nie heraus, wem sie gehörte.

21

DIE FOTOSESSION hatte genau den gewünschten Effekt. Mittwochmorgen gingen die Bilder online und am Freitag war der Preis für Masons erste Privatshow auf zehntausend Dollar angewachsen. In den letzten Stunden kletterte der Preis noch auf fünfzehntausend Dollar. Der Chief war mit neunzehntausend Dollar einverstanden gewesen (für zwanzigtausend hätte er erst eine Genehmigung einholen müssen, was unter den gegebenen Umständen ziemlich schräg herübergekommen wäre). Brandt hoffte, dass das Geld reichte.

Donnelly hatte indes keine guten Nachrichten bezüglich Tim Drakes Vorwurf der sexuellen Belästigung. Er war in einer Sackgasse nach der anderen gelandet und jetzt lag ihre einzige Hoffnung bei der stellvertretenden Bezirksstaatsanwältin, deren Name in den Papieren auftauchte. Sie war allerdings im Urlaub und würde nicht vor Montag zurückkehren, was bedeutete, dass sie gezwungen waren, zu warten.

Am späten Freitagnachmittag fuhr Brandt zum Haus. Er fürchtete sich vor dem, was ihn erwartete. In weniger als einer Stunde würde die Auktion enden und Nicks letzte Nachricht hatte ihm mitgeteilt, dass der aktuelle Preis bei siebzehntausend Dollar lag. Er wusste, dass Donnelly zu Hause am Computer die Versteigerung verfolgte und er musste einfach darauf vertrauen, dass sein Partner gewann. Die Alternative war nicht auszudenken.

Kurz vor Ende der Versteigerung erreichte Brandt sein Ziel. Nick holte ihn an der Tür ab (dieses Mal bekleidet) und brachte ihn ins Speisezimmer, wo die ganzen Computer standen. Eugene kümmerte sich um die Auktion und stellte sicher, dass alles funktionierte.

„Okay, wenn das hier läuft wie auf eBay", erklärte er soeben Mr. Drake, „dann können wir in den letzten Minuten noch einige Gebote erwarten. Wir sind bereit – aber das könnte eine wilde Nummer werden."

Der Zähler in der Ecke des großen Computerbildschirms zeigte an, dass die letzte Viertelstunde angebrochen war. Das höchste Gebot stand bei achtzehntausendfünfhundert Dollar. Brandt spürte, wie sich seine Kehle zuschnürte.

„Hey, Jason, geht's dir gut?", fragte Nick, während Brandt kreidebleich die letzten Augenblicke der Versteigerung verfolgte.

„Ja, mir geht's gut. Nur ein bisschen nervös, glaube ich."

„Das ist verständlich. Komm, holen wir dir einen Drink." Nick ergriff seine Hand – ja, er nahm Brandt wirklich bei der Hand – und führte ihn zur Küche. Brandt setzte sich auf einen Stuhl an der Theke und versuchte, sich zu konzentrieren. Worauf auch immer.

„Probiere mal", sagte Nick und reichte Brandt einen Eistee. „Kamille – habe ich heute Morgen gemacht."

Brandt schaute auf das Glas und lächelte. Nick kümmerte sich wieder um ihn und er war ehrlich froh darüber. Hier mit ihm zu sitzen, gab ihm ein warmes Gefühl und ließ ihn den beschissenen Grund, aus dem er hier saß, beinahe vergessen. Nur für einen Moment.

„Danke, Kumpel. Genau das habe ich gebraucht."

„Bist du bereit für deine große Nacht?"

„So bereit wie nie zuvor. Ich hoffe nur, ich erwische jemanden, der … na ja. Ich weiß nicht …"

„Zurechnungsfähig und kein optischer Totalschaden ist?" Nick lächelte wissend.

„Ja, das kommt hin. Wie sind die normalerweise so?"

„Tja, da ist jeder anders. Die Sache ist – ich habe keine Ahnung, wenn ich bedenke, wie hoch die Einsätze gestiegen sind. Vielleicht musst du dir vor einem Kerl in Frack und Zylinder einen wedeln, oder so."

„Das wäre total daneben", sagte Brandt kichernd.

„Ja, aber wenn wirklich alles schiefgeht, lass dir einfach von mir sagen, was du tun sollst."

Brandt stockte der Atem.

„Was?", presste er heraus.

„Gib mir einfach ein Zeichen und ich gebe dir Tipps, wenn du festhängst."

„Aber ich dachte, du hättest gesagt, dass niemand diese Privatvorstellungen zu sehen bekommt."

„Wir nehmen sie nicht auf, aber irgendjemand ist immer mit im Raum für den Fall, dass es seltsam wird oder Ärger gibt. Manchmal werden diese Privatvorführungen so heftig, dass der Typ die Kontrolle verliert. Also ist immer noch ein zweiter dabei, um ihm herauszuhelfen. Ist nur zu deiner Sicherheit, weißt du."

Brandt versuchte, sowohl diese neue Information als auch den Mund voll Eistee zu schlucken, der langsam warm wurde. Er wusste nicht, was er tun sollte – sein ganzer Plan baute darauf auf, dass er bei seiner Privatvorstellung ungestört war. Aber so … jetzt würde er wirklich performen müssen. Warum wurde alles, egal wie katastrophal es war, nur noch schlimmer?

„Weißt du, das ist nett von dir, aber ich glaube nicht, dass ich …"

Ein plötzlicher Jubel und das Klatschen von ausgeteilten High-Fives aus dem Nebenraum schnitt Brandt das Wort ab. Zuerst erklangen Schritte und dann betraten Eugene und Drake die Küche. Drake klopfte Brandt auf die Schulter.

„Du, Sir, bist ein Phänomen! Gratulation!"

Brandt wand sich und drehte sich um, um die Frage zu stellen, vor der er sich am meisten fürchtete.

„Und, für wie viel bin ich weggegangen?" Eigentlich wollte er es gar nicht wissen.

„Bist du bereit?", fragte Mr. Drake.

„Ja, Sir, das bin ich", antwortete Brandt ungeduldig.

„Deine erste private Videovorstellung wurde gerade für …" Drake machte eine Kunstpause, aber dieser dramatische Effekt erhöhte nur Brandts Drang, ihm den Hals umzudrehen, genau hier, genau jetzt.

„… vierundzwanzigtausend Dollar versteigert!" Wieder wurde gejubelt und die einzige Stimme, die nicht mit einstimmte, war die von Brandt. Das war's – er war komplett im Arsch. Donnellys Limit lag bei neunzehntausend Dollar und irgendjemand hatte ihn mit fünftausend Dollar überboten.

Brandt flüchtete aus der Küche ins Bad und hoffte, das Geräusch des fließenden Wassers würde die Laute überdecken, die er von sich hab, während er seinen Mageninhalt in die Toilette entleerte. Anschließend saß er mehrere Minuten lang auf dem Klodeckel, bevor er sich an der Mundspülung neben dem Waschbecken bediente. Irgendwann hatte er sich so weit gesammelt, dass er sich wieder zurück in die Küche traute.

„Gehen wir schon mal nach oben und bereiten alles für später vor?" Nick legte beruhigend den Arm um Brandts Schultern. Er führte ihn die Treppen hinauf zum Schlafzimmer, indem er erst vor nicht einmal einer Woche (Sechs Tage! Wie viel hatte sich in der Zeit verändert?) sein erstes Video gedreht hatte, und wo Nick schon alles für die heutige Sitzung vorbereitet hatte.

„Hier, du sitzt auf dem Bett", ordnete Nick an. Brandt folgte seiner Anweisung, weil er sich selbst nichts vorstellen konnte.

„Okay, wenn du hierhin schaust", Nick zeigte auf ein komisches Gerät am Fußende des Betts, „kannst du dein Gegenüber sehen. Die Kamera ist direkt dahinter, also wenn du ihn anschaust, schaust du gleichzeitig direkt in die Kamera."

Brandt gab sich Mühe, die Konzentration zu wahren.

„Wow, das ist ja wie in einem Fernsehstudio", war das Beste, was er herausbrachte.

Nick grinste. „Witzig, dass du das sagst. Das ist in der Tat ein Geschenk des Wetterpropheten von Channel 11. Kennst du den? ‚Heimatwetter mit Sal'? Na ja, der hat sich darüber geärgert, dass die Jungs ihn in seinen Privatshows nicht angeschaut haben, deswegen hat er uns das alles hier zukommen lassen. Das macht schon ordentlich was her."

„Ja, wirklich ordentlich", stimmte Brandt schwächlich zu.

Die Düsternis in Brandts Stimme war kaum zu überhören. Nick setzte sich zu ihm, so nah, dass sich ihre Körper aneinanderschmiegten. Anfangs hatte Brandt Nicks mangelnden Sinn für Diskretionsabstand verstörend gefunden, aber jetzt empfand er seine Nähe als tröstlich.

„Bist du noch dabei?", fragte Nick mit leiser, rauer Stimme.

„Spielt das eine Rolle?"

Nick verpasste ihm einen Stoß gegen die Schulter. „Klar. Wenn du entscheidest, dass du das alles nicht willst, brechen wir sofort ab."

„Aber das wäre an dieser Stelle doch eine Katastrophe, oder nicht? Ich meine, jemand hat gerade mehr als zwanzigtausend Riesen für das alles hier hingeblättert."

Nick schaute Brandt geradeheraus an, die Augenbrauen leicht angehoben. Aus seinen goldenen Augen sprach nur Besorgnis und Unterstützung. Für Brandt. Seine Augen wurden feucht.

„Wenn du aufhören willst, sage ich ihnen einfach, dass es nichts wird. Ich habe dich hier reingebracht und wenn ich ihnen sage, dass du es nicht machst, dann können sie nichts dagegen tun."

Brandt blinzelte und Tränen liefen ihm aus den Augenwinkeln über beide Wangen.

„Das würdest du für mich tun?", fragte er, überrascht vom traurigen Klang seiner Stimme.

„Sofort."

Später wurde Brandt bewusst, dass er keine Ahnung hatte, warum er das getan hatte, was er als nächstes tat. Anscheinend brauchte er es einfach. Er breitete die Arme aus und zog Nick fest an sich, presste seine tränennasse Wange an Nicks trockene, stoppelige und blieb einfach so stehen.

„Danke", flüsterte er in Nicks Ohr. Und unerklärlicherweise küsste er es. Genau wie Nick sein Ohr geküsst hatte, als er vorm Bett gestanden und sich gefragt hatte, was er tun sollte.

Er konnte Nicks breites Grinsen an seiner Wange spüren.

„Ich will nur, dass es dir gut geht", flüsterte Nick zurück.

Gestärkt trat Brandt ein Stück zurück. Er schaute Nick an und sah, dass auch in seinen Augen Tränen glitzerten. Das gab ihm einen Ruck.

„Wird es schon. Ich zieh das durch. Wird schon alles gutgehen." Brandt lächelte und meinte es auf irgendeine Weise sogar ernst.

Nick erwiderte das Lächeln, strahlend, beinahe stolz.

„Klasse. Komm, machen wir mal alles fertig hier." Er tätschelte Brandts Knie und stand dann auf, um die technische Ausstattung zu kontrollieren.

Kurz darauf tauchte das Bild von Eugene auf dem Bildschirm auf, als Nick die Videoverbindung überprüfte. Eugene schaute auf und geradewegs in Brandts Augen.

„Das Bild ist gut", vermeldete er so ernsthaft, als säße er im Kontrollraum des Space Shuttles und wollte Brandt ins All schießen. „Machen wir einen Soundcheck."

Nick bedeutete Brandt, etwas zu sagen.

„Irgendwelche besonderen Wünsche, mein Freund?", fragte Brandt mit aufgesetzt verruchter Stimme und kratzte seinen ganzen Wagemut zusammen. Nie hätte er geglaubt, dass davon noch etwas übriggeblieben war.

„Ja, klar habe ich die!", gab Eugene zurück. „Ich will sehen, ob das, was du in deinem Jock versteckst, auch vierundzwanzig Riesen wert ist!"

„Rück den Zaster raus und dann reden wir darüber", sagte Brandt und stimmte dann in Nicks Lachen ein. Eugene lächelte und schüttelte den Kopf, während er einige Einstellungen vornahm. Dann schaute er wieder auf und sagte: „Die Tonqualität ist gut und die Verbindung stabil. Mr. Drake sagt, die Überweisung wurde auch schon veranlasst, also können wir loslegen. Eine Stunde!"

„Verstanden!", gab Nick zurück und Eugenes Bild verschwand vom Bildschirm.

„Okay", fing Brandt unsicher an. „Wie funktioniert das jetzt?"

„Ist ganz einfach. Es gibt kein Skript, du liegst einfach auf dem Bett und sprichst mit dem Klienten. Tu, was er von dir verlangt, solange du damit zurechtkommst und behalt die Uhr im Blick. Am besten ist es, wenn du irgendwann gegen Ende zum Höhepunkt kommst – nicht zu früh, aber auch nicht so spät, dass du dich hetzen musst."

Brandt versuchte, sich alles zu merken, aber die Vorstellung, dass er seinen „Schuss" zeitlich planen musste, bereitete ihm Bauchschmerzen.

„Hey", sagte Nick und legte eine Hand auf Brandts Schulter. „Am wichtigsten ist, dass du einfach du selbst bleibst."

Brandt war so weit davon entfernt er selbst zu sein, dass ihn allein die Vorstellung zum Lachen brachte. Nick schien das als gutes Zeichen zu deuten. Für Brandt war es reine Kapitulation.

Sie führten noch ein paar letzte Checks durch und stellten sicher, dass Brandt sich auch bequem im Bett bewegen konnte und trotzdem gut auf dem Bildschirm zu sehen war. Dann ließ Nick ihn alleine, um sich „vorzubereiten", was immer das bedeuten mochte. Brandt stellte sich ans Fenster. Wenn er die schweren Vorhänge zurückzog, konnte er das Leben in der Nachbarschaft beobachten. Menschen, die ganz normal lebten. Brandt fragte sich, wann er sich zuletzt normal gefühlt hatte.

Seine Aussichten waren düster. In ein paar Minuten musste er die Abendunterhaltung für einen anonymen, versauten, steinreichen Kerl spielen, der ihn über das Internet wie eine Puppe dirigieren würde. Die pure Vorstellung hatte ihn dazu gebracht, das Abendessen wieder auszuspucken, aber jetzt spürte er gar nichts mehr, bis auf eine wilde Entschlossenheit, das Ding durchzuziehen. Einen Moment lang überlegte er, dass es mit einem Fremden vielleicht sogar einfacher sein würde als mit Donnelly, besonders, da Nick mit im Raum sein würde.

„Jason, es wird Zeit", rief Nick und riss Brandt aus seinen Gedanken. Er trat zum Bett, setzte sich und versuchte, Ruhe zu bewahren.

„Alles klar. Ich bin direkt hier, hinter dem Bildschirm. Wenn du irgendetwas brauchst, schau einfach in meine Richtung und ich gebe dir Tipps."

Brandt nickte. Jede Sekunde würde er einen Mann treffen, mit dem er seit langer Zeit das erste Mal so etwas ähnliches wie Sex haben würde. Diese Erkenntnis ließ den Kloß in seiner Kehle auf die dreifache Größe anschwellen. Fuck.

„Alles klar, die Verbindung baut sich auf", sagte Nick und zeigte auf Brandt. Brandt nickte.

Auf dem Bildschirm drehte sich noch das kleine Sanduhr-Icon was Brandt ein paar wertvolle letzte Sekunden ließ, in denen er sich vorstellte, wer wohl am anderen Ende der Videoleitung sitzen mochte. Er hoffte, dass … ja, was genau? Dass es jemand Attraktives war? Würde es das besser oder schlimmer machen? Er hatte keine Ahnung.

Schließlich wurde der Bildschirm schwarz und dann baute sich ein verschwommenes Bild auf. Es wurde scharf und Brandt konnte ein leeres Bett erkennen. Doch halt, da lag doch etwas auf der Decke – was war das?

Brandts Herz setzte einen Schlag aus (vielleicht auch zwei oder drei), als er erkannte, dass es ein Schachbrett war. Bevor er über die Bedeutung nachdenken konnte, sah er, wie Donnelly sich auf dem Bett niederließ und in die Kamera blickte. Brandt stockte der Atem.

Donnelly lächelte und sah äußerst zufrieden mit sich selbst aus. Brandt versuchte herauszufinden, wie er mit dieser Situation umgehen sollte, die sich von schlimm zu noch schlimmer gesteigert hatte und ihm jetzt völlig entglitten war.

Nick begann, sich mittlerweile äußerst besorgt über die Stille an beiden Enden der Leitung zu zeigen und bedeutete Brandt, etwas zu sagen.

„Hi, ich bin Mason", sagte Brandt kaum hörbar. Donnelly lächelte und folgte seinem Beispiel.

„Hi, Mason, schön, dich zu sehen." Er musste kichern. Donnelly spielte vermeintlich mit, aber nicht so gut, dass es Nick auf Dauer täuschen würde.

Brandt musste gleich den Anfängen wehren!

„Also", sagte er zu Donnelly und versuchte, so sexy wie möglich zu klingen. „Wie ist dein Name?"

Donnelly schaute ausdruckslos in die Kamera und sagte dann: „Gabriel", als wäre das nur allzu offensichtlich.

Brandt schloss die Augen. Scheiße.

„Okay, Gabriel, was soll ich für dich tun?"

Donnelly schaute verwirrt drein.

„Ich dachte, wir würden Schach spielen", sagte er kopfschüttelnd.

Brandt lachte.

„Du hast doch nicht wirklich so viel Geld ausgegeben, um Schach zu spielen, oder? Nein, ich glaube, was du dir vorstellst, ist eher so etwas."

Er zog sich das Shirt über den Kopf, während er auf dem Bett kniete, die Bauchmuskeln anspannte und direkt in die Kamera schaute. Er spielte so übertrieben, um Donnelly begreiflich zu machen, dass er wirklich eine Vorstellung abliefern musste.

Donnelly war völlig verdutzt darüber, dass Brandt sein Shirt auszog.

„Gefällt dir, was du siehst?", fragte Brandt und hoffte, dass Donnelly wieder mitspielte.

„Ähm … ja?", traute sich Donnelly vor, der immer noch verwirrt aussah.

„Das freut mich. Warum machen wir es uns nicht ein bisschen bequem?" Brandt fing an, seine Hose aufzuknöpfen.

Donnelly starrte ihn mit offenem Mund an.

Brandt zog den Reißverschluss herunter und zog die Shorts aus.

Donnelly schnappte nach Luft, als der rote Jockstrap sichtbar wurde.

„Wow", hauchte er.

„Gefällt er dir? Der ist neu", sagte Brandt.

„Ich hätte nicht gedacht, dass du den roten trägst", erwiderte Donnelly.

„Ein Freund hat mir geholfen, ihn auszusuchen. Ich wollte einen normalen weißen, aber ihm gefiel dieser hier, also habe ich seinem Urteil vertraut."

„Dein Freund hat Geschmack." Donnelly lächelte schwach.

„Warte, bis du die Rückseite siehst", neckte Brandt und drehte dann langsam sein Hinterteil der Kamera zu.

Als Donnelly auf den Arsch seines Kollegen starrte, schien es plötzlich Klick zu machen. Er holte kurz und überrascht Luft und zog die Augenbrauen hoch.

„Oh, Mann, du bist so heiß", murmelte er roboterhaft in dem merkwürdigen Tonfall, mit dem er wohl auch das Foto der nicht sonderlich attraktiven Verlobten eines Bekannten gewürdigt hätte. Erleichtert stellte Brandt fest, dass Donnelly endlich verstanden hatte, worum es hier ging.

„Danke", sagte Brandt und drehte sich wieder herum. „Du bist aber auch nicht von schlechten Eltern."

„Nichts im Vergleich zu dir", gab Donnelly zurück. „Ich meine, schau dir mal deine Brust und Bauchmuskeln im Vergleich zu meinen an." Schnell knöpfte er sein Hemd auf und zog es aus. Dann kniete er sich aufs Bett, schaute seinen Kumpel an und spannte seine, auch nicht unscheinbaren, Muskeln an.

Ach du heilige Scheiße, dachte Brandt.

„Hey, ich bin derjenige, der hier die Show abliefern soll!", schimpfte er und versuchte, Donnelly eine stille Botschaft zu senden, damit er es langsamer angehen ließ. Sie kam nicht an.

„Na ja, ich warte", drängte Donnelly, weniger gekünstelt, aber immer noch ungeschickt.

Brandt schaute Nick an, der ihm bedeutete, sich aufs Bett zu legen.

Brandt ließ sich nieder und rutschte dann ein Stück zurück, weg von der Kamera, um sich selbst ein bisschen Freiraum zu geben.

Er war jetzt von Kopf bis Fuß für Donnelly sichtbar, lang ausgestreckt auf dem Bett. Donnellys Blick wanderte langsam über seinen Körper, von den gerunzelten Augenbrauen bis hin zu den wackelnden Zehen. Donnelly schloss die Augen und schüttelte den Kopf, als müsste er überlegen, wie sie in dieser abgefuckten Situation gelandet waren.

Brandt machte sich Sorgen. Wenn Donnelly hier zur Salzsäule erstarrte, liefen sie Gefahr, dass die ganze Sache aufflog. Er war kurz davor, Nick um Hilfe zu bitten, als ...

„Dreh dich um."

Brandt blinzelte und kniff die Augen zusammen, um Donnelly auf dem Bildschirm zu erkennen. Hatte er wirklich ...?

„Ich sagte, dreh dich um."

Brandt folgte Donnellys Anweisung und vergrub sein Gesicht wie ein Strauß im Kissen. Er wusste, dass die Situation sich nicht in Luft auflöste, wenn er nicht hinschaute, aber es ließ ihn für einen Augenblick vergessen, dass er sich wie eine Nutte vor seinem Kollegen räkelte. Fuck.

Donnelly hatte es die Sprache verschlagen, also fasste Brandt all seinen Mut zusammen und schaute über seine Schulter zum Bildschirm.

„Gefällt dir, was du ..."

„Zieh ihn aus."

Brandt lief ein Schauer den Rücken hinunter.

„Was?", presste er heraus, hoffend, auf Zeit spielen zu können.

„Ich sagte, zieh ihn aus." Donnellys Stimme klang immer fester.

Aus dem Augenwinkel sah Brandt, wie Nick ihm signalisierte, dass er endlich den verdammten Jockstrap ausziehen sollte. Er nickte kurz, damit Nick mit seinem wilden Gestikulieren aufhörte und schaute dann zu Donnelly. Eins musste er ihm lassen: Er spielte seine Rolle gut.

„Okay. Ich ziehe ihn aus", sagte Brandt und drehte sich wieder um.

„Nein." Donnellys ruhige Stimme traf ihn wie ein Schwall eisiges Wasser. „Leg dich wieder hin." Brandt legte sich auf den Bauch und fragte sich, was Donnelly vorhatte. So sehr er sich auch an den zugegebenermaßen winzigen Schutz des Jockstraps klammern wollte, so wenig wollte er gleichzeitig das Unvermeidliche aufschieben.

„Jetzt streif ihn ab", knurrte Donnelly.

Brandt holte tief Luft, fuhr mit den Daumen unter das weiche Hüftband und hob den Hintern, um den roten Jockstrap über die Hüften streifen zu können. Erst jetzt wurde ihm bewusst, welchen Anblick Donnelly gerade ertragen musste. *Stark bleiben, Kumpel*, dachte er. *Wir stehen das durch.*

Er ließ den Jockstrap an seinen Beinen hinuntergleiten und pfefferte ihn dann vom Bett, direkt in Nicks Richtung. Dieser fing ihn auf und steckte ihn in die Tasche.

Brandt wandte sich wieder an Donnelly. Er erinnerte sich wieder an das angeekelte Gesicht, das er jedes Mal gemacht hatte, wenn er die Ärsche der *Str8 Frat Dudes* hatte ansehen müssen – oder sich nur an den Anblick erinnerte. Jetzt zeigte sein Gesicht nur undurchschaubare Konzentration. Sein Blick war starr auf Brandts Hintern gerichtet. Brandt stellte fest, dass sein Partner zäher war, als er immer gedacht hatte.

Zufrieden, dass Donnelly sich tapfer schlug, beschloss Brandt, Nick eine ausgiebige Kostprobe seiner Schlampigkeit zu bieten. Er begann, sein Becken langsam ins Bett zu stoßen, es kreisen zu lassen und sich so wahllos zu bewegen, als wäre er ein gottverdammter Turner bei der Ausübung einer besonders herausfordernden Bodenübung. Brandt sah Nicks Grinsen und hochgereckte Daumen. Donnelly verschanzte sich weiterhin hinter seiner Maske aus ernster Konzentration.

„Zeig es mir", sagte er rau. Seine Stimme traf Brandt bis ins Mark. Er fühlte, wie sich eine Hitze, eine verwegene, wütende Hitze, in dem Körperteil ausbreitete, das Donnelly so unverwandt anstarrte. Er hörte auf, sich zu bewegen, aber sein Schwanz war anscheinend anderer Ansicht. Er wuchs an, verdoppelte seine Größe von einem auf den anderen Moment und pulsierte drängend an Brandts Unterbauch. Nur einen von Donnellys Wimpernschlägen später war er knüppelhart.

Brandt schaute Donnelly erschrocken an.

„Jetzt", ordnete Donnelly leise an.

Brandt drehte sich um. Da lag er, auf dem Rücken, während sein Schwanz wie wild auf und ab wippte, bevor er auf seinem Bauch zur Ruhe kam und im Takt seines Herzschlags leicht zuckte. Er schaute zu Donnelly – seinem Partner, der ihn in den Jahren, die sie zusammengearbeitet hatten, nie hatte hängen lassen. Es verlangte ihm sicher einiges ab, so überzeugend zu spielen. Sein Gesicht war gerötet und er konnte seine Panik kaum verstecken. Und jetzt musste Brandt es ihm noch schwerer machen, indem er ihm seine unerklärliche Erektion vor die Nase hielt.

„Tut mir leid, Gabriel, aber er hat seinen eigenen Kopf", entschuldigte sich Brandt, der es wirklich bedauerte, seinen Kollegen derart schocken zu müssen.

„Mir gefällt seine Denkweise", erwiderte Donnelly aalglatt. Er verdeckte seine innere Zerrissenheit ganz gut. „Ich glaube, ich tu es dir einfach gleich."

Und damit knöpfte er seine Khakishorts auf und streifte sie ab. Schon stand er da, nur in seinen …

Was zur Hölle war das? Donnelly trug eine *Ginch-Gonch*-Unterhose im gleichen Muster wie Brandts eigenes Exemplar. Allerdings war Donnellys blau und nicht orange.

„Nette Wäsche, Kumpel", gluckste Brandt.

„Danke, Mason. Die sind im Moment ganz angesagt, oder?" Und mit diesen Worten streifte Donnelly sie ab und schleuderte sie zur Seite.

Dann richtete er sich auf und schaute wieder in die Kamera.

Brandt verschlug es den Atem. Alles, was er im Moment sehen konnte, war Donnellys Schwanz. Donnellys großer, wippender, vollkommen aufgerichteter Schwanz. Donnelly hatte einen Wahnsinnsständer. Brandt schaute ihm ins Gesicht und versuchte, irgendeine Erklärung für das zu finden, was hier vor sich ging. Aber Donnelly schaute ihn nur weiter mit diesem seltsam starren Blick an und rührte sich nicht.

„Wow", sagte Brandt. „Du bist ja mal gut ausgestattet."

Ein Lächeln breitete sich auf Donnellys Gesicht aus.

„Komme nicht ganz an deine Ausmaße heran", gab er zu und schaute unverfroren auf Brandts Erektion, aus der langsam eine kleine Pfütze auf seine Bauchmuskeln tropfte.

Trotz der vollkommen absurden Situation, in der sie sich befanden, schauten die beiden sich einige Minuten still an. Schließlich bemerkte Brandt, wie Nick auf die Digitaluhr an der Wand deutete. Wenn er bedachte, wie gut Donnelly seine Rolle bisher gespielt hatte, würde der Rest der Show ein Kinderspiel werden. Brandt hätte sich niemals ausgemalt, dass es so einfach werden würde, aber er musste ernsthaft zugeben, dass er den professionellen Einsatz seines Kollegen unterschätzt hatte. Dafür schuldete er Donnelly einen Drink. Oder sehr viele.

„Okay, Gabriel", murmelte Brandt, und der Schlampensprech kam ihm allmählich ganz natürlich von den Lippen. „Was willst du tun?"

„Ich will dir zusehen. Ich will, dass du das tust, was du in deinem Video gemacht hast, aber langsamer. Hier, vor mir."

Brandt erstarrte.

„Du hast mein Video gesehen?"

Donnelly grinste schief ... böse ... verschlagen.

„Ich schaue es in jeder freien Minute. Manchmal mache ich es mir mit dir zusammen, und wenn du deine Ladung unter der Dusche fast verschießt, bin ich nicht mehr zu halten."

Brandt war geschockt. Sein Kiefer bewegte sich auf und ab, aber keine Worte kamen aus seinem Mund. Donnelly war noch nicht fertig.

„Du, auf dem Bett, wie du alles aus dir rausholst? Heilige Scheiße, ich hab's mir mindestens ein Dutzend Mal angesehen."

Brandt hatte das Gefühl, als würde der Raum sich plötzlich drehen, während seine Eingeweide einen verrückten Tanz aufführten. Donnelly schien es nicht zu bemerken.

„Jetzt will ich, dass du es tust. Tu es langsam, aber fang endlich an. Und wenn du abspritzt, sagst du meinen Namen, verstanden?"

Brandt war wie betäubt. „Du ... du willst, dass ich ... was?"

„Dass du meinen Namen sagst. Wenn du kommst, sagst du meinen gottverdammten Namen. So wie ich deinen jedes Mal sage, wenn ich dir zuschaue."

Hilflos schaute Brandt sich um und suchte einen Ausweg aus dieser Scheiße. Spielte Donnelly noch die Rolle des Zuschauers oder war das er selbst? Woher kannte er die Einzelheiten seines Videos, wenn er es nicht selbst gesehen hatte? Oh Gott, er musste es gesehen haben.

Nick ruderte wild mit den Armen, um Brandts Aufmerksamkeit auf sich zu ziehen. Dann machte er eine kräftige Wichsbewegung und deutete auf die Uhr.

Brandts Aufgabe war eindeutig.

Er lehnte sich auf dem Bett zurück. Sein Schwanz stand unerklärlicherweise immer noch wie eine Eins. Mit zitternden Händen griff er danach und begann mit der Masturbation. Auf dem Monitor sah er, dass auch Donnelly sich bewegte – was machte er da? Auch er hatte sich zurückgelegt und hielt seinen Schwanz in der Hand. Er imitierte jede seiner Bewegungen.

Beide Männer, beide heterosexuellen Männer, begannen ihre Schwänze zu reiben, während sie dem anderen dabei zuschauten, wie er dasselbe tat. Donnelly passte sein Tempo an. Bald waren sie im perfekten, gleichen Takt. Getrieben von irgendeiner abartigen Eingebung hob Brandt eine Hand und zwickte sich in die Brustwarze. Wie bei seinem Videodreh schoss ihm eine Hitzewelle durch die Brust. Er schaute zu Donnelly, der das gleiche tat und zufrieden stellte Brandt fest, wie sich der Rücken seines Kollegen bog und ihm ein Stöhnen entwich. Diese Reaktion heizte ihn selbst nur weiter an und bald stießen beide ihre Schwänze wie wild in die geballten Fäuste, atmeten schwer und glänzten vor Schweiß.

Brandt fühlte die Anspannung in seinen Lenden und er konzentrierte seine Rubbelbewegungen auf die Spitze seines Glieds. Donnelly tat das gleiche. Sie waren kurz davor. Dann trafen sich ihre Blicke. Keiner sagte ein Wort und trotzdem verstanden sie beide, was zwischen ihnen passierte. Brandt nickte und Donnelly nickte zurück.

Brandt spürte, wie sich sein Orgasmus anbahnte und er sah, wie sich Donnellys Gesicht vor Panik und Verwunderung verzog. Sie würden es gemeinsam meistern.

„Oh mein Gott, Gabriel!", rief Brandt, als sich sein Schwanz heiß entlud.

Donnelly erstarrte, als hätte er gerade gehört, wie sich die Tore zur Hölle auftaten. Dann schrie er auf, stieß ein qualvolles, unterdrücktes Stöhnen aus, während sein Schwanz losging wie ein Feuerwehrschlauch. Er holte tief Luft, hielt sie für eine Sekunde an und atmete dann aus, flüsterte, leise wie bei einem Gebet: „Ethan …"

Stille.

Schweißnass und keuchend lagen sie da. Brandt beobachtete, wie sich Donnellys Brust hob und senkte und sich seine Atmung langsam regulierte. Dann schaute er ihm ins Gesicht. Ihre Blicke trafen sich. Eine Weile lang schauten sie sich einfach in die Augen. Dann lächelte Brandt, der es nicht länger aushielt und begann zu lachen. Die Spannung hatte sich entladen. Donnelly stimmte in sein Gelächter ein und bald liefen ihnen Tränen über die Gesichter. Als das Lachen abebbte, flossen die Tränen weiter und in der Stille gab es nur noch sie beide, leise weinend.

Nick räusperte sich. Die Zeit war um.

„Ähm, also …", begann Brandt.

„Ja, ähm … danke … äh, Mason. Das war irgendwie … na ja, ich … tut mir leid."

Der Bildschirm wurde schwarz und sie hatten es geschafft. Brandt ließ sich rücklings aufs Bett fallen und starrte an die Decke. Sein Blick war noch immer verschwommen.

Nick trat neben das Bett.

„Junge, das war der Hammer!", sagte er und grinste breit. „Ich habe noch niemanden gesehen, der es beim ersten Mal so gut gemacht hat! Der Typ war so durch – der konnte sich ja nicht einmal deinen Namen merken."

Brandt brauchte einen Moment, um wieder im Raum anzukommen und sich der Realität zu stellen.

„Ja, das war …" Brandts Stimme erstarb. Er räusperte sich. „Kann ich einfach unter die Dusche und dann raus hier?"

Nick hob die Augenbrauen. „Klar, Kumpel. Ich mache dir schon mal die Dusche an, dann wird sie schneller warm. Und ich hol dir neue Unterwäsche, Ausstattung vom Haus. Vielleicht will dieser Gabriel den roten Jock als Souvenir behalten. Bin gleich wieder da."

Brandt lag da und fühlte, wie sein erkaltetes Sperma an seinen Hüften herunter aufs Bett lief. Was sollte er Donnelly sagen? Würden sie jeweils wieder normal miteinander umgehen können?

Er hörte, wie Nick wieder das Zimmer betrat.

„Die Dusche ist soweit. Komm schon, Großer." Er stupste Brandt gegen die Schulter.

„Nick?", sagte Brandt, während er sich hochrappelte.

„Ja?", gab Nick zurück, legte den Arm um Brandt und half ihm ins Bad.

„Hast du schon mal etwas gemacht, das plötzlich alles ruiniert hat? Wovon es kein Zurück gab?"

Nick schaute ihn besorgt an. Dann nickte er und gluckste, als wüsste er genau, was Brandt meinte.

„Weißt du, das habe ich wirklich. Ich habe ziemlich viel dummes Zeug angestellt und ein paar Mal beinahe den Menschen verloren, der mir mehr als alles andere auf der Welt bedeutet. Aber ich habe gelernt, dass Menschen und Beziehungen belastbarer sind, als man oft glaubt. Manchmal muss man nur die Augen schließen und daran glauben, dass das, was du willst, immer noch da ist, wenn du sie wieder aufmachst."

Brandt nickte. „Danke dir. Ich hoffe, du hast recht."

„Das habe ich meistens. Außer in Mathe." Nick lachte und begleitete Brandt zur dampfenden Dusche. „Wir sehen uns gleich unten, okay?"

„Ja. Ist alles gut. Danke dir."

22

Brandt duschte, zog sich an und machte sich wieder auf den Weg durchs Haus. Eugene und anscheinend auch jeder andere Typ, der hier im Haus arbeitete, klopfte ihm auf den Rücken (oder auf den Hintern) und gratulierte ihm zu seinem guten Job. Kurz vor der Tür nahm Drake ihn zur Seite.

„Ich bin äußerst beeindruckt, Jason. Nick hat gesagt, du hättest die Sache wie ein Profi gemeistert. Ich glaube, du warst uns eine große Hilfe dabei, ein ganz neues Geschäftsmodell zu entwickeln."

Brandt nickte nur und stellte sich vor, in seiner eigenen Wohnung zu sein. Ganz in Ruhe.

„Ich habe mit unserem Geschäftsführer gesprochen. Er würde dich wirklich gern kennenlernen. Kannst du Montag zum Mittagessen vorbeikommen?"

Brandt nickte wieder und versuchte, geschmeichelt und aufgeregt zu wirken. Ironischerweise bekam er jetzt die einzige Gelegenheit, einen *wirklich* guten Job zu machen, in der Branche, in der er ausgebildet war und der normalerweise keine Nacktheit voraussetzte.

„Wunderbar. Wie wäre es gegen elf?" Drake warf die Arme in die Höhe, als wäre ihm plötzlich etwas Wichtiges eingefallen. „Oh, und ich glaube, hierdrauf hast du schon gewartet." Er zog einen Umschlag hervor und reichte ihn mit einstudierter Beiläufigkeit an Brandt weiter.

„Danke, Mr. Drake", murmelte Brandt und steckte das Kuvert ein.

Drake schien der halbherzige Klang von Brandts Stimme tatsächlich zu beunruhigen, aber lange schien das nicht anzuhalten.

„Ein schönes Wochenende, Jason. Hau das Geld ordentlich auf den Kopf."

Brandt murmelte irgendetwas, das zustimmend klang und trat aus der Tür. Endlich allein. Aber als er an seinem Auto ankam, sah er zu seinem Erstaunen, dass Nick an der Beifahrertür lehnte.

„Oh, hey Nick", sagte Brandt erschöpft.

„Wollte nur sichergehen, dass es dir gut geht", meinte Nick und machte ein paar Schritte auf Brandt zu. „Ich habe darüber nachgedacht, was du eben gesagt hast und ich glaube nicht, dass ich eine große Hilfe war. Aber wenn du über irgendetwas reden willst, ruf mich einfach an, ja?"

Brandt ließ die Schultern hängen. Er war überwältigt und fühlte sich hilflos. Nicks Freundlichkeit, die er, ganz der abgehärtete Polizist, eigentlich zurückweisen wollte, weckte ein warmes Gefühl in seiner Brust. Er seufzte und fühlte, wie seine Wangen wieder tränennass wurden.

Nick trat noch näher an ihn heran. Ihre Zehen berührten sich fast.

Brandt wusste, was als nächstes kam und so am Boden zerstört und erschöpft, wie er sich gerade fühlte, konnte er es einfach nicht mehr leugnen: Er wollte es. Er wollte, dass Nick ihn in den Arm nahm, ihn mit seiner starken, schützenden Umarmung wärmte.

Aber es kam nicht. Er hob den tränenverschleierten Blick und suchte Nicks Gesicht nach einem Anzeichen ab, warum er sich dieses Mal so zurückhielt. Kleine Falten kräuselten sich in den Winkeln von Nicks freundlichen goldenen Augen und er lächelte breit. Dann schüttelte er den Kopf, als müsste er irgendeine Entscheidung treffen.

Er legte die Hände an Brandts stoppeliges Kinn und wischte ihm mit den Daumen die Tränen von den hageren Wangen. Brandt gab sich ganz dieser Berührung hin, die er plötzlich mehr brauchte, als irgendetwas anderes auf der Welt. Er schloss die Augen und legte den Kopf leicht zur Seite, als versuchte er, sich in den festen Griff von Nicks warmen, glatten Händen hineinfallen zu lassen.

Brandt öffnete erst wieder die Augen, als er Nicks Atem an seiner Wange fühlte. Nick war ihm ganz nah gekommen und er spürte, wie Nicks Mund dem seinen immer näherkam. Und dann langsam und doch unerwartet trafen sich ihre Lippen.

Brandt stockte der Atem und er hob die Hände, um Nick wegzustoßen. Aber anstatt ihm einen Stoß zu verpassen, legte er sie um seinen Hals und zog ihn näher zu sich heran. Brandt schloss die Augen wieder, als ihm auffiel, wie anders es doch war, Nick anstelle einer Frau zu küssen. Es fühlte sich rau und hart und stoppelig und drängend und heiß und völlig seltsam an, ja, aber es hatte auch etwas Liebevolles. Nick küsste ihn, damit er sich daran erinnerte, dass es noch Liebe auf der Welt gab, und sie einen manchmal, wenn man es nicht erwartete, völlig aufdringlich und unverfroren auf den Mund küsste.

Einen kurzen Moment lang war Brandt so glücklich wie nie zuvor in seinem Leben.

Und dann erinnerte er sich wieder.

Er ließ Nicks Nacken los und zog den Kopf zurück. Nick unterbrach den Kuss und schaute ihn an, die Stirn besorgt gerunzelt.

„Tut mir leid", platzte er heraus, sichtlich erschrocken über das, was er getan hatte.

„Nein." Brandt schüttelte den Kopf. „Nein, es muss dir nicht leidtun. Das war … okay, ich weiß nicht, was das war. Aber nett war aus, also danke dir."

Nick strahlte.

„Für einen Hetero küsst du echt gut", neckte er ihn und zerzauste Brandts Haar.

„Du auch", lachte Brandt. „Auch wenn ich nicht glaube, dass irgendjemand, der uns jetzt sehen würde, uns als hetero bezeichnen würde."

Nick hörte auf zu lachen und schaute Brandt mit zusammengekniffenen Augen an.

113

„Kommst du klar?"

Brandt schaute kurz auf den Boden und nickte. „Ja, ich denke schon. Hauptsächlich deinetwegen. Du hast mir geholfen, vieles klarer zu sehen. Also noch mal danke dafür."

Nick grinste. „Hauptsache, du kommst am Montag, um den Chef kennenzulernen. Du bist jetzt so was wie unser Held."

„Ich kann dir nicht sagen, was mir das bedeutet", gluckste Brandt. Das konnte er wirklich nicht. „Bis Montag dann."

„Gute Nacht, Jason."

Brandt zitterte. Die Künstlichkeit seines Decknamens passte nicht zu dem äußerst wahren Moment, den sie gerade gehabt hatten. Allerdings gab es auch keine Worte für das, was sie gerade gemeinsam erlebt hatten. Zumindest kannte er keine.

Brandt öffnete die Autotür, stieg ein und fuhr nach Hause. Er versuchte, schnell genug zu fahren, um alles hinter sich zu lassen und nicht nachdenken zu müssen. Aber die Tränen, die ihm langsam über die Wangen liefen, begleiteten ihn auf dem ganzen Heimweg durch die Nacht.

23

ALS ER zu Hause angekommen war, stolperte Brandt die Treppen zu seiner Wohnung hinauf, fummelte den Schlüssel ins Schloss und ließ sich aufs Sofa fallen, ohne das Licht einzuschalten. Einen Moment lang blieb er einfach dort liegen und starrte an die Decke. Die Dunkelheit brachte die Tränen wieder zurück und sein Kopf schwirrte. Er atmete tief durch und versuchte, seine Gedanken zu ordnen – oder einfach gar nicht mehr zu denken. Er scheiterte an beidem.

„Gott, Gabriel, was haben wir getan?", flüsterte er in die Finsternis.

Super, dachte er. *Jetzt führe ich schon Selbstgespräche. Ja geil.*

„Wir haben getan, was wir tun mussten."

Die leise Stimme klang sehr nah. Brandt setzte sich reflexartig kerzengerade auf, atmete nicht mehr, sondern hörte einfach nur hin. Hatte er wirklich Donnellys Stimme gehört?

„Gabriel?"

„Ethan …", gab die Stimme aus der Dunkelheit flüsternd zurück. Ein langes, tiefes Hauchen.

Brandts Kehle schnürte sich vor Angst zu. Er hatte sich noch gar keine Gedanken darüber gemacht, was er zu Donnelly sagen sollte, wie sie sich nach diesem Abend verhalten sollten. Ein verrücktes Feuerwerk zündete in seinem Kopf, der vor Verwirrung pochte.

„Was tust du hier?"

„Wohin sollte ich sonst gehen?", antwortete Donnelly schlicht.

„Du bist einfach hergekommen und hast dich in meine dunkle Wohnung gesetzt?"

„Ich wusste nicht, was ich tun sollte. Ich dachte mir, dass es dir schlecht geht nach dieser ganzen abgefuckten Vorstellung, und ich dachte mir, dass ich einfach herkomme, damit du nicht nach mir suchen musst, um mir den Hals umzudrehen."

„Den Hals umdrehen?", schnaubte Brandt. „Ich habe dich doch in die Scheiße reingeritten. Warum sollte ich dir den Hals umdrehen wollen?"

Donnelly schwieg einen Moment.

„Weil ich dein Video angesehen habe", flüsterte er kaum hörbar.

„Ach ja, deswegen", sagte Brandt und streckte die Hand aus, um das Licht anzuschalten. Er schaffte es nicht, Donnelly anzusehen. „Das kam überraschend."

„Für uns beide", stimmte Donnelly kläglich zu.

„Das Video war das Schlimmste, das ich jemals durchmachen musste. Und die einzige Hoffnung war, zu glauben, dass es niemand jemals sehen würde."

Brandt sprach langsam und starrte auf dasselbe Stück des Teppichs, das Donnelly eingehend studierte. „Ich kann nicht glauben, dass du mir so was antun würdest."

„Ich auch nicht", flüsterte Donnelly.

Brandt musste sich dazu zwingen, seinen Kollegen anzuschauen. Er wusste nicht, was er in diesem vertrauten und gerade so fremden Gesicht sehen würde. Aber da saß nur sein bester Freund auf der ganzen Welt, blass, zittrig, mit tränenverschmiertem Gesicht.

„Ich verstehe das einfach nicht", murmelte Brandt mit bemüht sicherer Stimme.

Donnelly wischte sich grob mit dem Handrücken durchs Gesicht, als versuchte er, sich selbst auszuradieren.

„Ich kann's nicht erklären. Nicht dir." Er schluchzte auf. „Und mir auch nicht." Seine Brust zuckte und immer mehr Schluchzer entwichen seinem zitternden Mund. „Ich bin so im Arsch. So dermaßen … im Arsch." Er holte ein paarmal Luft und versuchte, seine Atmung und die Fassung wiederzuerlangen, schaffte es aber nicht und vergrub das Gesicht in den Händen.

„Schau mal", sagte Brandt so ruhig wie möglich und versuchte, sich daran zu erinnern, wie man mit jemandem umging, der vor einem emotionalen (oder tatsächlichen) Abgrund stand. „Wie das heute gelaufen ist – weißt du, ich dachte, ich wäre allein. Aber Nick war da und hat die ganze Zeit zugeschaut. Ich musste ihm etwas vorspielen, damit er keinen Verdacht schöpft. Ich hatte nur nicht mit dir gerechnet. Die Versteigerung stand zum Schluss so hoch, dass wir es uns nicht hätten leisten können, also weiß ich nicht, wie …"

„Ich habe es bezahlt", murmelte Donnelly durch seine Finger.

„Was?"

Donnelly hob den Kopf. „Ich habe es bezahlt. Von meinem Geld."

Brandt fühlte sich, als hätte man ihm einen Schlag in den Magen verpasst. Mit einem Kleinwagen.

„Was? Wie das?"

Donnelly holte tief Luft. „Als mein Bruder in Afghanistan starb, ist irgendeine Lebensversicherung, die meine Großeltern abgeschlossen hatten, eingesprungen. Meine Mutter war zu der Zeit völlig durch den Wind und wollte das Geld nicht haben, dadurch wurde sein Tod wohl zu real für sie. Meine Schwester und ich haben es dann aufgeteilt. Ich habe ihr den Großteil gelassen, damit sie ihr Haus abbezahlen konnte, aber ich habe fünftausend Dollar bekommen und bis heute nicht angerührt. Als ich gesehen habe, dass die Auktion in den letzten Minuten durch die Decke schoss, habe ich beschlossen, das Geld dafür zu verwenden." Er hielt inne und holte tief Luft. „Ich wollte nicht, dass du das mit irgendjemand sonst machen musst." Seine Stimme stockte. „Mit irgendjemandem außer mir", flüsterte er elendig.

„Du hast fünf Riesen deines eigenen Geldes für Videosex mit mir ausgegeben? Was zur Hölle?"

„Ich habe fünf Riesen meines eigenen Geldes ausgegeben, um mit dir Schach zu spielen, erinnerst du dich?"

Diese Erinnerung gab Brandt das Gefühl, ihren ausgefeilten Plan nicht richtig umgesetzt zu haben.

„Ja, das tut mir leid. Ich habe es wirklich versucht, aber ich konnte ihn nicht davon überzeugen, mich allein zu lassen. Tut mir leid, dass du das mitansehen musstest."

Donnelly schloss die Augen und holte tief Luft.

„Mir nicht."

„Was zum Geier soll das jetzt wieder heißen?"

„Kann ich nicht erklären. Bitte zwing mich nicht dazu", bat Donnelly.

Brandt konnte ihn nur schweigend und verwirrt anstarren.

„Ich muss hier raus", platzte Donnelly heraus, stand auf und lief zur Tür. Beinahe hätte er es geschafft, wäre da nicht ein Hindernis gewesen.

Dieses Hindernis war Brandt.

Er war ebenfalls aufgesprungen und hatte sich zwischen seinen Partner und die Tür gestellt. Nur Zentimeter voneinander entfernt standen sie da, Donnellys tränenüberströmtes Gesicht vor Brandts wütender Miene.

„Nein."

24

BRANDTS WORT traf Donnelly wie eine Waffe. Er setzte an, noch einmal darum zu bitten, dass Brandt ihn aus der Wohnung ließ, aber sein Partner streckte die Hände aus und drängte ihn zurück. Donnelly ließ sich wieder auf den Stuhl fallen, von dem er gerade aufgesprungen war und gab sich Mühe, gleichmäßig zu atmen.

„Du gehst nirgendwohin, *Partner*", knurrte Brandt. Die Sehnen an seinem Hals waren angespannt, sein Kiefer zusammengepresst.

„Ethan, bitte nicht … Ich kann nicht …"

„Halt verdammt noch mal die Fresse!", rief Brandt. So hatte Donnelly ihn noch nie gesehen. Er wusste, dass sein Partner Drogendealer zu Boden ringen und Geiselnehmer bei einem Bankraub erschießen konnte, aber so böse hatte er ihn noch nie erlebt.

Brandt schaute hinunter auf seinen zitternden Kollegen. Seine Nasenflügel bebten, während er versuchte, einen klaren Gedanken zu fassen.

„Meine Güte, Gabriel." Langsam hatte er seine Stimme wieder unter Kontrolle. Nicht genug, um Donnelly nicht das Gefühl zu geben, dass er ihn gleich umbringen würde, aber es war ein Fortschritt. „Wer zum Teufel bist du?"

„Ich habe versucht, ein bestmöglicher Partner zu sein. Und es offenbar versaut."

„Mein versauter Partner, ganz recht. Schön zu wissen, dass du immer hinter mir stehst."

Irgendetwas rastete in Donnellys Kopf aus.

„Ich war immer für dich da!" Er sprang auf. „Ich war dein Partner und dein Freund und dein verdammter Therapeut, zwei Jahre lang, und jetzt, wo ich es zum ersten Mal versaut habe, willst du mir gleich die Scheiße aus dem Leib prügeln? *Das* ist beschissen, mein Lieber. So richtig beschissen." Er wandte sich wieder zur Tür.

Brandt hielt ihn zum zweiten Mal auf. Wieder standen sie direkt voreinander, aber jetzt schauten sie sich beide wütend und heftig schnaufend an.

„Verrate mir nur eines, dann lasse ich dich gehen", knurrte Brandt.

„Was?", fauchte Donnelly und kniff erbost die Augen zusammen.

„Hast du das alles ernst gemeint?"

Donnelly schaute ihn finster an.

„Was?"

„Während der Liveshow. Was du zu ,Mason' gesagt hast. Hast du das ernst gemeint?"

„Wovon sprichst du, verdammt noch mal? Ich weiß nicht mehr, was ich gesagt habe!" Donnellys Stimme wurde vor Wut ganz hoch. Oder weil er log.

„Du hast gesagt, du hättest mein Video dutzende Male angesehen. Du hast gesagt, du würdest es dir selbst machen, während du es ansiehst. Du würdest kommen, wenn du mich unter der Dusche siehst." Brandt schnaufte. „Das hast du gesagt. Hast du die Scheiße ernst gemeint?"

Donnelly erstarrte. Dann sank er langsam in sich zusammen, als könnte er die ganze emotionale und körperliche Anstrengung dieses Tages nicht mehr ertragen. Seine Augen füllten sich wieder mit Tränen.

„Ja", flüsterte er.

Brandt schwieg. Donnelly zählte seine Atemzüge. Eins. Zwei. Drei.

„Warum hast du mir nichts gesagt?" Brandt sprach ebenso leise wie Donnelly. Dieser hatte alles erwartet – aber nicht das.

„Dir was gesagt? Dass ich ein Sexvideo von dir gesehen habe? Das wollte ich nicht einmal mir selbst eingestehen." Er holte stockend Luft. „Beim ersten Mal hatte ich meine Augen die ganze Zeit geschlossen, als würde es mich blind machen, hinzuschauen. Aber ich musste wissen, was du da getan hast. Also habe ich es noch mal angesehen. Und immer wieder. Und jedes einzelne Mal habe ich versucht, mich davon zu überzeugen, dass ich es eigentlich gar nicht sehen wollte und dass es das letzte Mal sein würde. Aber das war es nicht." Er richtete sich auf und schaute Brandt in die Augen.

„Ich habe es angeschaut, weil ich es wollte. Weil es mir die Augen für etwas geöffnet hat, das ich nicht wahrhaben wollte. Weil du mich dazu gebracht hast, klar zu sehen." Er seufzte und flüsterte dann: „Weil es mich zu dem gemacht hat, der ich immer schon war."

Brandt schaute ihm verzweifelt in die Augen und versuchte, die Wahrheit hinter dem zu sehen, was Donnelly gerade gesagt hatte. Zu sehen, dass es keine Wahrheit gab. Aber es war nicht zu ändern.

„Lass mich einfach gehen", bat Donnelly. „Am Montag reiche ich einen Antrag auf Versetzung ein und du musst mich nie wiedersehen. Keiner wird erfahren, was passiert ist. Ich werde sagen, dass es alles an mir liegt und du bekommst einen Partner, der durch dich nicht zum Perversen wird."

„Ich schwöre bei Gott, Gabriel, wenn du jetzt versuchst zu gehen, dann werde ich …" Brandt fasste Donnelly am Kragen und zog ihn noch näher heran. „Du gehst nirgendwohin."

Donnelly atmete kurz und abgehackt. Aber wenn es so enden musste, dann war es wenigstens vorbei. Seine Mom würde einen toten Cop wohl besser verkraften als eine weitere tote Schwuchtel.

„Ethan, bitte …"

„Halt die Klappe", zischte Brandt. Ihre Nasenspitzen berührten sich und er schaute ihm direkt in die Augen.

Donnelly hielt es nicht mehr aus und schloss sie. Er fügte sich seinem Schicksal, war bereit für das Ende.

Er spürte, wie sich Brandts Griff noch verstärkte. Und dann fühlte er noch etwas anderes.

Es war ein Kuss.

Zuerst sanft, nur ein hauchzarter Kontakt, eine warme Berührung, die Stromstöße durch seinen ganzen Körper sandte. Eine Sekunde, zwei, drei und mit jeder wurde der Druck stärker, bis Donnellys ganzer Mund von Brandts Lippen bedeckt war. In diesem Augenblick fühlte er, was bislang nur in seiner Vorstellung existiert hatte – die Stärke, die Kraft der Lippen eines anderen Mannes auf seinen eigenen. In seinem ganzen Leben hatte er nichts je so sehr gewollt.

Der Kuss dauerte an, bis beiden die Luft ausging. Mit roten Wangen machte Brandt einen Schritt zurück.

Sie schauten einander an, auf dieselbe Weise, wie sie es vor ein paar Stunden über das Internet getan hatten. Aber jetzt standen sie hier, zusammen, als sie selbst.

„Oh, Scheiße", flüsterte Donnelly. „Was war das denn?"

Brandt schüttelte prustend den Kopf. „Ein Geschenk von Nick. Ich habe es nur weitergegeben."

Donnelly, immer noch verdutzt, schaffte es nicht, einen geraden Satz zu formen.

„Geht es dir gut? War ich zu …?"

Brandts weitere Worte gingen unter, wurden von Donnellys drängenden Lippen erstickt. Brandts Erstaunen war köstlich und er kostete den Schauer aus, der ihn durchfuhr, dieser Nervenkitzel dieser seltsamen, gefährlichen Sache, in die sie hineingeraten waren.

Donnelly, wie immer ganz wetteifernd, bewies eine Zungenfertigkeit, von der Brandt nicht einmal geträumt hätte. Er musste wieder an ihr Gespräch übers Küssen denken. Wenn man es richtig machte, war es Penetration. Brandt wusste, dass er von diesem Kuss, von diesem Mann penetriert wurde. Dieses Gefühl von Erleichterung, von verletzlicher Offenheit, ließ seine Knie zittern.

Als Donnelly mit ihm fertig war, wusste er kaum, wie er atmen sollte.

„Ich glaube", keuchte Brandt ein wenig dramatisch, „ich brauche einen Drink."

„Da bin ich ganz bei dir", antwortete Donnelly und lächelte erleichtert, so breit und strahlend, wie Brandt es noch nie zuvor bei ihm gesehen hatte.

25

DER MORGEN kündigte sich durch einen Lastwagen an, der auf dem Parkplatz hinter Brandts Wohnung wendete. Das Piep-Piep-Piep war ein untrügliches Zeichen dafür, dass etwas Großes und Unhandliches sich in eine Sackgasse manövriert hatte.

Brandt öffnete träge die Augen. Der Jägermeister vom letzten Abend verschleierte noch seinen Blick. Gerade versuchte er, sich daran zu erinnern, wo er war und wie er dorthin gekommen war, als er merkte, wie sich neben ihm etwas regte. Er zuckte zusammen. Er konnte an beiden Händen abzählen, wie oft er neben jemand anderem aufgewacht war. Vorsichtig hob er den Kopf.

Donnelly.

Oh, Scheiße.

„Morgen", sagte eine verschlafene Stimme von der anderen Seite des Betts.

Brandt griff nach seinem Smartphone, um die Uhrzeit zu überprüfen. Es war acht Uhr morgens. Solange schlief er samstags nie. Das hieß, er war spät dran für sein übliches Frühstück mit ... Donnelly.

Er setzte sich auf und gleich bemerkte er zwei Dinge. Erstens: Er war nackt. Das war unüblich, denn er war wirklich kein Nacktschläfer. Zweitens: Er hatte keine Idee, wie er ins Bett gekommen war. Nackt. Mit Donnelly.

Alles, was zu einem perfekten Hollywoodmoment noch fehlte, war eine Spur nachlässig abgestreifter Kleidungsstücke auf dem Boden vor dem Bett. Vom Schlimmsten ausgehend, lehnte Brandt sich vor und spähte über die Bettkannte. Nein, seine Kleider lagen auf einem Haufen, als hätte er sich alle gleichzeitig abgestreift. Brandt griff nach seiner Unterwäsche – Nicks Unterwäsche – damit er wenigstens ein bisschen weniger nackt war. Aber die Unterwäsche war übel zerfetzt.

Was zur Hölle war letzte Nacht passiert?

Er schaute wieder zu Donnelly, der endlich wach war und an die Decke starrte, als ob er erwartete, dass sie jeden Augenblick auf ihn herunterkrachte.

„Okay", sagte Brandt. Er hatte keine Ahnung, wie er weitermachen sollte.

„Okay." Auch Donnelly wirkte ratlos.

„Das hier ist ein bisschen seltsam", wagte Brandt sich vor und gestikulierte wild herum, schloss alles ein: sie selbst, das Bett, das Zimmer, die ganze Welt.

„So könnte man das sagen", gab Donnelly betont emotionslos zurück.

„Glaubst du", fing Brandt an, zögerte und begann erneut. „Glaubst du, dass wir letzte Nacht irgendwas gemacht haben?"

Donnelly drehte sich mit fragendem Gesichtsausdruck zu Brandt um.

„Wüssten wir überhaupt, wie wir irgendwas machen sollten?"

Brandt musste lachen. Donnelly fuhr fort.

„Ich meine, es sieht aus, als wären wir zusammen im Bett gewesen, aber ganz ehrlich, ich habe keine Ahnung, was zwei Typen im Bett miteinander anstellen. Also nein, ich glaube nicht, dass wir irgendwas gemacht haben."

Brandt musste zugeben, dass sein Partner gute Argumente hatte.

„Ich denke jetzt eher ans Frühstück. Was ist mit dir?"

„Als würdest du meine Gedanken lesen." Donnelly schien ebenso wie Brandt erleichtert, dass es noch andere Dinge zu tun gab, als herauszufinden, wie sich ihre Freundschaft in der letzten Nacht entwickelt hatte.

Brandt schwang die Beine über die Bettkante und versuchte, an seine Unterwäscheschublade zu gelangen, ohne unter der Decke hervorkriechen zu müssen, erreichte sie aber nur eben mit den Fingerspitzen. Er seufzte, schlug die Bettdecke zurück und trat an seine Kommode. Ihm war deutlich bewusst, dass er nackt war, auch wenn Donnelly ihn natürlich schon oft nackt gesehen hatte. Aber jetzt schien es etwas zu bedeuten.

Er schnappte sich eine seiner normalen Unterhosen und zog sich an.

„Kannst du mir eine leihen?", fragte Donnelly. „Meine sehen so aus, als wären sie letzte Nacht ein bisschen weit gedehnt worden."

Brandt warf ihm eine zu und machte sich dann auf den Weg ins Bad. Donnelly folgte ihm, als er am Waschbecken stand und sich die Zähne putzte. Brandt reichte seinem Kollegen eine neue Zahnbürste und vermied sonst jeglichen Blickkontakt.

Während Brandt sich unbehaglich und nervös fühlte, erschien ihm Donnelly wie das komplette Gegenteil. Er stand neben Brandt am Waschbecken, berührte ihn sogar. Während er sich die Zähne putzte, legte er seinen Kopf auf Brandts Schulter. Die Beiläufigkeit seiner Berührungen, diese Wärme und Unschuld, nahmen Brandt komplett ein. Er musste lächeln und durchbrach so seine pfefferminzfrische Angst. Als sie ihre Morgenroutine beendet hatten, kehrten sie ins Schlafzimmer zurück, um ihre Kleider zu sortieren.

Danach fuhren sie zu ihrem Stammlokal, in dem sie jeden Samstag frühstückten. Es war ein Retro-Diner, nur ein paar Blöcke von Brandts Wohnung entfernt. Sie waren etwas später dran als sonst und halbverhungert. Ein älterer Polizist im Ruhestand, der jede Woche an dem Tisch neben der Tür saß, grüßte sie. Auch wenn sein Emphysem ihn immer dazu zwang, lange Atempausen zwischen seinen Worten zu machen, war er doch ein gutgelaunter Teil ihrer Samstagmorgenroutine.

„Na, wenn", atmen, „das nicht", atmen, „mein liebstes", atmen, „Paar –"

Brandt erstarrte vor Schreck.

„Polizisten ist", endete der Mann und atmete tief aus seinem Sauerstoffgerät. Er lächelte die beiden offenherzig an.

„Schön, Sie zu sehen, Sarge", platzte Donnelly grinsend heraus. Er hatte sich etwas schneller als Brandt von dem Missverständnis erholt. Auf dem Weg zu ihrem Tisch schritten sie an seinem vorbei.

Offenbar hatte ihre übliche Bedienung an diesem Morgen frei, weshalb jemand Neues kam und ihre Bestellung aufnahm. Bald nippten sie am Kaffee und warteten, dass ihre Lebensgeister erwachten.

Am Samstagmorgen sprachen sie normalerweise über die letzte Woche, tauschten sich über die Arbeit aus und schwelgten in Gerüchten, die sie während der Arbeitszeit noch nicht abgedeckt hatten. Dieses Mal hatten sie sich allerdings nicht viel zu sagen und starrten jeder auf seine eigenen Hände.

Irgendwann wurde Brandt die Stille zu viel.

„Geht's dir gut?", fragte er und wusste, dass Donnelly seine vage Formulierung als sehr deutlich interpretieren würde.

„Ja, wirklich." Donnelly lächelte. „Und dir?"

„Ja, gut." Brandt nickte ein bisschen zu energisch, um glaubhaft zu wirken.

„Du benimmst dich, als wärest du auf einem ersten Date oder so."

Brandt errötete und schaute wieder nach unten. „Aber sind wir das nicht irgendwie? Ich meine, die Dinge zwischen uns haben sich schon etwas verändert, nachdem wir heute Morgen im selben Bett wachgeworden sind, oder nicht?"

„Wer hatte die Kartoffelpuffer?", fragte die Kellnerin in so harschem Ton, der ihnen deutlich zeigte, dass sie Brandts letzte Worte mitbekommen hatte und alles andere als amüsiert war.

„Mein Partner hier." Donnelly strahlte die mürrische Bedienung an. „Er nimmt immer die Kartoffelpuffer. Ich versuche seit Ewigkeiten, ihn von den anderen Frühstücksangeboten zu überzeugen, aber … Männer! Sie wissen, was ich meine?"

„Und der Bacon?", knurrte die Kellnerin.

Jetzt war Brandt an der Reihe. „Der geht an meinen Kerl hier. So pimpt er sein eigenes Frühstück. Obwohl in seiner Familie Herzkrankheiten grassieren!"

Die Teller klapperten auf dem Tisch und schnaubend verzog sich die Kellnerin.

„Wie auch immer." Brandt versuchte wieder dort anzusetzen, wo sie stehengeblieben waren, bevor ihnen ein Oger ihr Essen serviert hatte. „Ich glaube, wir sollten uns schon fragen, wo wir eigentlich stehen. In den letzten vierundzwanzig Stunden hatten wir Videosex, hätten uns beinahe die Fresse poliert, haben rumgemacht, uns mit Jägermeister besoffen und sind nackt nebeneinander aufgewacht. Ich frage mich, was das hier alles", er zeigte von sich zu Donnelly und wieder zurück, „wohl ist."

Donnellys Antwort bestand darin, Brandt eine Gabel seiner Blaubeerpfannkuchen über den Tisch entgegenzustrecken. So etwas hatte er noch nie zuvor getan und Brandt öffnete überrascht den Mund. Vorsichtig und vielleicht langsamer und ausdrucksstärker, als es nötig gewesen wäre, schob Donnelly Brandt die Gabel in den Mund.

„Da", sagte er, als würde das alles erklären. Brandts Gesichtsausdruck zeigte ihm, dass dem nicht so war. „Schau mal, wir sind genau das füreinander, was wir gestern auch waren. Vielleicht nur ein bisschen mehr."

„Okay, und was ist dieses bisschen mehr? Wie sollen wir es nennen?"

Donnelly setzte eine benommene Miene auf. „Weißt du, du hast recht. Es sollte ein Wort dafür geben. Warum hat da noch niemand vorher drüber nachgedacht? Es sollte ein Wort dafür geben, was Menschen füreinander fühlen, wenn Freundschaft nicht mehr genug ist." Er tippte sich nachdenklich an die Schläfe. „Oh, warte, es gibt ja ein Wort dafür! Ich glaube, man nennt es Verliebtsein, du Depp. Ganz ehrlich, dass sie dir einen Collegeabschluss gegeben haben ..."

Donnelly kaute gut gelaunt auf seinen Pfannkuchen herum und schob ein Stück Bacon zum Ausgleich hinterher.

„Hast du gerade gesagt, dass du mich liebst?" Brandt war sich nicht sicher, ob er richtig gehört hatte.

Donnelly dachte einen Augenblick nach oder tat zumindest erfolgreich so. „Ähm, ja, das habe ich. Ich dachte irgendwie, dass das Rummachen letzte Nacht das irgendwie klar gezeigt hätte, aber ich kann es gerne noch mal bestätigen. Ja, ich liebe dich. Das habe ich schon mal gesagt."

„Aber das war so kumpelhaft, weißt du – ‚Ich liebe dich, Mann!' Das war, bevor wir miteinander geschlafen haben."

Die Gäste am Tisch hinter Donnelly standen auf und suchten sich, hinter vorgehaltener Hand murmelnd, einen anderen Platz.

„Also wusstest du, dass ich dich liebe, denkst aber, dass die letzte Nacht daran irgendetwas geändert hat?"

Brandt zuckte die Schultern. So laut ausgesprochen ergab es keinen Sinn mehr.

„Um es deutlich zu machen: Ich liebe dich. Nicht auf die ‚Mann-ich-liebe-dich'-Art, sondern mehr so nach dem Motto ‚Ich will morgens neben dir aufwachen'. Diese Art von Ich liebe dich. Verstanden?"

Die Kellnerin, die am Nebentisch eine Bestellung aufgenommen hatte, pfefferte ihnen prustend wie ein Kriegsschiff die Rechnung auf den Tisch.

„Weißt du", sagte Brandt und schaute zu, wie der Papierfetzen über den Tisch flatterte, „ich glaube, an diesem Ort will ich nicht länger frühstücken."

Donnelly gluckste. „Ich glaube nicht, dass sich das Restaurant verändert hat. Wir aber schon."

Sie aßen auf und erhoben sich, um zu bezahlen. Während sie zur Kasse gingen, schienen ihnen alle Blicke im Saal zu folgen. So lang war ihnen der Weg noch nie vorgekommen, vorbei an Tischen voller neugieriger Gesichter. Brandt fühlte sich gedemütigt. Donnelly war wütend. Er griff nach Brandts Hand und der war zu erschrocken, um sich dem Griff zu entziehen. Der rote Schatten auf seinem Hals und Gesicht sprach Bände.

An der Kasse wartete der Oger schon darauf, sie abzurechnen. Sie riss Brandt die Rechnung aus der Hand, warf einen Blick darauf und wartete dann mit abgewandtem Blick, als würde sie die Anwesenheit der beiden Männer komplett ignorieren.

Brandt reichte ihr das Geld und sie hämmerte auf der Kasse herum, holte das Wechselgeld hervor, knallte es auf die Theke und ging dann kopfschüttelnd zurück in die Küche.

„Ich glaube, null Prozent Trinkgeld sind hier angemessen?", fragte Brandt, als sie sich zum Gehen wandten.

Auf dem Weg nach draußen kamen sie an den Gästen vorbei, die vorher an ihrem Nebentisch gesessen hatten. Es waren vier ältere Männer und sie alle blickten den beiden Polizisten hinterher, als sie vorbeigingen.

„Schwuchteln", brummte einer so leise, dass es kaum zu hören war. Aber Brandt bekam es mit und er versteifte sich. Donnelly stupste ihn an und sie traten aus der Tür. Das war das letzte Mal, dass sie dieses Restaurant von innen sahen.

„Okay, das war schlimm", gab Donnelly auf dem Rückweg zu Brandts Wohnung zu, auch wenn seine Stimme nur ein ganz kleines bisschen böse klang.

„Was zur Hölle war das? Wir gehen da seit Jahren hin und plötzlich behandeln die uns wie Scheiße?"

„Lass gut sein, Ethan. Das ist es nicht wert."

Einen Block legten sie schweigend zurück.

„Ich meine, Scheiße noch mal", explodierte Brandt plötzlich. „Wir waren jetzt gerade eine Stunde unterwegs, seit ... du weißt schon ... wie auch immer, und schon werden wir quasi von einer Horde verklemmter alter Säcke aus einem verdammten Restaurant gejagt!"

Sie stiegen die Treppe zu Brandts Wohnung hinauf. Oben zappelte Donnelly herum, während Brandt aufsperrte.

„Was ist los? Hummeln im Hintern?", fragte Brandt, während Donnelly an einem Bein seiner Khakishorts zerrte.

„Wie lustig. Nein, deine bescheuerten Boxershorts sind echt ätzend. Du brauchst mal gescheite Unterhosen, Mann."

„Wenn ich so darüber nachdenke, brauche ich für Montag wirklich etwas Neues. Ich treffe mich mit dem Webseitenbetreiber – er will mich dank meiner Liveshow unbedingt treffen. Da kann ich schlecht in meinen Polizeiklamotten hin und was anderes habe ich nicht."

„Tja, dann wissen wir wohl, wo wir hinmüssen. Gehen wir also zum Unterwäscheflüsterer und sagen ihm, was du brauchst."

Sie betraten Brandts Wohnung und standen plötzlich an genau der gleichen Stelle wie am Abend zuvor, als sie ihre Wut dazu gebracht hatte, miteinander rumzumachen. Verlegen schauten sie sich an.

„Kann ich duschen, bevor wir losgehen?", fragte Donnelly. „Ich habe das Gefühl, als müsste ich sauber sein, bevor wir Bryce treffen."

Brandt lächelte. „Klar, lass dich nicht aufhalten. Ich gehe dann nach dir."

Aber anstatt ins Bad zu gehen, trat Donnelly auf Brandt zu.

„Weißt du, wenn du willst …" Er warf Brandt einen Blick zu und hob frech eine Augenbraue an.

Brandt stieg die Hitze ins Gesicht, was ihn zutiefst verwirrte.

„Nein, nein, geh du schon mal. Alles in Ordnung", sagte er, und seine Antwort ließ Donnellys Augenbraue wieder sinken.

„Okay, bin sofort fertig", sagte er. Er machte den Anschein, als wollte er Brandt über die Wange streichen, besann sich dann aber eines Besseren, zuckte mit einer Schulter und ging ins Bad.

Brandt setzte sich aufs Sofa und schüttelte den Kopf. Was taten sie hier? Letzte Nacht hatten sie förmlich auf den Rachenmandeln des anderen herumgekaut und jetzt, bei Tageslicht, war alles so seltsam. Er musste wieder an die Begegnung im Diner denken, als alles, was sie sich in der letzten Nacht aufgebaut hatten, unter dem strengen Blick der restlichen Welt verdorrt war. Beim Aufwachen war es ihm so vorgekommen, als hätte sich sein ganzes Leben plötzlich verändert, aber jetzt war er sich nicht mehr sicher, ob überhaupt irgendetwas anders war als zuvor.

26

NACHEINANDER GINGEN sie unter die Dusche und vermieden es zum ersten Mal, einander nackt unter die Augen zu treten. Dann machten sie sich auf den Weg zur Alta Avenue.

„Als erstes zu Bryce und *Camp & Dragg?*", fragte Donnelly, während Brandt einparkte. Brandt nickte.

Zum vierten Mal in einer Woche betraten sie also den Laden und der Tumult, den sie hervorriefen, war so heftig wie beim ersten Mal. Ein neuer Verkäufer glitt gleich auf sie zu.

„Wie kann ich den Gentlemen heute zu Diensten sein?", fragte er. Ganz offensichtlich hatte Bryce ihn gut vorbereitet.

„Wir suchen nach Bryce. Hat er heute Dienst?", fragte Brandt, während Donnelly eine neue Auslage von lederbesetzten, anatomisch korrekten Dildos begutachtete, die aus kristallbesetzten Werkzeugkisten quollen.

„Ich habe seinen faulen Arsch auf die Straße gesetzt!", ertönte eine Stimme aus dem hinteren Ladenbereich. „Das Prinzesschen war sich zu fein dafür, die Nagelfeile wegzulegen und unsere verdammten Klamotten zu verkaufen!" Vielleicht kamen noch mehr Schmähungen gegen das Andenken von Prinzessin Bryce, aber sie gingen in einem kollektiven Räuspern unter.

„Bryce ist im *Grindstone*, gleich auf der anderen Straßenseite", flüsterte der Verkäufer, der sehr geknickt wirkte, als die beiden Polizisten sich bedankten und den Laden verließen.

Brandt und Donnelly überquerten die Straße bei Rot (es war Wochenende und sie waren nicht im Dienst) und standen gleich vor der Tür von *Grindstone*. Die Herzensaufgabe dieses Ladens war es offenbar, den durchschnittlichen Büroangestellten mit zerschlissenen Khakis zu versorgen, die die wichtigsten Körperstellen betonten, und Oberteile anzubieten, die auf den ersten Blick wie konservative Hemden wirkten, bis man merkte, dass der kleine aufgestickte Polospieler auf der Brusttasche einen ganz besonderen Schläger schwang.

Schon beim Eintreten sahen sie Bryce. Oder vielmehr hörten sie ihn aufquieken, denn er hatte sie zuerst gesehen. Wie eine Diva schritt er dramatisch auf sie zu und konnte seine Aufregung kaum verbergen.

„Oh, ihr habt mich gefunden!", sprudelte er los. „Ich habe die Hoffnung nicht aufgegeben! Ich hätte euch ja Bescheid gegeben, dass ich die Karriereleiter steil hinaufgeklettert bin, aber", er warf Donnelly einen Blick zu, „ihr habt mir ja nie eure Nummern gegeben, egal wie oft ich euch meine zugesteckt habe." Er zog eine Schnute, aber nur für anderthalb Sekunden. Dann sagte er mit strahlendem

Lächeln: „Aber ihr seid ja hier. Wie geht es euch? Schon berühmt geworden?" Er zwinkerte Brandt zu.

Der konnte nur lächeln und die Schultern zucken. Über seine Berühmtheit würde er niemals sprechen können. Nie im Leben.

„Oh, wartet, wartet, wartet!", quietschte Bryce. „Hier ist jemand, der umfallen wird, wenn er euch sieht!"

Die beiden tauschten einen amüsiert-resignierenden Blick aus. Bryce konnte nur von einem sprechen.

„Nestor! Nestor! Dein Traum wird wahr, Schätzchen!"

„Sind sie hier?", kam die ruhige, beherrschte Antwort aus dem Hintergrund.

„Leibhaftig, und noch schöner, als ich sie in Erinnerung habe!"

Sie hörten ein Klirren, als hätte das, was Nestor auch immer in der Hand gehalten hatte, Bekanntschaft mit den geschmackvollen Keramikfliesen gemacht. Eiliges Schlurfen kündigte sein Auftreten an.

„*Ah, dios mío!*", murmelte er. „Sie sind da." Mit weit ausgebreiteten Armen stand er vor ihnen.

Brandt und Donnelly waren sich nicht sicher, ob sie gerade Einkaufen waren oder eine Familienzusammenführung feierten. Sollten sie ihn umarmen?

Bryce nahm ihnen die Entscheidung ab und drückte Nestors Arme nach unten.

„Wie können mein nichtsnutziger Assistent und ich euch heute helfen, Gentlemen?"

„Ich brauche etwas für ein geschäftliches Treffen", erklärte Brandt.

Bryce und Nestor schnappten nach Luft.

„Soll das heißen, dass du Erfolg hattest?", plapperte Nestor. Dann schaute er Bryce mit zusammengekniffenen Augen an. „Aber du musstest nichts tun, was du nicht wolltest, um den Job zu kriegen, damit du tun kannst, was du willst, oder?", fragte er so hastig, dass Brandt sich nicht sicher war, was er darauf antworten sollte.

„Meine Ehre habe ich behalten, wenn es das ist, was du meinst", antwortete er. Das stimmte ja auch größtenteils.

Nestor, der eine erhaltene Ehre offensichtlich als großen Fehler erachtete, nickte, als würde er sich für Brandt freuen.

„Und", fügte Donnelly hinzu, „wir brauchen neue Unterwäsche. Seine", er ruckte mit dem Kopf in Brandts Richtung, „ist fürchterlich."

„Erzähl mir was Neues, Schätzchen", murmelte Bryce. Er führte sie durch den Gang nach hinten.

„Wie seid ihr beiden hier gelandet?", fragte Donnelly, der offenbar versuchte, die beiden Verkäufer davon abzuhalten, unumwunden auf Brandts Schritt zu starren.

„Ach, es war schrecklich", seufzte Bryce.

„Grausam", stimmte Nestor zu.

„Die alte Hexe im Laden-dessen-Name-nicht-genannt-werden-darf dort drüben", Bryce fuchtelte in Richtung *Camp & Dragg,* als wäre er ein Zoowärter, der auf ein totes Karibu hinwies, „hat beschlossen, dass ich zu viel Zeit damit verbringe, den Leuten eine persönliche Behandlung zukommen zu lassen."

„Willst du damit sagen, die haben dich gefeuert, weil du den Kunden zu viel Zeit gewidmet hast?", fragte Brandt.

„Nein, das war wegen der Blowjobs in der Umkleidekabine", erklärte Nestor.

„Oooh." Brandt und Donnelly nickten langsam, während Bryce seinen Gehilfen anstarrte.

Donnelly wandte sich an Nestor. „Und du? Du hast doch super ins *Cabana Boy* gepasst."

„Ich war der, der den Blowjob bekommen hat", gab Nestor trocken zu.

„So, das ist jetzt genug!", verkündete Bryce, laut genug, um sicherzustellen, dass das Gespräch ein Ende fand. Er und Nestor wuselten geschäftig los und brachten ein paar khakifarbene Chinos, ein enges besticktes Hemd und diverse Accessoires herbei.

„Vergesst die Unterwäsche nicht!", rief Donnelly.

„Oh, Schätzchen, wir haben jede Nacht davon geträumt, diese Zuckerstückchen wieder in Watte zu packen!"

Donnelly knurrte. „Dieses Mal müssen meine Zuckerstückchen auch verpackt werden", sagte er ein bisschen mürrisch.

Bryce und Nestor erstarrten, drehten sich zu den beiden Polizisten um und schauten sich dann an. Sie tauschten ein Nicken aus.

„Auf, auf, in die Umkleide!", rief Bryce, während er und Nestor durch den Laden liefen.

Donnelly und Brandt folgten ihrem Ruf.

Im Umkleideraum breitete Nestor das Outfit aus, das er für Brandt zusammengestellt hatte, während Bryce Schachteln mit Unterwäsche auf zwei Stapel sortierte. Nestor bedeutete Brandt, die Kleidung anzuprobieren, und dieser fing an sich auszuziehen. Schon wieder.

Dieses Mal tat Donnelly es ihm allerdings gleich. Er lächelte. Das bedeutete ihm wirklich viel – eine Umkleidekabine war auch der Ort seines ersten schrecklichen Striptease gewesen, und mit Donnelly hier zu sein, war ein guter Weg, sich von dieser Erfahrung zu erholen.

Bald schon standen sie in Brandts altbackener Unterwäsche da.

„So", sprudelte Bryce begeistert, „ich habe ausgewählte Unterwäschesets, die hervorragend zusammenpassen. Für dich", er reichte Brandt eine Schachtel, „eine schickere Boxershorts, die sich angenehm unter jeder Hose trägt. Sie wird deine Männlichkeit so weich einhüllen, wie ich es mir selbst gönnen würde."

Brandt gluckste.

„Und für dich", sagte er zu Donnelly, „aus demselben Material ein etwas … gewagterer Schnitt." Er reichte ihm eine Schachtel.

Bryce und Nestor traten einen Schritt zurück, um die Reaktionen abzuwarten.

„Du zuerst", sagte Donnelly.

„Oh nein, du zuerst", gab Brandt zurück. „Du warst doch so scharf auf neue Unterwäsche."

Donnelly nickte. Brandt hatte ja recht. Aber anstatt seine eigene Boxershorts auszuziehen, trat er zu Brandt, griff mit seinen Daumen unter das Hüftband von Brandts Unterhose und zog sie in einer einzigen fließenden Bewegung herunter. Brandt stand komplett nackt da. Seine alten Shorts baumelten ihm um die Knöchel.

Einen Augenblick stand Brandt erschrocken da, sammelte sich aber schnell genug, um es Donnelly heimzuzahlen. Er nahm sich allerdings Zeit, seinem Partner die Boxershorts abzustreifen. Dann standen sie ganz nackt voreinander und schauten sich an.

„Ich glaube, ich bin gerade gekommen", flüsterte Bryce laut vernehmlich.

Brandt griff nach der Unterwäsche, die Bryce für ihn ausgesucht hatte und Donnelly tat es ihm gleich. Dann richteten sie sich wieder auf und überprüften ihr Aussehen. Nebeneinander machten sie wirklich was her. Brandt war ein bisschen dunkler und muskulöser, aber Donnellys sehnige Gestalt sah aus, als bestünde sie aus reinem Porzellan.

Die beiden schauten erst jeweils sich selbst an. Dann warf Brandt einen Blick zu Donnelly. Zwei Dinge fielen ihm auf. Erstens: Donnelly hatte einen Wahnsinnskörper, den er noch nie so zur Kenntnis genommen hatte. Und zweitens: Donnelly beobachtete ihn, während er Donnelly beobachtete. Ihre Blicke trafen sich und Funken des Verständnisses sprühten zwischen ihnen hin und her. Beide grinsten.

„Ich könnte sterben", murmelte Nestor. „Nein, warte. Ich rufe meine Mutter an, sage ihr, dass ich Gott gesehen habe und dann sterbe ich."

Bryce schaute die beiden Männer schweigend an – nicht ihre zusammenpassenden Mittelteile, sondern ihre Gesichter. Plötzlich hellte sich sein eigenes auf.

„Oh mein Gott! Ihr habt es endlich herausgefunden!"

Brandt und Donnelly drehten sich vom Spiegel zu Bryce und versuchten zu verstehen, was er ihnen sagen wollte.

Bryce strahlte wie eine stolze Brautmutter. Er schlug die Hände vors Gesicht, als wollte er ein Schluchzen unterdrücken und dann rauschte er auf die beiden zu, legte ihnen die Arme um den Nacken und zog sie zu sich heran.

„Willkommen, meine Lieben! Ich freue mich so für euch!" Seine Umarmung wurde noch fester. „Willkommen zu Hause!"

Hinter Bryce' Rücken tauschten Brandt und Donnelly einen irritierten Blick aus.

Als Bryce fertig war mit seinen Umarmungen, seinem Gekicher und seinen unerklärten Ausrufen, probierte Brandt sein Outfit an (es saß wie immer perfekt) und sie schlüpften wieder in ihre eigenen Klamotten – abgesehen von der alten gammeligen Unterwäsche. Sie kauften den ganzen Stapel, den Bryce ihnen gebracht hatte und ließen die beiden Probeexemplare direkt an. Das bedeutete zwar, dass sie die alten Unterhosen wegwerfen mussten, aber als sie sich nach ihnen umdrehten, waren sie bereits vom Boden der Umkleidekabine verschwunden.

Bryce rechnete den Preis ihres Einkaufs aus und Nestor verpackte alles in Einkaufstüten (die auf der einen Seite mit einem Model in einem geschmackvollen Bürooutfit bedruckt waren, während die andere Seite der Tüte das gleiche Model in geschmackvoll unbekleidetem Zustand zierte).

„Ich hoffe, wir sehen mehr von euch Gentlemen", sagte Bryce, während Nestor die Tüten über den Verkaufstresen reichte.

„Ich glaube, ihr habt schon alles gesehen, was wir vorweisen können", gab Brandt zurück.

„Ich habe genug gesehen, um zu wissen, dass ich mehr sehen werde", entgegnete Bryce zwinkernd. Donnelly kicherte schräg und Brandt hatte keine Ahnung, was so lustig war.

„Bitte", sagte Nestor und gab ihnen die Hand. „Bitte kommt wieder auf uns zurück, wenn ihr Hilfe braucht." Irgendwie verhielten die beiden sich, als würden sie Brandt und Donnelly auf eine wichtige Reise schicken. Die Ernsthaftigkeit in Nestors Verhalten wurde allerdings ein wenig durch das schlabberige Hüftband von Brandts alter Unterwäsche gemindert, die aus der Jackentasche des Verkäufers baumelte. Brandt schüttelte nur den Kopf, während Donnelly sich Mühe gab, sein Lachen zu verbergen.

27

ZURÜCK AUF der Straße blinzelten Brandt und Donnelly in die Nachmittagssonne.

„Wie wäre es, wenn wir die Tüten ins Auto bringen und dann irgendwo was essen gehen?", fragte Brandt.

„Klingt gut. Ganz in der Nähe von unserem Parkplatz war ein Restaurant, das ganz nett aussah."

Während sie zum Auto gingen, stellte Brandt fest: „Weißt du, es ist irgendwie witzig. Eigentlich wollte ich jedes Mal, wenn wir hier waren, einfach nur die Klamotten kaufen und wieder weg. Heute war es ganz anders."

„Ja", erwiderte Donnelly. „Es ist anders."

Das Restaurant, *Stickley and Greene,* war ganz im Arts-and-Crafts-Stil des frühen zwanzigsten Jahrhunderts gehalten. Ihre Augen brauchten eine Weile, bis sie sich an das schummerige Licht aus den Wandleuchtern gewöhnt hatten, die ein wenig an Gebäude von Frank Lloyd Wright erinnerten. Hinter einem beeindruckenden Pult mit Art-Deco-Schnörkeln stand der Oberkellner und lächelte sie erwartungsvoll an.

„Heute Abend zu zweit?", fragte er.

Zwei. Wir beide. Zwei zusammen. Nur ein Paar Typen. Ein Paar.

„Ja", antwortete Donnelly, während Brandt so große Augen machte wie ein Reh im Scheinwerferlicht.

„Wunderbar", murmelte der Kellner, als würde er die beiden für ihren guten Geschmack loben, der sie in sein Restaurant geführt hatte. „Mir nach, bitte."

Er führte sie durch einen in warmes Licht getauchten Speisesaal zu einem Tisch in der Mitte. Mit vier anderen Tischen stand er auf einer erhöhten Plattform.

„Ist es hier recht oder bevorzugen Sie eine privatere Ecke?", fragte er, und seine hochgezogenen Augenbrauen waren Anspielung genug.

„Oh, nein, nein, hier ist es schon gut", platzte Brandt heraus, der wirklich nicht wie die Art Leute wirken wollte, die in einem Restaurant nach Privatsphäre verlangten.

„Sehr schön", säuselte der Oberkellner besänftigend und reichte ihnen die Speisekarten, während sie sich am Tisch niederließen. „Cameron wird Sie heute bedienen. Ich wünsche einen guten Appetit, Gentlemen."

Wenn sich das Frühstück wie ein erstes Date angefühlt hatte, dann war diese Mahlzeit jetzt das erste Abschlussballrendezvous. Brandt schaute sich im Raum um und nahm alle Einzelheiten rasch auf, wie er es aus dem Job gewohnt war. Er war nicht überrascht, dass hier nur männliche Gäste anwesend waren. Einige waren älter, andere jünger und manchmal waren Ältere mit Jüngeren da. Aber nur Männer.

Ihre Blicke trafen sich über dem Tisch.

„Netter Schuppen, was?", sagte Donnelly mit einem so unschuldigen Lächeln, dass Brandt glucksen musste.

„Da hast du recht", sagte er und trank einen Schluck Wasser. „Es ist nur …"

Donnelly wartete darauf, dass er den Satz beendete, aber es kam nichts mehr. „Nur was?", fragte er.

„Ich musste an heute Morgen denken, und wie seltsam es sich in unserem alten Restaurant angefühlt hat. Jetzt, hier … na ja, ich weiß nicht, wie ich es beschreiben soll."

„Du meinst das Gefühl, wenn du dir sicher sein kannst, dass dir der Kellner nicht die Rechnung wie eine Streitaxt an den Kopf pfeffern wird?", sagte Donnelly lachend.

„Ja, das meine ich. Gott, das war wirklich schrecklich."

„Guten Abend, Gentlemen."

Cameron war aufgetaucht. Irgendwo unter der Alta Avenue, so überlegte Brandt, musste es eine Fabrik geben, in der die ganzen Angestellten für die Läden und Restaurants produziert wurden. Wie Bryce, Nestor, Andy und alle anderen, die Brandt hier getroffen hatte, war Cameron ein Musterbeispiel männlicher Schönheit – in seinem Fall ein sorgsam zerzauster Adonis mit Stoppelkinn in weißem Hemd und bedruckter Krawatte.

„Darf ich Ihnen einen Aperitif anbieten?"

Brandt bestellte wie üblich einen Gin Tonic während Donnelly den Drink bestellte, an den er sich dank Will und Lucas gewöhnt hatte, einen Whisky Sour.

„Ich glaube, du hast ihn mit deiner Bestellung aus dem Konzept gebracht", sagte Donnelly, während Cameron davonschwebte.

„Wieso das?"

„Schwule bestellen immer über den Markennamen. Weißt du, ,Tanqueray Tonic', oder ,Sapphire Tonic'. So was halt."

„Oh, bist du jetzt der Protokollant der Schwulengemeinschaft?", neckte Brandt. „Soll ich, abgesehen davon, dass ich mir gleich meine Gin-Sorte auswähle, auch noch die Größe der Eiswürfel aussuchen, die man bitte aus einer Höhe von fünfzehn Zentimetern in mein Glas fallen lässt? Und was ist mit dem Rasierwasser des Barkeepers, der den Drink mischt?"

„Jetzt fängst du an zu spinnen", sagte Donnelly und verdrehte die Augen.

Kurz darauf kamen ihre Drinks und ohne darüber nachzudenken hob Brandt sein Glas. Er stieß sonst immer mit Donnelly an und bracht irgendeinen dämlichen Trinkspruch, selbst wenn sie nur ihre Jägermeistershots tranken und der Trinkspruch nur aus „Freitagabend, fuck, yeah!" bestand. Aber jetzt wusste er plötzlich nicht mehr, was er sagen sollte.

„Auf den Anfang", sagte Donnelly beinahe ernst.

Brandt schaute seinen Partner an, der sein Glas in die Höhe hielt, während sich das flackernde Kerzenlicht in seinen Augen widerspiegelte. Ihm wurde warm ums Herz.

„Auf den Anfang", stimmte er zu. „Fuck, yeah."

Sie stießen sachte an, tranken und lächelten sich zu. Weitere Worte waren nicht nötig.

Cameron kehrte zurück, um ihre Bestellung aufzunehmen.

„Er", sagte Brandt und nickte mit einem leichten Grinsen zu Donnelly, „nimmt die Nierenzapfen mit den roten Kartoffeln. Könnten Sie wohl ein bisschen Bacon über die Kartoffeln krümeln?"

„Aber natürlich doch", antwortete Cameron. Er hatte die beiden für ein Paar beim ersten Date gehalten, aber so etwas machte man doch nicht beim ersten Treffen. Er spielte aber mit. „Und für ihn?", fragte er Donnelly und zeigte beim Lächeln seine unglaublich weißen Zähne.

„Ich glaube, mein Freund hier nimmt … ja, er nimmt den Lachs auf Brunnenkresse – mit Jalapeño-Kapern-Aioli und gegrillter Paprika."

„Ausgezeichnete Wahl, Gentlemen", schnurrte Cameron, sichtlich bezaubert von diesen beiden so Verliebten.

Donnelly schaute Brandt mit zusammengekniffenen Augen an.

„Das hat Spaß gemacht. Bist du zufrieden?"

„Klar bin ich das. Du weißt doch, dass ich einem guten Lachs nicht widerstehen kann. Und bei der Aioli wird mir ganz anders. Ich meine, Mayo mit Zeug drin – wozu so was?"

Donnelly lachte und schüttelte den Kopf.

Sie nippten an ihren Drinks und schauten einander für einen langen Moment an.

„Also", fing Brandt schließlich an und schaute sich um. „Ist das irgendwie seltsam?"

„Warum sollte es seltsam sein?"

„Weil wir … ich weiß nicht … irgendwie so eine Art Date haben?"

Donnelly trank einen Schluck und schaute dann zu Brandt. Er musste grinsen.

„Wie lange kennen wir uns jetzt – zwei Jahre und ein paar Zerquetschte?"
Brandt nickte.

„Und wie viele Tage sind seitdem vergangen, an denen wir uns nicht gesehen haben?"

Darüber musste Brandt kurz nachdenken.

„Na ja, da war diese Zeit vor einem halben Jahr, als du eine Woche bei deiner Schwester warst."

„Da ist Delilah geboren", erinnerte Donnelly sich.

„Und als ich über Weihnachten nach Hause gefahren bin, aber das war nur für einen Tag."

„Also haben wir in den letzten zwei Jahren bis auf acht Tage jeden einzelnen gemeinsam verbracht. Du bist der erste, den ich am Morgen sehen und der letzte am Abend, und der Einzige, mit dem ich wirklich reden kann." Er machte eine Pause, um einen Schluck zu trinken. „Vergiss das mit den Dates, wir sind seit zwei Jahren verheiratet. Wir wussten es nur noch nicht."

Brandt lachte, hob sein Glas und leerte es.

Sie hatten gerade ihre zweiten Drinks geleert, als das Essen kam. Normalerweise gönnten sie sich so eine Mahlzeit nicht, wahrscheinlich eher, weil es nicht zu ihrem Bild von einem Cop passte als aus finanziellen Gründen. Aber das hier war exquisit angerichtet und perfekt zubereitet.

„Oh mein Gott", hauchte Donnelly, als er den ersten Bissen seines Steaks probierte. „Das musst du probieren!"

„Kann nicht so gut wie dieser Lachs sein, das schwöre ich dir", gab Brandt zurück.

Donnelly streckte seine Gabel über den Tisch zu Brandt und bot ihm ein perfektes Häppchen seines Essens an. Brandt tat es ihm gleich.

Während sie fröhlich lachten, dachte Brandt an die Szene im Diner zurück, als Donnelly ihm ein Stück seines Pfannkuchens angeboten hatte. Das Schamgefühl kehrte sofort zurück und instinktiv suchte Brandt mit seinen Blicken den Raum ab, auf der Suche nach potentiellen Bedrohungen. Aber niemand schien sie zur Kenntnis zu nehmen.

Sie aßen noch ein paar Bissen und dann kam Cameron mit einer Weinflasche und zwei Gläsern.

Brandt schaute fragend zu Donnelly, der ratlos mit den Schultern zuckte.

„Ähm", sagte Brandt zaghaft. „Wir haben gar keinen Wein bestellt."

„Na ja", sagte Cameron, während er die Flasche geübt entkorkte. „Das hier ist ein Geschenk der beiden Gentlemen dort hinten." Er wies mit dem Kinn auf eine Sitzecke an der Seite des Restaurants. „Sie richten Ihnen ihre Komplimente aus, und sagen, dass Sie beide sie daran erinnern, wie sie selbst sich kennengelernt haben."

Alle warfen einen Blick zur Seite, wo zwei ältere Männer mit silbergrauem Haar saßen und ihnen zulächelten. Sie hielten einander an den Händen. Brandt und Donnelly nickten dankend und verblüfft.

Cameron schenkte ihnen ein und verschloss die Flasche wieder. Dann überließ er die beiden wieder ihrem jetzt etwas öffentlicheren Dinner.

„Ich glaube, wir sind nicht mehr in Kansas." Brandt gluckste und hob sein Glas.

„Gratulation, mein Lieber", sagte Donnelly und prostete ihm zu. „Ein Zitat aus „Der Zauberer von Oz" zu verwenden, macht dich zum vollwertigen Mitglied im Schwulenclub."

Brandt machte eine ritterliche Verbeugung und nahm die Auszeichnung an.

28

SIE BEENDETEN ihr Abendessen und gingen dann zurück zu Donnellys Auto. Erst als sie vom Bordstein fuhren, fiel ihnen auf, dass sie nicht darüber gesprochen hatten, wohin sie fuhren.

„Sollen wir zu mir fahren?", fragte Donnelly. Er lebte in einem Bungalow, den er von seiner Tante geerbt hatte, als sie vor ein paar Jahren in wärmere Gefilde gezogen war. Viele Jahre lang hatte sie ihn vermietet, wollte das aber über die große Entfernung nicht aufrechterhalten und so hatte sie ihn einfach Donnelly vermacht. Von außen machte er nicht viel her, aber er gefiel ihm viel besser als jede Wohnung, die er sich vielleicht hätte leisten können.

„Klar", erwiderte Brandt. Seine Wohnung, der Ort ihrer seltsamen Konfrontation in der letzten Nacht, war nicht gerade der Ort, wo er jetzt sein wollte, während er noch in ihrem gemeinsamen Abendessen schwelgte.

Während der kurzen Fahrt zu Donnellys Haus, das in einem älteren Wohngebiet am Rande des Stadtzentrums lag, schaute Brandt die meiste Zeit Donnelly an und fragte sich, wie sie zu diesem Punkt gekommen waren und was sie jetzt füreinander bedeuteten. Donnelly hingegen fragte sich, warum Brandt ihn die ganze Zeit anstarrte. Hatte er etwas falsch gemacht?

Sie hielten vor seinem kleinen Cottage und gingen zur Tür, wie so oft zuvor. Als Brandts Wohnung vor einem Jahr ausgeräuchert worden war (dank eines weltreisenden Pharmavertreters aus dem oberen Stockwerk und den überaus giftigen Wanzen, die er von seinen Reisen mitgebracht hatte), hatte er sogar eine Woche lang hier gewohnt. Donnelly schloss auf und sie traten ein.

Einen Moment lang standen sie einfach hier an diesem vertrauten Ort, der sich vor dem Hintergrund des plötzlichen Wandels ihrer Freundschaft doch seltsam fremd und unerforscht anfühlte.

„Also", sagte Brandt mit derselben ängstlichen Stimme wie am Morgen, als er Donnelly in seinem Bett vorgefunden hatte. Er war sich immer noch nicht sicher, was sie hier taten – und was sie tun würden verunsicherte ihn noch mehr.

Donnellys Angst war dagegen verschwunden.

Er ließ seine Schlüssel auf den Tisch neben der Haustür fallen und drehte sich zu seinem Partner um. So stand er einen Augenblick da und schaute Brandt so eindringlich an, dass dessen Magen zu seinen Füßen hinuntersauste.

„Was hast du …"

Brandt wurde von Donnellys Finger auf seinen Lippen zum Schweigen gebracht. Er ließ sie kurz dort liegen und schüttelte mit listigem Grinsen den Kopf.

Brandt war überrascht. Warum behandelte Donnelly ihn wie ein Mädchen in einer Kinoromanze aus den Vierzigerjahren?

Aber andererseits fühlten Donnellys Finger sich so warm und weich an.

Und außerdem rochen sie leicht nach der Schoko-Himbeer-Soße, die er von dem Dessertteller gewischt hatte, nachdem sie sich diese dekadente Torte geteilt hatten.

Und sie zuckten leicht, als ob auch in Donnellys Innerem Angst und Begehren gegeneinander kämpften.

Und dann beugte er sich einfach zu ihm rüber und ließ seine Lippen den Platz seiner Finger einnehmen, und Brandt verlor sich in dem Kuss, nach dem er sich so sehr sehnte.

Er spürte Donnellys Hände in seinem Nacken und an seinem Hinterkopf. Sie zogen Brandt zu sich heran. Dann drängte sich Donnellys Zunge zwischen seine Lippen wie gestern Abend, und er spürte die Erregung des Neuen und des Vertrauten, eine Kombination, die ihn ganz wirr im Kopf machte. Ohne zu merken, was er tat, schlang er die Arme um Donnellys Hüfte und hielt ihn fest. Sie hatten die Augen geschlossen und fühlten für einen Moment nur den anderen und ihre ganze Existenz konzentrierte sich auf den Punkt, an dem sich ihre Lippen trafen.

Irgendwann ließ Donnellys Griff in Brandts Nacken etwas nach und er zog sich kaum merklich zurück. Seine Augen leuchteten wie im Restaurant, und er strahlte reine Freude aus. Brandt lächelte und ließ sich damit anstecken.

„Junge, das war überwältigend", hauchte er.

„Psst …", machte Donnelly, nahm Brandt bei der Hand und führte ihn durch den Flur.

Brandt öffnete den Mund, um dagegen zu protestieren, dass er zum Schweigen gebracht wurde – schon wieder – als sie in Donnellys Schlafzimmer ankamen und er all seine Argumente wieder vergaß. Er war schon früher in diesem Raum gewesen, aber heute war alles anders. Neben dem Bett sah er das Schachbrett vom letzten Abend. Die Figuren lagen immer noch auf dem Boden in der Zimmerecke verstreut. Brandt musste wieder an ihre schreckliche Liveshow zurückdenken und erschauderte. Dann wurde ihm aber klar, dass es da eigentlich nichts zu schaudern gab – das, was sie gestern getan hatten, würde durch das, was sie jetzt taten, zur Normalität werden.

Donnelly stand vor Brandt, am Fußende seines Bettes und küsste ihn wieder und wieder. Dann ließ er die Hände über Brandts Oberkörper gleiten, bis hinauf zu seinem Halsansatz. Er fing an, Brandts Hemd aufzuknöpfen. Nach den ersten zwei Knöpfen zog er den Stoff auseinander und schaute hungrig auf Brandts halbentblößte Brust. Er lehnte sich vor und küsste sein rechtes Schlüsselbein, dann das linke und dann wieder Brandts Lippen. Brandt spürte ein wogendes Gefühl in der Brust, das ihm völlig neu war und er wusste nicht, wie er weiter aufrecht stehen sollte. Donnelly küsste sein Kinn, seine Kehle und schließlich seine Brust. Dann knöpfte er ihm weiter das Hemd auf, bis er vor Brandt kniete, seinen Nabel küsste und das Hemd ganz öffnete. Es hing von Brandts Schultern, als wäre er ein Engel, der in den Himmel flog und dessen Kleider zu weltlich waren, um die Reise mit ihm anzutreten.

Donnelly betrachtete Brandts muskulösen Oberkörper und ihm fielen die Brustwarzen auf, die sich spitz erhoben. Wie hatte er die vergessen können? Er stand langsam auf und als er auf ihrer Höhe angekommen war, zwickte er die eine mit der linken Hand, während er die andere zwischen die Zähne nahm. Brandt schnappte nach Luft und stöhnte stoßweise auf. Dann gaben seine Knie nach. Er fiel rücklings aufs Bett und Donnelly landete katzengleich auf ihm. Sein fester Griff ließ nicht nach.

Brandt streckte die Arme aus und krallte sich ins Betttuch. Er wand sich unter den Berührungen seines Partners, der instinktiv zu wissen schien, dass seine Nippel direkt mit seinem Sexzentrum im Gehirn verbunden waren. Brandt konnte wirklich nicht mehr ertragen.

„Komm hier hoch", krächzte er, griff nach Donnellys Schultern und zog ihn weg von seiner empfindlichen Brust.

Donnelly rutschte Brandts Körper hinauf und seine Kleider rieben über Brandts nackte Haut.

Brandt legte die Hände an Donnellys Gesicht und schaute ihm geradewegs in die Augen.

„Ich … will nur … eins sagen …", keuchte er, überwältigt von seinen Gefühlen, Adrenalin und welche Droge es auch immer war, die die Verbindung zwischen seinen Nippeln und seinem Schwanz schuf.

„Und das wäre?", fragte Donnelly unschuldig.

„Ich bin dran!", knurrte Brandt, drehte Donnelly auf den Rücken und warf sich auf ihn. Er schaute auf seinen Partner hinab, dem es offenbar gefiel, etwas rauer angefasst zu werden und ihn mit begehrendem Blick anschaute.

Einen Moment lang erstarrte Brandt und zögerte am Abgrund vor dem größten Sprung seines Lebens. Wenn er das jetzt tat, wenn er tat, was jede Faser seines Körpers ihn zu tun drängte, dann gab es kein Zurück. Er würde jemand anderes sein, ab heute, für immer.

Er legte die Hände auf Donnellys Brust, seufzte und schloss die Augen.

Donnellys lustvolle Verspieltheit wich Besorgnis, als er Brandts eingefallene Haltung sah. Er wusste, was das bedeutete – für Brandt und für ihn. Er sah den inneren Kampf, den Brandt ausfocht.

Brandts Finger, taub vor Angst und zugleich ungeschickt und ruhelos, fummelten dort herum, wo sie auf Donnellys Brust gelandet waren. Dann, ob mit Absicht oder durch Zufall, fanden sie den Weg zwischen die Knöpfe von Donnellys Hemd und berührten die darunter verborgene Haut. Die Hitze dieser Berührung durchfuhr Brandt wie ein Stromschlag, der ihm direkt ins Hirn fuhr und den gleichen Ort aktivierte, wie Donnellys Berührungen zuvor. Plötzlich lichtete sich der Nebel.

Ein reißendes Geräusch durchbrach die Stille des Schlafzimmers, als Brandt Donnellys Hemd einfach grob aufriss. Die Knöpfe schossen klackernd an die Wand. Brandt keuchte. Donnelly atmete gar nicht mehr.

Plötzlich war Brandt überall auf Donnellys Körper zugleich. Er küsste seine Lippen, seine Augenlider, seine bebende Kehle. Rieb seine stoppelige Wange über Donnellys straffen Oberkörper, fühlte die Wärme der Reibung. Presste die Hände auf Donnellys Brustmuskeln, ließ seine Zunge um beide Nippel kreisen, erst sanft wie ein Schmetterling, der auf einer Blüte landete, und dann fordernd und hungrig.

Donnelly räkelte sich unter Brandts Berührungen, wahnsinnig vor Erregung und Erleichterung darüber, sich ganz dem Mann hingeben zu können, dem er am meisten auf der Welt vertraute. Den er liebte.

Brandt hörte urplötzlich auf und rutschte nah an Donnelly heran. Er schaute auf seine Augen hinab, auf die Lippen und Wangen, als suchte er nach Spuren von jemandem, den er gut gekannt und vor langer Zeit verloren hatte. Dann breitete sich ein Lächeln auf seinem Gesicht aus, so langsam wie der Sonnenaufgang im Sommer, wenn die ersten Lichtstrahlen in der Morgenwärme über den Horizont tanzten.

„Du bist es", hauchte er mit einem Gesichtsausdruck purer Verwunderung. „Du bist es. Du bist es schon immer gewesen, oder nicht?"

Donnelly sah verwirrt aus, aber er blinzelte die Verwirrung weg. Dann studierte er Brandts Gesicht ebenso sorgfältig wie Brandt seines, und er wusste es, wusste was Brandt meinte und wie die Antwort darauf ausfallen musste.

„Ja, ich bin's. Und ich werde es immer sein."

Brandt atmete so heftig aus, als würde er lebenslangen Zweifel und Reue ausstoßen.

„Ich …", fing Brandt an und schüttelte dann grinsend den Kopf. Wollte er das jetzt wirklich sagen? Er hatte es noch nie zu jemandem gesagt und so sehr gemeint wie in diesem Moment. „Ich liebe dich", sagte er dann einfach. Es stimmte und er fragte sich, warum er es nicht früher erkannt hatte.

„Und ich liebe dich", antwortete Donnelly und genoss das Gefühl der Wörter, die sich in seinem Mund formten. „Ich habe dich immer geliebt."

Brandt gluckste.

„Du kennst mich erst seit zwei Jahren", stellte er fest.

„Und habe es erst letzte Woche gemerkt. Aber wenn ich zurückblicke, kommt es mir wie immer vor."

„Wann ist es dir klargeworden?", fragte Brandt irritiert.

„Als ich dich mit Will gesehen habe. Ich wusste, worüber ihr zwei gesprochen haben musstet … und dann dein Gesichtsausdruck, so panisch, so verloren … Ich wollte dich einfach in den Arm nehmen und festhalten, bis es dir wieder gut ging." Er küsste Brandt auf die Nase. „Das hat mir tierisch Angst gemacht." Er lächelte bei der Erinnerung daran. „Ich dachte, ich müsste durchdrehen."

„Danke, Kumpel. Das ist schön, zu hören, dass ich dich in Angst und Schrecken versetzt habe." Brandt grinste immer noch und genoss es, so offen sprechen zu können.

„Fick dich", stöhnte Donnelly.

„Versuch du's doch", neckte ihn Brandt.

Kaum eine Sekunde später fand Brandt sich wieder in der unteren Position wieder, festgenagelt unter Donnelly, der offensichtlich immer noch einige seiner Ringertechniken aus der Highschool draufhatte.

„Bist du dir sicher?", brummte er, aber seine Stimme klang ernst.

Zum ersten Mal sah Brandt etwas besorgt aus.

„Ähm … eigentlich nicht, nein …", stotterte er mit etwas höherer Stimme als zuvor.

Donnelly tat so, als hätte er ihn nicht gehört. Mit einer Hand öffnete er Brandts Gürtelschnalle, während er mit der anderen Brandts Arme über seinem Kopf fixierte. Brandt musste anerkennend feststellen, dass Donnelly einiges über Hebelgesetze wusste. Er konnte seine Arme kein Stück bewegen, auch wenn er sich selbst für den Stärkeren von ihnen hielt.

Währenddessen knöpfte Donnelly Brandts Hose auf. Augenblicklich änderte sich sein Gesichtsausdruck. Er schaute Brandt aus flehenden Hundeaugen an.

„Darf ich?", fragte er und nickte zu Brandts offenem Reißverschluss.

Jegliche Panik, die Brandt zuvor verspürt hatte, verschwand beim Anblick des unschuldigen, süßen Gesichts seines Partners. *Er wird mir nicht wehtun*, dachte er.

Brandt nickte zustimmend und hoffte auf das Beste.

Donnelly rutschte nach unten und kniete sich zwischen Brandts Beine. Dann griff er nach dem Bund seiner Hose und zog sie herunter. Brandt hob die Hüften, um es Donnelly etwas leichter zu machen und er fühlte, wie der Stoff seiner brandneuen Unterwäsche an seinem Glied entlanggrieb. An seinem wirklich bemerkenswerten Glied. Er schaute an sich herunter und bemerkte überrascht, dass er knüppelhart war.

Donnelly war das auch aufgefallen. Wie auch nicht? Aber er fuhr trotzdem damit fort, Brandts Hose abzustreifen und die Socken gleich mit. Jetzt lag sein Kumpel, sein Freund, sein Partner vor ihm auf dem Bett und trug nur die neuen Boxershorts, die Bryce und Nestor vor ein paar Stunden fast wahnsinnig gemacht hatten.

Donnelly konnte es ihnen gut nachfühlen.

Er streifte seine eigene Hose und die Socken ab und nahm seine Position zwischen Brandts Beinen wieder ein, schaute hinunter auf diesen wunderschönen Körper und sah ihn zum ersten Mal – weil er sich den Anblick zum ersten Mal gestattete. Er errötete, als er merkte, wie die Erregung von seinem ganzen Körper Besitz ergriff.

Brandt schaute Donnelly an und versuchte zu erraten, was er als nächstes vorhatte. Wenn er ehrlich zu sich war, und es war durchaus angebracht, jetzt ehrlich zu sein, dann musste er zugeben, dass er selbst völlig unbeholfen war. Er hatte noch nie in seinem ganzen Leben über Sex mit einem anderen Mann nachgedacht. Er wusste nicht, ob er bereit für das war, was schwule Männer miteinander taten und er wusste auch nicht, ob er wollte, dass Donnelly es mit ihm tat. Sein Herz klopfte wie wild.

Donnelly hingegen hegte nicht so komplizierte Gedanken. Er wollte einfach nur Brandts Körper an seinem spüren, alle Körperteile miteinander in Kontakt bringen und so verharren, bis die Sonne explodierte. Er setzte sein Vorhaben in die Tat um und legte sich auf Brandt. Nur durch den doppelten Stoff ihrer zusammenpassenden Unterhosen voneinander getrennt, pressten sich ihre Glieder aneinander, während Donnelly sich zurechtrückte.

Brandt konnte sich nicht erinnern, jemals so erregt gewesen zu sein. Er hatte immer ganz gut abgeliefert, damals, mit den Mädchen, die er auf dem College gedatet hatte, aber das hier war anders. Sein Schwanz fühlte sich an wie eine Eisenstange, hart, schwer und gefährlich. Direkt neben ihm stand Donnellys und seine Hitze beeindruckte Brandt. Als Donnelly ihn küsste, pressten sie ihre Hüften aneinander und jeder Schwanz versuchte, den anderen an die Seite zu drängen, beide zu hart, um großartig nachzugeben.

Brandt wand sich und ließ die Hände über Donnellys Rücken gleiten. Grob griff er nach dem Hüftband von Donnellys Unterwäsche und zerrte sie herunter, entblößte den blassen, glatten, gewölbten Hintern. Donnelly fasste nach unten, zog die Unterhose über das Hindernis, das sein hartes Glied darstellte und ließ sie seine Beine hinuntergleiten. Dann griff er nach Brandts Boxershorts. Langsam, fast ehrfürchtig zog er sie herunter und Brandts Schwanz zuckte augenblicklich nach oben, bevor er wieder auf seinen Bauch klatschte.

Donnelly schleuderte die Boxershorts zur Seite. Sie landeten auf dem Schachbrett. Dann nahm er seine vorherige Position wieder ein und streckte sich über Brandt aus. Sein Becken hielt er vorerst zurück, sodass sie ihre Körper berührten – bis auf ihre Schwänze. Seiner war so hart, dass er unangenehm pulsierte.

Er schaute Brandt tief in die Augen und legte die Hände um sein Gesicht. Und dann, ganz langsam, senkte er seine Hüften herab, bis sie zum ersten Mal richtig miteinander in Berührung kamen.

Zuerst berührten sich ihre Hodensäcke. In dem Moment, als Donnellys glatte Haut auf Brandts leicht behaarte traf, erstarrte er. Brandt war überwältigt davon, wie weich und warm und bebend Donnelly sich dort unten anfühlte und er schnappte überrascht nach Luft. Dann küsste er ihn, während Donnelly sich weiter auf ihn hinabsenkte. Ihre harten Schwänze pressten sich gegeneinander (sie passten fast perfekt zueinander, auch wenn Brandt eine Kopflänge Vorsprung hatte). Wieder schnappte Brandt nach Luft.

Donnelly begann sich zu bewegen, zuerst langsam, dann intensiver. Ihre Schwänze rieben sich wie wild aneinander, glitten von einer Seite auf die andere, wurden von den harten Bauchmuskeln eingezwängt.

Dann entließ Brandts schmerzend harter Schwanz einen ersten großen Tropfen, der sich gleich auf seinem Bauch ausbreitete. Donnelly glitt genau in die glitschige Pfütze. Er stöhnte und stieß noch energischer vor, während er fühlte, wie sein eigener Saft begann, sich zu verteilen. Je glitschiger es wurde, desto leidenschaftlicher rieben sie sich aneinander, bis es kaum mehr auszuhalten war.

Brandt fühlte, was er noch nie zuvor gefühlt hatte – die stählerne Wurzel seines Penis, aus der die Erektion erwuchs. Zum ersten Mal spürte er seine Erregung *in* seinem Körper, als hätte sein Schwanz erst durch die Gegenwart eines anderen seine volle Macht entfalten können.

Donnelly sah es zuerst in Brandts Augen. Die Pupillen weiteten sich und er schaute einen Moment ins Leere. Dann hoben sich seine Brauen in purer Lust. Seine Atmung wurde flacher und seine verschwitzten Arme auf Donnellys Rücken wurden ganz starr. Er schnappte nach Luft und Donnelly bewegte sich noch schneller und wilder als zuvor.

„Oh", hauchte Brandt, als er fühlte, wie es ihn überkam. „Oh! Oh *Scheiße!*", schrie er dann, als das Pulsieren in seinen Lenden immer stärker wurde. Es war kaum noch auszuhalten, aber er sehnte den Orgasmus verzweifelt herbei.

Die erste Ladung brach aus seinem Schwanz hervor und tränkte beide in dem heißen, klebrigen Ergebnis, das sie gemeinsam hervorgebracht hatten. Donnellys Körper reagierte genauso. Er ließ sich ganz in seinen Orgasmus hineinfallen, in einen Rausch, wie er ihn noch nie zuvor erlebt hatte. Donnellys Erguss mischte sich mit Brandts und die beiden schrien laut auf, als sie fühlten, wie sie miteinander kamen.

Ganz glatt vor Sperma rieben ihre beiden Schwänze immer noch aneinander und trieben sich gegenseitig bis hin zur Erschöpfung. Der herbe Geruch von Sperma stieg zwischen ihnen auf und immer noch rieben sie sich aneinander und küssten sich wie wild. Sie hörten nicht auf, bis die letzte Ladung verschossen war und die glitschige Flüssigkeit zu kleben begann.

„Oh mein Gott", flüsterte Brandt.

„Ich weiß", seufzte Donnelly.

Brandt keuchte ein wenig und wartete darauf, dass seine Atmung sich wieder normalisierte.

Donnelly rollte sich herum, bis er neben Brandt lag. Ihre Körper berührten sich immer noch. Er schaute auf ihre Oberkörper, die von Schweiß und Sperma glänzten.

„Wir sind schon irgendwie kaputt", sagte er lachend, während er die klebrige Szenerie begutachtete.

„Aber das war es total wert", meinte Brandt. „Das war unglaublich."

Donnelly antwortete, in dem er Brandt noch einmal küsste, sein ganzes Gesicht, den Hals und die Schulter. Dann kuschelte er sich in Brandts Armbeuge und stellte fest, wie erregend er den warmen, schweren, moschusartigen Geruch fand, auf den er dort stieß.

Plötzlich hatte er eine Idee. „Bleib hier", sagte er fröhlich. „Bin gleich zurück."

Er küsste Brandt noch einmal, dann ein zweites Mal und stieg dann aus dem Bett und tappte ins Badezimmer.

Brandt schaute ihm hinterher. Er sah seinen Partner eigentlich jeden Tag nackt, aber zum ersten Mal erlaubte er sich, richtig hinzuschauen. Er sah die Wellenbewegungen seines Hinterns, nahm die kraftvolle Bewegung jedes einzelnen Muskels unter dieser blassen, makellosen Haut wahr. Als er sich wieder zurücklehnte und die Augen schloss, konnte er kaum glauben, wie sich sein Leben verändert hatte, wie anders er die Welt jetzt sah, wie sehr sein bester Freund alles verändert hatte.

Er hörte Wasserrauschen, zu laut, als dass es vom Waschbecken kommen konnte. Ein Bad? Brandt lächelte – würde er jemals wieder aufhören zu lächeln? Er hatte seit Jahren nicht mehr gebadet. Der pure Gedanke daran erfüllte ihn mit Wärme und er döste vor sich hin, bis Donnelly wieder in den Raum gehuscht kam und ihn weckte.

„Typisch Kerl. Pennt direkt danach ein", neckte er ihn und pikte Brandt mit einem Finger.

Brandt wurde langsam wieder wach und grinste. Er schnappte nach dem pikenden Finger und zog ihn zu sich. Donnelly kullerte neben ihm aufs Bett. Brandt küsste ihn und sie kugelten sich wie verspielte Welpen übereinander.

„Komm schon, Chef, lass uns in die Badewanne", sagte Donnelly und stand wieder auf. Dann zog er Brandt hoch und führte ihn ins Bad.

Donnellys Badezimmer war frisch renoviert. Er war immer dankbar darüber gewesen, dass die vorherige Bewohnerin, eine Kunstlehrerin im mittleren Alter, seine Tante davon überzeugt hatte, das Bad mit einer großen Wanne und einer Dusche mit separatem Eingang auszustatten. Die Badewanne war jetzt mit weißen Schaumbergen gefüllt und auf jeder freien Fläche standen Kerzen.

Brandt stand in der Tür und ließ die Szene auf sich wirken.

„Das ist wunderbar", sagte er.

Donnelly war überaus dankbar. „Gefallen dir die Kerzen und der andere Kram?"

„Nein, das ist alles wirklich blöd. Aber jetzt muss ich meiner Familie nicht mehr sagen, dass ich schwul geworden bin, denn du bist ganz offensichtlich eine Frau."

Ein heftiger Stich in der Rippengegend sagte ihm, dass sein Witz nicht gut ankam.

Brandt schaute Donnelly in die Augen. „Wirklich, das hier ist unglaublich. Ich kann nicht glauben, was du dir für eine Mühe für mich gibst."

Er küsste seinen Partner und ihre Körper fanden wieder zueinander. Die Reaktion darauf kam augenblicklich, sodass ihre beiden, eigentlich gerade erst ausgewrungenen Schwänze, sich eifrig aufrichteten.

„Wir sollten besser sehen, dass wir sauber werden, bevor es wieder schmutzig wird", lachte Donnelly und schubste Brandt ins Bad. Er stieg zuerst in die Wanne und streckte dann die Arme nach Brandt aus. Dieser ließ sich ihm gegenüber ebenfalls im Schaumbad nieder.

„Hier ist es schöner", lockte Donnelly Brandt auf seine Seite.

Brandt glitt durch die Wanne zwischen Donnellys Beine und lehnte sich dann langsam zurück, zögerlich, als erwartete er, sich gegen etwas Heißes zu lehnen. Aber alles, was er fühlte, war Donnellys Körper, warum und nass, und er ließ sich ganz in die seifige Umarmung hineinsinken. Es war erstaunlich, wie gut er und Donnelly zusammenpassten. Jede einzelne Kurve ihrer Körper passte perfekt zu denen des anderen.

An seinem Hintern spürte er Donnellys harte, heiße Erregung, das Ergebnis ihrer Küsse. Vor ihm pochte es ebenfalls.

Donnelly legte die Arme um Brandt, strich über seine Brust und fühlte jeden Muskel nach. Ab und zu hielt er inne, um eine Brustwarze zu zwicken. Brandt lehnte seinen Kopf an Donnellys Schulter und dieser küsste seinen Kopf, sein Kinn und wieder hinauf zu den Schläfen. Brandt lehnte sich noch weiter zurück, damit ihre Münder zueinander finden konnten. In diesem Moment war alles perfekt und er wollte, dass es niemals endete.

Sie lagen in der Badewanne, platschten herum, streichelten sich und glitten aneinander vorbei, fast schwerelos. Es war überwältigend.

In einem stillen Moment gluckste Brandt und sagte: „Du weißt, was wir jetzt eigentlich tun würden?"

„Es gibt nichts auf der Welt, was ich lieber tun würde", gab Donnelly zurück.

„Nein, ich meine, wenn wir nicht … weißt du, das hier angefangen hätten …"

Donnelly dachte einen Augenblick nach. „Na ja", sagte er. „Es ist Samstag. Wahrscheinlich würden wir uns im Wohnzimmer das Spiel ansehen."

„Du hattest recht, als du meintest, wir wären schon zwei Jahre lang verheiratet", stellte Brandt fest. „Wir haben nur den größten Schritt unseres Lebens gemacht, und das Einzige, was sich verändert hat, ist der Raum, in dem wir uns aufhalten."

„Halt mal", sagte Donnelly und richtete sich etwas auf. Er griff nach dem Schrank am Ende der Wanne, gleich über den Armaturen. Er öffnete die Türen, hinter denen sich ein kleiner Fernseher verbarg. Dann nahm er die Fernbedienung zur Hand und schon erschien ein Baseballspiel auf dem Bildschirm.

Brandt drehte sich beeindruckt zu ihm um. „Das ist mir jetzt echt zu viel. Das Einzige, was noch fehlt, ist ein Sixpack."

Donnelly griff in den unteren Teil des Schranks und zog eine kleine Kühlbox hervor, der er zwei Bierflaschen entnahm. Er öffnete sie, reichte eine an Brandt weiter und ließ sich wieder in der Badewanne nieder.

Brandt hatte es die Sprache verschlagen. Dann stieß er mit seiner Flasche gegen Donnellys. „Auf den unglaublichsten Mann der Welt. Der jetzt mir gehört." Sie nahmen beide einen großen Schluck und schauten, aneinandergeschmiegt wie zwei Löffel, dabei zu, wie ihre Lieblingsmannschaft elendig verlor. Es wurde das beste Spiel aller Zeiten.

29

SIE WACHTEN am nächsten Morgen auf, als die ersten Sonnenstrahlen auf das Bett fielen. Donnelly regte sich zuerst und drehte sich zu Brandt um, der an ihn gekuschelt dalag. Dann stützte er sich auf einen Ellbogen. Hier in seinem Bett lag er, der Mann, ohne den er einfach nicht leben konnte. Eine Weile lang schaute er ihn einfach nur an und als es immer heller im Raum wurde, streckte er die Hand aus und streichelte Brandts stoppelige Wange, ließ einen trägen Finger über das Schlüsselbein wandern, das sich so wunderschön über seiner Brust wölbte. Das könnte er den ganzen Tag lang tun.

Brandt bewegte sich und öffnete plötzlich die Augen. Erschrocken zog Donnelly die Hand zurück. Sein Kumpel Brandt hatte schon häufiger heftig auf unerwartete Situationen reagiert, und Donnelly fürchtete, dass er das gleiche seltsame Gefühl wie am Vortag hatte.

Aber Brandt lächelte ihn an und sagte verschlafen: „Mmmmmorgen.“

„Guten Morgen, Sir“, erwiderte Donnelly. „Wie geht es dir?“

Brandt schaute sich im Raum um. Er war nackt, Donnelly war nackt, sie hatten Sex auf diesem Bett gehabt und dann ein Schaumbad genommen. Vor vierundzwanzig Stunden war er noch heterosexuell gewesen.

Er schaute wieder zu Donnelly.

„Ich bin verliebt. So geht es mir. Wie geht es dir?“

Donnelly konnte Brandt nur mit offenem Mund anstarren. Er suchte nach Wörtern und ihm stiegen Tränen in die Augen.

„Kumpel, alles in Ordnung?“, fragte Brandt. Vielleicht hatte er etwas Falsches gesagt? Oder zu viel Gutes?

„Ja, mir geht's gut.“ Er wischte sich eine Träne von der Wange. „Mehr als das.“

Brandt streckte die Hand aus und legte sie um Donnellys Nacken. Er zog ihn zu sich heran für den sanftesten, himmlischsten Kuss, den Donnelly jemals bekommen hatte. Seine Besorgnis verblasste und an ihre Stelle trat die Wärme des Bewusstseins, dass er nie wieder allein sein würde.

Sie verbrachten den Sonntagmorgen träge im Bett, genossen das gemeinsame Miteinander, die Wärme der Sonne. Normalerweise hätten sie die Zeit im Fitnessstudio verbracht. Der Gedanke, dass sie gerade schwänzten, war irgendwie erregend.

„Hey“, sagte Donnelly schließlich. „Ich hätte jetzt Lust auf Kaffee. Holst du die Zeitung rein, solange ich welchen koche?“

Donnelly hüpfte aus dem Bett und griff nach einer Jogginghose. Brandt tat es ihm gleich, nackt, und fragte sich, was mit seinen Klamotten passiert war. Donnelly warf ihm eine andere Jogginghose zu, die sich allerdings als Sweatshirt entpuppte. Brandt zog es an, verdrehte die Augen und ging hinaus in den Flur.

Donnelly schaute ihm hinterher und genoss den Anblick seines strammen Hinterns unter dem Saum des Sweatshirts, der sich beim Gehen langsam hob und senkte.

Dann ging er in die Küche und hörte, wie Brandt die Haustür schloss, nachdem er die Sonntagszeitung von der Veranda geholt hatte.

„Du bist wirklich so nach draußen gegangen?", fragte er und fand die Vorstellung irgendwie erschreckend.

„Ja. Es ist immer noch früh und niemand sonst auf. Abgesehen von der alten Dame schräg gegenüber. Ich glaube, die muss vielleicht jemand wiederbeleben", erklärte Brandt auf dem Rückweg ins Schlafzimmer. Donnelly hörte sein Lachen.

„Ich will hier keine dieser Sexshow-Mätzchen haben, junger Mann", rief Donnelly von der Kaffeemaschine aus. „Das hier ist eine anständige Wohngegend!"

Als er mit zwei Tassen dampfendem starken Kaffee wieder ins Schlafzimmer ging, war die Zeitung auf dem Bett ausgebreitet und Brandt saß in der Mitte, immer noch mit nicht mehr als dem Sweatshirt bekleidet. Donnelly stand in der Tür und stellte fest, wie seltsam das alles war – sein Bett mit einem Mann zu teilen. Mit diesem Mann. Er zuckte die Schultern, trat ein und reichte Brandt seine übliche Tasse mit dem Logo einer Spelunke, in der sie einmal eine Bikergang hochgenommen hatten. Sie war so eine Art Trophäe, das Souvenir einer Verhaftung, mit der Brandt sich einen Namen in der Truppe gemacht hatte.

„Danke dir", murmelte Brandt und nahm Donnelly die Tasse aus der Hand. Er nippte daran und erschauderte, doch dann erfüllte ihn ein warmes Gefühl. Er griff nach Donnellys Hand und presste sie an seine Wange, kuschelte sich hinein wie ein Welpe, der nach Wärme und Geborgenheit sucht.

Donnelly, ganz der Romantiker, bekam augenblicklich einen Ständer.

Er küsste Brandt auf die Stirn und ging dann zur anderen Seite des Betts – seiner Bettseite – und ließ sich nieder.

„Hier", sagte Brandt und hielt ihm ein zusammengefaltetes Stück Papier entgegen. „Lies dir mal durch, was unser Justizminister vorhat."

Donnelly nahm die Zeitungsseite und las den Artikel, auf den Brandt gedeutet hatte. Er handelte von den Plänen des Justizministers, für den Posten des Gouverneurs zu kandidieren (und von seiner Website über christliche Werte). Donnelly zuckte zusammen und seufzte. So etwas hatte seinem Bruder das Leben zur Hölle gemacht und jetzt, wo er darüber nachdachte, würde es sein eigenes Leben auch nicht gerade verbessern.

„Der Typ ist eine Arschgeige", sagte er zu Brandt und gab ihm die Zeitungsseite zurück.

147

„Total. Ich frage mich nur, was er wirklich vorhat, so wie er uns in diese Ermittlung gedrängt hat. Ich glaube nicht, dass Steuerhinterziehungsgeschichten ihm wirklich viele Stimmen einbringen werden."

„Das glaube ich auch nicht. Alles was ein Mann wollen kann, ist doch, seinem besten Freund dabei zuzusehen, wie er es sich im Internet selbst macht und dieser Idiot flippt wegen so was aus. Ich meine, komm schon, man muss seinen Brüdern auch mal was gönnen."

Brandt schenkte seinem Partner ein Lächeln. „Du bist ein Freak, weißt du das?"

„Aber ... aber ...", brabbelte Donnelly theatralisch, „aber du hast gesagt, dass du mich liebst!"

„Gott stehe mir bei, ja, das tu ich", murmelte Brandt und lehnte sich zu Donnelly, um ihn zu küssen. Kurz darauf zerknüllten sie die Zeitungsseiten unter sich, als sie nach der besten Position für eine Umarmung suchten.

„Weißt du", keuchte Brandt, als sie eine kurze Pause machten, „das, was wir gestern Abend gemacht haben, war unglaublich ..."

„Da hast du verdammt noch mal recht", stimmte Donnelly zu und küsste Brandts Nase, Wangen, Augen und jedes andere Stückchen Haut, dessen er habhaft werden konnte.

„Ich dachte ...", murmelte Brandt, „wir könnten vielleicht ein bisschen ... *mehr* ausprobieren."

„Wenn es dich, mich und Rummachen beinhaltet, dann bin ich dabei", stöhnte Donnelly und zog Brandt das Sweatshirt aus.

„Oh, verdammt, ja", stimmte Brandt zu, während er die Kordel an Donnellys Jogginghose löste und sie ihm über die Hüften schob. Zusammen mit der Zeitung und der Tagesdecke landete sie auf dem Fußboden.

Wie zuvor wurden sie beide von der Intensität ihrer Küsse überrascht. Keiner von ihnen hatte Knutschen bisher als eine sonderlich erotische Aktivität empfunden, sondern mehr als ein notwendiges Übel auf dem Weg zum Höhepunkt. Jetzt allerdings hatte es einen ebenso hohen Stellenwert wie Sex eingenommen und nach nur einem Wimpernschlag waren beide gänzlich erregt. Sie rollten sich übereinander, hielten sich fest, berührten einander und genossen den Widerstand des jeweils anderen harten Körpers. Das fühlte sich alles so anders an als das weiche und nachgiebige Fleisch der wenigen Frauen, mit denen jeder von ihnen im Bett gewesen war. Auch jetzt gab es natürlich weiche Stellen – Kurven und Mulden unberührter Haut, die bei jeder noch so kleinen Berührung Gänsehaut und köstliches Schaudern hervorriefen. Sie lachten, kicherten und stöhnten, ließen ihre Lippen endlos und ruhelos über die muskulösen neuentdeckten Landschaften wandern. Es war, als wären sie nie zuvor berührt, im Arm gehalten oder geküsst worden.

Brandt widmete dem Körper seines besten Freundes so viel Aufmerksamkeit, dass es ihn komplett einnahm. Er zeichnete die Mulden von Donnellys Hüften nach, die Linie, die von seiner Taille über seine Bauchmuskeln verlief, bis hin zu dem Punkt direkt über seinem Glied. Er kitzelte ihn in der Kniekehle, überrascht davon, wie weich die Haut hier war. Dann reichte er um Donnelly herum und umkreiste mit seinen Fingern diesen makellosen Hintern. Donnelly krümmte sich und lachte, und das Raufen begann von vorn.

Irgendwann lagen sie strahlend und schweratmend auf dem Bett, Donnelly mit dem Kopf am Fußende. Brandt rollte sich zu ihm herum und sah sich direkt der einen Körperstelle gegenüber, die er noch nicht entdeckt hatte. Natürlich hatte er Donnellys Schwanz schon häufiger aus dem Augenwinkel gesehen, aber dieses pulsierende, drängende Ding vor ihm hatte keine Ähnlichkeit mit dem schlaffen Stück Fleisch, das dann und wann unter der Dusche des Fitnessstudios auftauchte. Es war riesig, und Brandt konnte Donnellys Puls nur vom Zusehen mitzählen. Da beide auf der Seite lagen, zuckte es in Brandts Richtung, anklagend, als wollte es sagen: „Du willst mich doch, du weißt, dass du mich willst."

Und das stimmte, das musste Brandt zugeben.

Er musste wieder an ihr Gespräch in der letzten Woche zurückdenken: Ohne Penetration ist es kein Sex. Damals, vor so vielen Tagen, hätte Brandt sich niemals vorgestellt, dass dieser Moment einmal eintreten würde und erst recht nicht das, was er in diesem Augenblick vorhatte. Aber hier lag er, neben seinem Partner, und dachte ernsthaft darüber nach, seine ehemals heterosexuellen Lippen um dessen Penis zu schließen. Ein wohliger Schauer lief ihm über den Rücken.

Und dann, als der Schauer vorüber war, lehnte er sich einfach nach vorn.

Mit geschlossenen Augen tat er das, was ihm durch den Kopf ging. Er öffnete den Mund, rückte noch ein Stück näher heran und nahm Donnelly in sich auf. Ließ sich von ihm penetrieren. Und zum ersten Mal schmeckte Brandt, was er eigentlich nie gewollt hatte: das Kostbarste, was ein anderer Mann ihm bieten konnte. Sein ganzer Körper schien unter Strom zu stehen. Das Blut schoss ihm in den Kopf, in seinem Mund bildete sich Speichel und ein kleiner Tropfen an der Spitze seines Glieds.

Das sich überraschend warm anfühlte, wenn er darüber nachdachte.

Auf einmal wurde ihnen beiden bewusst, dass sie im selben Moment die gleiche Idee gehabt hatten.

Brandt war geflasht. Er versuchte, all die Gefühle zu verstehen, die ihn überwältigten. In seinem Mund war es warm, hart, salzig und pulsierend. Um seinen Schwanz war es warm und feucht, und er spürte das leichte Flattern von Donnellys talentierter Zunge. Brandt stöhnte sanft, drängend um den Schwanz in seinem Mund herum. Er versuchte, Donnellys Zungenbewegungen nachzumachen, aber er versagte auf ganzer Linie, während Donnelly überall zugleich war – an der Unterseite, an der Spitze, rund um den Schaft. Brandt beschloss, die Sache anders anzugehen und so konzentrierte er sich auf die Spitze von Donnellys Glied. Belohnt wurde er mit einem warmen, schlüpfrigen Tropfen Präjakulat und lebhaftem Stöhnen rund um seinen eigenen Schwanz.

Während Donnellys Saft in seinen Mund tropfte, wurde Brandt klar, dass er keine Ahnung von dem hatte, was er da machte. Natürlich hatte er auch keine Ahnung gehabt, wie er sich vor der Kamera einen runterholen sollte und das hatte ihn auch nicht aufgehalten. Immerhin konnte er ein paar Erfahrungen mit Blowjobs vorweisen – allerdings nur von der passiven Seite. Er überlegte kurz, ob er sich an den besten erinnern konnte, den er je bekommen hatte. Das fiel ihm allerdings zunehmend schwer, jetzt da Donnelly mit der Zunge um sein Glied kreiste. Alles woran er denken konnte, war das, was gerade in seinem Schritt passierte. Nichts anderes hatte Platz in seinen Gedanken (oder würde jemals wieder Platz finden).

Das war nicht gerade hilfreich.

Brandt, der sonst immer gern die Kontrolle über alles behielt, wusste dass er letztendlich loslassen musste. Er musste darauf vertrauen, dass sein Körper wusste, was er tat, jetzt da er wenigstens wusste, was er wollte. Brandt holte tief Luft und gab sich ganz dem harten, pulsierenden Eindringling in seinem Mund hin – seinem Freund, seinem Partner, seiner fleischgewordenen Liebe – und tat alles, was er von ihm verlangte.

Das fiel Donnelly gleich auf.

Er zog sich ein wenig von dem Monster zurück, das gegen seine Mandeln stupste, und stöhnte. Ganz konnte er die Lippen nicht von diesem steifen, glatten Stück Fleisch lösen und so konnte er seiner Erregung nur gedämpft Ausdruck verleihen. Das kehlige, drängende Wimmern, das stattdessen herauskam, sagte Brandt allerdings genug.

Die beiden gaben sich immer mehr Mühe in ihrer Hingabe füreinander. Sie drehten sich zueinander, zuckten, suchten Halt aneinander und stöhnten verzweifelt. Allmählich sahen sie Sterne und das Atmen fiel ihnen zunehmend schwer. So viel Genuss zu bekommen und zu geben, hatten sie nie zuvor erfahren, sich niemals auch nur vorgestellt.

Auch wenn sie wollten, dass dieser Exzess den ganzen Tag andauerte, so drängten ihre erschöpften Körper doch dem Ende zu. Irgendetwas tief in ihnen sagte ihnen, dass es nicht ewig so weitergehen konnte. Sie beide kämpften dagegen an, wollten dem anderen mehr und mehr geben, als wäre es die letzte Chance, sich gegenseitig ihre Liebe zu beweisen, bevor ein Sturm das fortwehte, was sie sich so mühsam erkämpft hatten.

Donnelly kam zuerst. Der Druck in ihm wurde immer größer, seine Beine wurden erst steif und zuckten dann unkontrolliert. Er zitterte am ganzen Leib und krallte sich fest in Brandts Hintern. Die roten Striemen, die er dabei hinterließ, würden noch stundenlang zu sehen sein.

Brandt gefiel der feste Griff an seinem Hinterteil und der presste sich energisch in Donnellys warmen Mund. Dann wurde auch er vom Höhepunkt übermannt. Sein ganzer Körper verkrampfte sich und seine Sehnen traten hart hervor. Ein Grollen bahnte sich in seiner Kehle an, drängte sich an Donnellys Glied vorbei und brachte es zum Zittern.

Dieses Geräusch kannte Donnelly bereits. Aus dem Video. Aus dem gottverdammten Video. Es bedeutete, dass Brandt *so kurz davor* war.

Dieses Grollen trieb ihn selbst zum Höhepunkt.

Der Orgasmus traf ihn mit voller Härte – wie ein Blizzard. War es Schmerz oder Lust? Er konnte nicht mehr atmen und es schien ihm auch nicht mehr wichtig. Er wollte nur das hier, was immer es auch war und dass es voll von ihm Besitz ergriff. Dieser Wunsch wurde ihm gewährt.

Und er erwachte. Warme Wogen schwappten durch seinen ganzen Körper und ließen ihn alles andere vergessen. Vollkommene Glückseligkeit überkam ihn. Er wurde neugeboren, begann ein neues Leben. Was Sex und Liebe ihm früher bedeutet hatten war nicht länger wichtig – er würde nichts davon mehr brauchen. Er ließ sich treiben.

Seine Seele hatte bereits Erleichterung erfahren. Jetzt war sein Körper dran und die verkrampften Muskeln in seiner Lendengegend rissen ihn wieder in die Realität zurück. Er bereitete sich darauf vor, die unerträgliche Spannung loszuwerden, die sich in ihm angestaut hatte. Unzählige, bisher unbekannte Muskeln zuckten und dann kam er. Es kam nicht in Wellen, keine Spur von rhythmischem Pulsieren. Es gab nur noch Druck und nur einen Weg hinaus.

Brandt spürte, wie Donnelly sich versteifte. Sein ganzer Körper wurde plötzlich steinhart und Brandts eigener Körper reagierte darauf. Ihre Muskeln prallten hart gegeneinander, bauten noch mehr Spannung auf, wenn das irgendwie möglich war. Er fühlte, wie sich etwas tief in seinem Inneren aufbaute, was dringend nach draußen wollte. Und dann brach es mit aller Kraft aus ihm hervor, hinein in die Welt – oder zumindest in Donnellys Mund.

Gemeinsam ließen sie sich gehen und fluteten den Mund des jeweils anderen mit einem überwältigenden Schwall Sperma. Es war ein endloser Kreislauf aus Ejakulation und Schlucken. Ohne großartig nachzudenken, nahmen beide den Saft des anderen in sich auf. Die Ekstase dauerte an, bis ihnen nur noch klebrige Rinnsale aus den Mundwinkeln liefen.

Irgendwann ebbten die Wellen ab und sie konnten wieder klare Gedanken fassen.

Heftig atmend lagen sie da und keiner wollte der Erste sein, der sich aus dem anderen zurückzog. Donnellys Zunge tanzte um Brandts zitterndes Glied. Brandt saugte sanft die letzten Tropfen aus Donnelly heraus. Erst als sich ihre Atmung beruhigt hatte und die Schweißperlen zu trocknen begannen, ließen sie voneinander ab. Als Brandts Glied zwischen Donnellys Lippen hervorglitt, wünschte er sich gleich, wieder in der wohligen Wärme versinken zu können. Er fröstelte.

„Was zur Hölle war das?", krächzte Donnelly.

„Ich glaube, wir haben gerade den Sex erfunden", seufzte Brandt. „Das war ... so was hatte ich nie ... wirklich, noch nie."

Er pflanzte einen Kuss auf Donnellys abschwellendes Glied und richtete sich dann auf, um seinem besten Freund ins Gesicht zu sehen. Immer noch keuchend, schaute er ihm tief in die Augen.

„Du hast da ein bisschen …" Er deutete auf Donnellys Mundwinkel. Ein dünner Spermafaden glitzerte auf seiner Alabasterhaut. Brandt küsste ihn fort.

Donnelly nutzte die Gelegenheit und zog ihn zu sich heran, schmeckte sich selbst in Brandts Mund. Sie küssten sich, hielten einander fest und fuhren mit den Fingerspitzen über ihre Körper. Donnelly ließ den Arm über die Bettkante hängen, tastete nach der Bettdecke und zog sie über ihre mit Gänsehaut überzogenen Körper. Sie kuschelten sich eng aneinander und stellten wieder einmal fest, wie perfekt sie sich doch ineinanderfügten.

30

EIN SUMMEN weckte sie ein paar Stunden später. Immer noch lagen sie miteinander verknotet im Bett. Donnelly nahm sein Smartphone vom Nachttisch und blinzelte. Er tippte eine Antwortnachricht ein, legte das Telefon wieder weg und schlang den Arm wieder um Brandt.

„Hmm… irgendwas Wichtiges?", murmelte dieser.

„Nur Chris. Wollte wissen, ob wir zum Abendessen vorbeikommen." Donnelly küsste sich über Brandts Wange hinunter zu seinem Hals. Seine neue Lieblingsbeschäftigung.

„Was hast du ihr geschrieben?"

„Ich habe geschrieben, dass wir vorbeikommen und ihnen was sagen müssen."

Brandt drehte sich auf den Bauch, nicht sicher, ob er sich verhört hatte.

„Was?"

„Ich schrieb, wir hätten ihnen was zu sagen." Donnelly lächelte unschuldig und strahlend wie immer und küsste Brandt auf die Nase.

„Und was genau sagen wir ihnen? Ich glaube nicht, dass sich dieser 69er-Blowjob als Thema fürs Abendessen eignet."

Brandt lief rot an, während er das sagte. Irgendwie hatte er ein bisschen Angst, dass es diese neue … Beziehung? … festnagelte, wenn zu viele Leute davon wussten. Wie auch immer sie es nennen wollten.

„Ja, ich finde, den Teil sollten wir überspringen. Aber ich glaube nicht, dass ich es vor ihnen verstecken kann. Ich meine, das ist schon eine große Veränderung."

„Das stimmt schon. Aber können wir mit den Hochzeitsankündigungen noch ein bisschen warten?"

Donnelly blinzelte ihn an. Offenbar kannte sein Humor in dieser Hinsicht keine Grenzen.

„Schämen Sie sich für mich, Officer Brandt?"

„Natürlich nicht", platzte Brandt heraus. „Ich finde nur, dass wir auf den richtigen Zeitpunkt warten sollten. Das ist alles."

„Ganz deiner Meinung. Ich sage nichts, bis wir beide dazu bereit sind – oder bis jemand fragt. Was auch immer zuerst passiert."

„Na ja, sie werden fragen, weil du Chris geschrieben hast, dass es etwas zu erzählen gibt."

Donnelly grinste. „Tja, dann wäre das wohl erledigt. Wie wäre es mit einer Dusche?" Nachdem er Brandt noch einen Kuss auf die Wange gedrückt hatte, schlug er die Decke zurück und sprang auf. „Kommst du mit?"

„Ja, ich komme. Lust auf ein paar heiße Spielchen?"

„Hast es erfasst", sagte Donnelly und ging schon einmal ins Bad, um das Wasser laufen zu lassen.

Eine seifige nasse Stunde später machten sich die beiden auf den Weg zu Chris. Brandt konnte den Blick nicht von Donnelly lassen und schwelgte in der Erinnerung an die letzten Minuten, in denen er jedes kleine Detail seines Körpers studiert hatte.

„Was?", fragte Donnelly.

„Was was?"

„Warum starrst du mich so an? Habe ich ein Loch im Hemd, oder so was?"

Brandt lachte. „Nein, es ist alles in Ordnung. Du bist nur ... so schön. Das ist mir vorher nie aufgefallen."

„Herrje, danke."

„Nein, ich mein's ernst. Ich habe mir wahrscheinlich nie erlaubt, das zu sehen."

„Und das, nachdem ich so oft im Duschraum vor dir herumstolziert bin?" Donnelly gab seine beste Darstellung der beleidigten Leberwurst.

„Hatte mich schon gefragt, was das sollte." Brandt lachte. „Ich dachte, du hättest vielleicht eine Pilzinfektion, oder so was."

Donnelly verpasste Brandt eine Kopfnuss.

Sie lachten und fuhren durch den warmen, sonnigen Nachmittag.

Am Ziel angekommen, parkten sie neben dem aufgemotzten Minivan von Will und Lucas. Donnelly hüpfte förmlich den Weg hinauf und übersprang alle Verandastufen mit einem riesigen Satz. Brandt lächelte. Noch nie hatte er seinen Partner so glücklich erlebt und die Erkenntnis, dass er selbst der Grund für diese Ausgelassenheit war, ließ die Schmetterlinge in seinem Magen aufgeregt flattern. Das musste Glück sein, etwas, das er sich selbst nie zugestanden hatte.

Chris kam auf Donnellys energisches Trommelsolo auf der Türklingel, um sie einzulassen.

„Gabriel! Du bist ja noch schlimmer als Dylan! Hallo Ethan, schön, dass du wieder da bist. Kommt rein!"

Nach einem kurzen Gang durch das Haus traten sie mit je einem Bier in der Hand auf die Terrasse. Wie beim letzten Mal, passte Will dort über Dylans Sandkastenoperationen auf. Lucas stand neben ihm und wippte mit der schlafenden Delilah auf dem Arm auf und ab.

„Hey Jungs!", rief Will. „Habt ihr es also geschafft!"

„Wir würden uns das Essen doch nicht entgehen lassen", gab Donnelly zurück. „Wir sind ein bisschen spät dran, weil die Diva hier nicht im Bad fertig wurde!" Er stieß Brandt in die Rippen.

„Das war überhaupt nicht meine Schuld!", jaulte Brandt. „Du konntest dich doch nicht für ein Outfit entscheiden."

Will und Lucas tauschten einen Blick aus.

Chris kam mit einem Tablett voller Chips und Salsa die Stufen hinunter und setzte sich an den langen Holztisch.

„Okay, ihr wolltet uns etwas erzählen?" Sie nippte an ihrem Weißwein und lehnte sich zurück.

Brandt hatte diese Frage erwartet. Sein Lächeln wurde etwas angestrengt, aber Donnelly ließ sich die Gelegenheit nicht nehmen.

„Na ja, ihr wisst ja, dass Ethan und ich jetzt schon seit zwei Jahren Partner sind", sagte er in einem Tonfall, als würde er eine Hochzeitsansprache halten. Er trat einen Schritt auf Brandt zu und nahm seine Hand. Die Wärme dieser einfachen vertrauten Berührung beruhigte Brandt und er spürte, wie sich sein Lächeln entkrampfte. Er nickte Donnelly zu und ließ ihn so wissen, dass er ruhig fortfahren konnte.

„In den letzten Tagen", sagte Donnelly, „ist dieser Kerl endlich zu Verstand gekommen und hat erkannt, dass er mich liebt."

Brandt lachte laut auf und drückte Donnellys Hand.

„Was mein zurückgebliebener Kollege damit sagen will, ist, dass er einen Moment der Schwäche ausgenutzt hat, um mich zu verführen, bevor ich wusste, wie mir geschah." Er schaute mit funkelnden Augen zu Donnelly. „Ich überlege ernsthaft, Anklage zu erheben."

Sie tauschten einen vollkommen aufrichtigen Blick aus. Jetzt hatten sie es ausgesprochen. Das machte alles real. Wirklich real.

Chris brach schließlich das Schweigen.

„Wow, Jungs, das ist … toll", sagte sie. „Herzlichen Glückwunsch. Eigentlich sollte es jetzt einen Champagner oder so was geben."

„Heilige Scheiße", sagte Will zu Lucas. „Das Ding funktioniert ja wirklich."

„Hab's dir gesagt", gab Lucas zurück.

„Warte, warte, was?", fragte Brandt.

Will lachte. „Lucas zieht mich immer auf, weil wir jetzt so lange zusammen sind und ich immer noch kein funktionierendes Schwulenradar entwickelt habe. Letzte Woche habe ich zu ihm gesagt, dass ich zwischen euch irgendetwas spüre und er hat mich ausgelacht. Da dachte ich, mein Radar wäre einfach kaputt. Haha! Ehre gerettet!" Er hob triumphierend die Arme.

„Junge, du hättest mich vorwarnen können", sagte Brandt. „Die letzte Woche war die Hölle. Es wäre viel leichter gewesen, wenn du mir einen Wink gegeben hättest."

Will lächelte. „Habe ich versucht, aber das ist gar nicht so einfach. Die wenigsten Heteros wären glücklich darüber, wenn sie ein Schwulenradar zum Rotieren bringen."

Brandt nickte. Das konnte er verstehen. Er hätte wohl nicht allzu vernünftig reagiert, vor allem, wenn er sich seinen emotionalen Zustand am letzten Wochenende in Erinnerung rief.

Chris hob ihr Glas. „Auf das glückliche Paar! Und Ethan, willkommen in der Familie." Alle hoben die Gläser und tranken – und Brandt hatte das Gefühl, als könnte er nie wieder aufhören zu lächeln.

Nach dem Essen saßen sie alle unter dem Baldachin kleiner weißer Lichter am Tisch, während eine warme Sommerbrise die Ecken des Tischtuchs träge anhob.

„Also", sagte Will und seine Mundwinkel hoben sich kaum merklich. „Wann hast du es gemerkt?"

Brandt, an den die Frage gerichtet war, lächelte und schüttelte den Kopf.

„Lange Zeit gar nicht. Und dann habe ich versucht, mir einzureden, dass ich mir alles nur einbilde. Dann wurde ich wütend, dann traurig, dann panisch und dann …"

„Was er sagen will", schaltete Donnelly sich ein, „ist, dass er überhaupt keine Ahnung hatte. Ich war schon kurz davor, ihn aufzugeben und dann hat er mich geküsst."

„Einfach so?", fragte Will. „Ganz spontan?"

„Irgendwie schon", murmelte Brandt, nicht sicher, wie das alles passiert war, jetzt da er versuchte, sich zu erinnern. „Eigentlich war Nick schuld daran", stellte er fest.

„Wer ist Nick?", fragte Lucas.

„Jemand, den ich bei dieser Ermittlung kennengelernt habe", erklärte Brandt, nicht sicher, ob mehr Informationen angebracht waren.

„Also hatte dieser Nick etwas damit zu tun?"

„Ja, sogar ziemlich viel. Ich war irgendwie durcheinander und er hat … na ja, er hat mich geküsst und danach wusste ich es."

„Wusstest was?", fragte Lucas neugierig.

„Ja, wusstest was?", pflichtete Donnelly ihm bei und schaute seinen Partner ein wenig misstrauisch an.

„Schwer zu erklären. Ich glaube, er hat mir gezeigt, dass ich offener werden musste und es keinen Grund zur Panik gibt. Er ist wirklich ein süßer Typ."

„Und dann hat er mich geküsst", sagte Donnelly in scherzhafter Verzückung und fächelte sich selbst Luft zu.

„Oh mein Gott, ihr seid solche Mädchen", krächzte Chris und stand vom Tisch auf. „Ich lasse euch mal weiter in euren Gefühlen schwelgen und kümmere mich solange um den Abwasch."

„Nein, bleib sitzen!", rief Brandt. „Jetzt sind wir dran." Er und Donnelly standen auf, sammelten die verstreuten Teller ein und brachten sie in die Küche.

Ein paar Minuten später steckten sie bis zu den Ellbogen im Spülmittelschaum.

„Deine Familie ist klasse", sagte Brandt und schaute aus dem Fenster auf die Terrasse. Dann nahm er einen Teller an, den Donnelly ihm zum Abtrocknen reichte.

„Das sind sie wirklich. Ich habe ziemliches Glück gehabt."

Brandt beugte sich vor und küsste ihn auf die Wange. „Nein, ich habe ziemliches Glück gehabt."

Donnelly bespritzte ihn mit einer Handvoll Schaum. Sie lachten und genossen diesen Rausch frischer Liebe, wie sie ihn seit Highschoolzeiten nicht mehr erlebt hatten.

„SCHAUT EUCH die zwei an", gluckste Chris, während sie die Schaumschlacht durch das Küchenfenster beobachtete. „Wie kleine Kinder."

„Das haben sie sich verdient", sagte Will. Träge streichelte er den Rücken der schlafenden Delilah auf seinem Schoß. Sie war zum Abendessen aufgewacht und gleich danach wieder eingeschlafen. Will folgte Chris' Blick. „Sie haben eine beschissene Zeit hinter sich."

„Ich habe Gabriel seit dem Tod unseres Bruders nicht mehr so glücklich gesehen", sagte Chris sanft und nippte an ihrem Wein. „Ich hatte schon befürchtet, er würde nie wieder glücklich werden."

„Wusstest du, dass er schwul ist?", fragte Will. Er kannte Donnelly seit vielen Jahren und hatte lange keine Ahnung von dieser versteckten Seite gehabt.

„Nein", gab Chris zu.

„Er hat es ziemlich gut versteckt, wenn er uns alle drei getäuscht hat", sagte auch Lucas.

„Euch zwei vielleicht", sagte Will lachend. „Aber seit letzter Woche funktioniert mein Schwulenradar!"

„Nein, ich meine nicht, dass ich es nicht wusste", bemerkte Chris. „Aber er war vorher nicht schwul."

Will schaute sie überrascht an. Auch Lucas schien verblüfft. Sie fuhr fort:

„Wir haben über all das oft gesprochen, vor allem, nachdem unser Bruder tot war. Er hatte das völlig akzeptiert, war sich aber selbst sicher, hetero zu sein." Sie nahm noch einen Schluck. „Dieser Brandt muss wirklich umwerfend sein."

„Ich finde ihn umwerfend", murmelte Lucas und schaute genau durchs Fenster, als Brandts Shirt ein wenig hochrutschte, als er einen Teller in den Schrank über der Spüle stellte.

„Mann, ich bin genau hier!", schimpfte Will. Lucas tat beschämt.

„Aber es kommt mir trotzdem seltsam vor", fuhr Will fort, „dass zwei Heteros so zusammenfinden. Ich meine, wie unwahrscheinlich ist das denn?"

„Es gibt immer eine Möglichkeit", rief Chris und hob ihr Glas.

„Jetzt müssen wir nur noch jemanden für dich finden." Lucas grinste sie an.

„Das Problem dabei ist", sagte sie und trank den Wein, den sie ihm genauso gern ins Gesicht geschüttet hätte, „dass ich einen Hetero brauche. Die scheinen hier nicht lange zu halten."

BRANDT UND Donnelly schauten aus dem Küchenfenster und fragten sich, was all das Gelächter zu bedeuten hatte.

31

AUF DEM Heimweg fiel Brandt plötzlich wieder ein, dass morgen sein großes Treffen mit dem Betreiber von *Str8 Frat Dudes* anstand und er den Chief noch nicht in Kenntnis gesetzt hatte. Er würde wenigstens ein Abhörgerät brauchen, und eigentlich wäre es auch ganz nett, wenn jemand bereitstünde, für den Fall, dass die Dinge den Bach runtergingen. Also tippte er wie wild auf seinem Smartphone herum, während Donnelly durch die Nacht fuhr. Er war so auf seine E-Mails konzentriert, dass er ganz überrascht war, als der Wagen hielt. Noch überraschter war er, dass sie vor seiner Wohnung standen. Der Motor lief noch.

„Kommst du mit rein?", fragte Brandt und steckte sein Telefon ein.

„Nein, besser nicht", sagte Donnelly. „Morgen ist ein wichtiger Tag."

Brandts Herz rutschte ihm in die Hose. Nachdem er zwei Tage damit verbracht hatte herauszufinden, was sie zusammen waren, machte ihm die Vorstellung, allein zu sein, ohne Donnelly, seltsamerweise Angst.

„Aber ...", war alles, was er hervorbrachte.

„Also, spring rauf, pack deine Tasche und dann fahren wir zu mir", sagte Donnelly, als wäre das völlig klargewesen. „Dann müssen wir nicht immer hin und her fahren."

Brandts Erleichterung war der stärkste Beweis dafür, wie sehr sich ihre Beziehung zueinander verändert hatte. Nie wieder wollte er an einem anderen Ort sein als Donnelly.

„Bin in zwei Sekunden wieder da", sagte er und sprang aus dem Wagen. Er brauchte weniger als drei Minuten, um sein Outfit von *Grindstone* und ein paar andere Dinge einzupacken. Leise keuchend saß er kurz darauf wieder im Auto.

„Hast du mich vermisst?", neckte Donnelly ihn.

„Nur ein bisschen", murmelte Brandt, lehnte sich zu ihm hinüber und küsste ihn sanft auf die überraschend weiche Haut an seinem Mundwinkel.

„Ooh, verdammt", sagte Donnelly, legte eine Hand in Brandts Nacken und zog ihn zu sich heran. Der Kuss war verlangend und gleichzeitig genussvoll, als hätten sie die ganze Nacht und den Rest ihres Lebens, um ihn zu beenden.

Als sie wieder Luft holen konnten, flüsterte Brandt Donnelly ins Ohr: „Lass uns zu dir fahren, bevor ich noch explodiere."

„Du bist so ein Romantiker", sagte Donnelly lachend. Aber dieser leichtfertige Tonfall passte kaum zu den rauchenden Reifenspuren, die er auf dem Parkplatz hinter Brandts Wohngebäude hinterließ.

Normalerweise brauchten sie für die Fahrt zwischen ihren Wohnungen zwölf Minuten. An diesem Abend schaffte Donnelly es in acht. Ein Dutzend kleinerer Ordnungswidrigkeiten und zwei größere hatten ihren Weg begleitet.

Sie sprangen aus dem Wagen und liefen um die Wette zur Tür. Brandt war kurz davor zu gewinnen, als Donnelly ihn in den Hintern kniff. Das erschreckte ihn so sehr, dass er die letzte Stufe übersah und kopfüber auf der Veranda landete. Donnelly stürzte über ihn und versuchte immer noch zur Tür zu gelangen. Beide brachen in Gelächter aus, während sie versuchten, ihre Glieder zu entwirren. Ihnen war bewusst, welchen Aufruhr sie veranstalteten. Donnelly fummelte den Schlüssel ins Schloss und sie landeten im Wohnzimmer, kichernd und sich gegenseitig schubsend.

Brandt sprang Donnelly an und rang ihn nieder. Sie glühten vor Anstrengung, die Gesichter nur Millimeter voneinander entfernt.

„Ich hoffe, dass das nicht deine Dienstwaffe ist, die ich hier spüre", hauchte Brandt, der mit den Händen über Donnellys Körper strich.

„Das ist zwar keine Waffe, aber wenn du so weitermachst, geht es los." Donnelly wand sich unter Brandts Berührungen.

„Oh nein", flüsterte Brandt. „Dafür musst du erst noch was tun." Ein diabolisches Grinsen breitete sich auf seinem Gesicht aus – noch ein Überbleibsel von seinem Umgang mit Nick. Er mochte, wie Donnelly auf diesen Gesichtsausdruck ansprang. „Steh auf", brummte er und rappelte sich von Donnelly hoch.

Dieser tat es ihm gleich. Dann starrte er Brandt an. In seinen Augen leuchtete etwas auf, das er noch nie zuvor gesehen hatte.

„Ins Bett, jetzt."

„Jawohl, Sir", gab Donnelly zurück und salutierte elegant. Dann stieß er Brandt in die Rippen. Sein Partner, fürchterlich kitzlig an dieser Stelle, sprang einen Schritt zur Seite und kippte beinahe um. Donnelly flitzte aus dem Raum und durch den Flur.

Brandt erholte sich wieder und nahm die Verfolgung auf. Wie ein Elefant platzte er ins Schlafzimmer, wo er – keinen Donnelly vorfand. Er suchte den ganzen Raum ab und war schon kurz davor, die Schranktür zu öffnen, als sein Liebster lachend daraus hervorbarst und ihn umnietete. Zusammen landeten sie auf dem Bett, rangen mit der grenzenlosen Energie junger Hunde miteinander, die ihre Kräfte maßen.

Irgendwann gewann Brandt die Oberhand, drückte Donnelly auf die Matratze und hielt seine Arme und Beine fest. Er presste seinen Mund an Donnellys Ohr und flüsterte heiser: „Jetzt gehörst du mir."

Donnellys Muskeln erschlafften und sein ganzer Körper entspannte sich unter der heißen knurrenden Stimme in seinem Ohr.

„Ja", flüsterte er Brandt zu und schloss die Augen.

Brandt küsste Donnellys Ohr, seinen Kiefer und seine Lippen. Der erste Kuss war köstlich und vibrierend. Ihre Lippen berührten kaum einander. Donnelly schnappte nach Luft, bewegte sich aber nicht. Brandt schwebte über ihm, berührte ihn wieder und wieder, jedes Mal mit mehr Nachdruck und jedes Mal spürte Donnelly sein Feuer intensiver.

Während sie sich küssten, wanderten Brandts Hände über Donnellys Oberkörper und knöpften sein Hemd auf. Dann stahlen sie sich unter den Stoff und glitten über die feste und gleichzeitig glatte Haut. Augenblicklich richteten Donnellys Nippel sich auf und Gänsehaut breitete sich auf seiner Brust aus. Das verschlagene Grinsen kehrte auf Brandts Gesicht zurück und er küsste sich von Donnellys Hals abwärts.

Dieser war nicht auf die Kraft vorbereitet, mit der Brandt seine Brustwarzen zwischen die Zähne zog. Er fühlte, wie sein Hemd von seinen Schultern glitt, während er sich räkelte und wand.

Und Brandt fing gerade erst an.

Er ließ von Donnellys Nippeln ab und küsste seine flachen haarlosen Bauchmuskeln, so weit, bis er an den Saum der Khakishorts stieß. Langsam knöpfte er sie auf und zog mit den Zähnen den Reißverschluss herunter. Donnelly hörte auf zu atmen – er fürchtete, gleich zu kommen, wenn er sich nur einen Millimeter bewegte. Nie zuvor war er so erregt gewesen.

Brandt zog ihm die Shorts aus. Jetzt trennte ihn nur noch eine dünne Stoffschicht von dem Objekt seiner Begierde. Er kniete sich zwischen Donnellys Beine, als würde er einen Gott anbeten. Dann lehnte er sich vor und presste sein Gesicht gegen den hellblauen Stoff. Donnelly zuckte zusammen und stieß einen kleinen flehenden Schrei aus. Brand küsste den harten Inhalt der Unterhose, bis der Stoff ganz feucht war. Dann fuhr er mit den Fingern unter das Hüftband und zog sie in einer langsamen, gleitenden Bewegung herunter. Donnellys Schwanz sprang ihm förmlich entgegen und ein glänzender, feuchter Faden spannte sich von seiner Spitze bis zum Stoff der Unterwäsche. Die letzten Male hatte Brandt ihn nie so ausgiebig beobachten können, aber jetzt genoss er diesen Anblick.

Donnelly lag vor ihm, den Kopf zur Seite gelegt, die Augen geschlossen, die Arme von sich gestreckt wie eine Skulptur. Unter der makellosen Haut zeichnete sich jeder einzelne Muskel ab. Brandts Blick wanderte über seinen Oberkörper, die Rippen und die Bauchmuskeln. Ihm fiel auf, dass die Brustwarzen immer noch erregt waren und spitz nach oben ragten. Brandt fuhr mit der Hand über Donnellys Beine, die er rechts und links von ihm ausgestreckt hatte. Sie waren stählern und Brandt wusste, woher das kam, war er doch viele Meilen mit Donnelly gelaufen, um diese Muskeln aufzubauen. Schelmisch fasste er hinter sich und kitzelte ihn unter den Fußsohlen. Donnelly zuckte zusammen und lachte, rührte sich aber sonst nicht von der Stelle. Sein Verlangen war so stark, dass auch seine Verspieltheit nicht dagegen ankam.

Brandt fuhr mit den Händen über seine kräftigen Beine und beinahe trafen sie auf Donnellys prallem Glied und den straffen Hoden zusammen. Dort hielt

Brandt inne. Er wollte, dass Donnelly seine Berührung herbeisehnte. Darauf musste er nicht lange warten.

„Oh, fuck", hauchte Donnelly. „Bitte …"

„Was, bitte?", fragte Brandt mit noch breiterem Grinsen.

Donnelly öffnete die Augen.

„Alles. Tu alles, was du willst", bettelte er mit wimmernder Stimme. „Ich gehöre ganz dir", seufzte er und schloss wieder die Augen.

Brandt lehnte sich vor, bis seine Nase fast Donnellys Glied berührte. Er nahm den Geruch des Duschgels wahr, das er selbst in der Dusche benutzt hatte und das begleitet wurde von einem Geruch, der nur von Donnelly kommen konnte – süß, hölzern und berauschend. Brandt wusste, dass niemand außer ihm je wieder diesen Geruch wahrnehmen würde.

Brandts Atemhauch auf Donnellys Schwanz trieb ihn fast in den Wahnsinn. Er stieß ihm die Hüften entgegen, aber Brandt passte sich seiner Bewegung an und zögerte seine Wartezeit noch hinaus. Dann, als Donnelly sich sicher war, dass allein die Luft, die Brandt umgab, ihn zum Höhepunkt bringen würde, ließ Brandt den Kontakt zu.

Er küsste ihn so sanft, wie er kurz zuvor noch seinen Mund geküsst hatte. Seine Lippen fuhren vom Ansatz seines Glieds bis hin zur Spitze, ein Küssen, ein Lecken, und dann wiederholte sich das Ganze. Donnelly hatte nie etwas Derartiges gefühlt, mit niemandem – er hatte nicht einmal davon geträumt, dass es so etwas Wunderbares auf der Welt gab.

Brandt küsste den dicken Schaft und jede Berührung entlockte Donnelly ein Stöhnen. Dann fuhr Brandt mit der Zunge über die Spitze, spielte an der kleinen Öffnung herum und Donnelly meinte, in Flammen aufgehen zu müssen. Immer wieder glitt Brandts Zunge über sein Glied und jedes Mal war Donnelly sich sicher, keine weitere Runde zu überstehen.

Dann widmete Brandt sich einem anderen Körperteil. Sanft küsste er die zarte Haut, die Donnellys Testikel verbarg. Noch nie hatte Brandt derart weiche Haut gespürt. Ihm war, als würde sie sich allein vom Küssen in Luft auflösen. Dann glitt er mit seiner Zunge herüber, bis hin zu der salzigen Stelle, an der der Hodensack in Donnellys Körper überging, und wieder zurück. Die Haut folgte seiner Zunge und glitt über die Oberfläche der festen runden Bälle.

Brandt öffnete den Mund und schloss die Lippen um den ein winziges bisschen größeren Hoden auf der rechten Seite. Donnelly zuckte zusammen und erschauderte. Seine Atmung wurde flacher. Er war eindeutig nicht daran gewöhnt, dass seinen Hoden solche Aufmerksamkeit zuteilwurde. Das galt es zu ändern. Brandt nahm ihn fester in den Mund und ließ ihn dann wieder frei. Das wiederholte er ein paarmal.

„Oh! Oh! Oh!", rief Donnelly. Sein Rücken bog sich und seine Hände krallten sich in die Laken.

Brandt ließ nicht von ihm ab. Ihm gefiel die Wirkung, die er so erzielte. Dann nahm er sich den anderen Hoden vor. Er spürte Donnellys Überraschung, als sich seine Beine verkrampften und neben ihm zuckten. Der andere war ein wenig kleiner. Träger schlabberte er um ihn herum, während Donnelly weiter zuckte und vor sich hin brabbelte.

Brandt wollte beide Hoden zugleich in den Mund nehmen, aber da sie so groß waren, dass er sie hätte zerquetschen können, ließ er es lieber sein, um Donnelly nicht zu verletzen. Stattdessen bedeckte er sie wieder mit Küssen und widmete sich dann wieder dem Glied. Er holte tief Luft und nahm die Hälfte der gut achtzehn Zentimeter Fleisch in den Mund.

Donnelly schrie auf. Es klang, als hätte sich dieser Schrei über Jahre hinweg angestaut und noch bevor er vorbei war, verkrampfte sich sein ganzer Körper. Noch nie war er so schnell gekommen, aber er hatte auch noch nie zuvor so intensiv gefühlt. Brandt brauchte nur drei Bewegungen, bis Donnelly sich entlud.

Der Spermaschwall erschreckte Brandt, der noch nicht wieder mit dieser Menge gerechnet hatte. Es fühlte sich sogar nach noch mehr an, als Donnelly am Morgen erst produziert hatte. Im Moment der ersten Entladung beugte Donnelly sich vor und stieß seinen Schwanz in Brandts Kehle. Das Sperma schoss direkt hinein und Brandt musste würgen und spucken. Dadurch wurde Donnellys Glied noch tiefer in ihn hineingezwängt und die zweite Ladung war noch gewaltiger als die erste. Brandt zog sich zurück, schluckte heftig und schaffte es, sich nicht zu übergeben. Nachdem er die Katastrophe verhindert hatte, widmete er sich wieder Donnellys Orgasmus. Er fuhr mit der Zunge über sein Glied und zwang bis auf den letzten Tropfen alles aus ihm heraus. Als Donnellys Erektion nachließ und sich seine Atmung beruhigte, fuhr Brandt damit fort, ihn zu küssen und den Intimbereich seines Partners sauberzulecken.

„Komm her", krächzte Donnelly irgendwann.

Brandt kuschelte sich bereitwillig an Donnellys schweißüberströmten Oberkörper und küsste wahllos irgendwelche Stellen (und weniger wahllose wie seine Brustwarzen). Dann lagen sie wieder nebeneinander.

„Oh mein Gott", hauchte Donnelly, schüttelte den Kopf und schaute Brandt tief in die Augen. „Das war das absolut Beste, was mir je passiert ist. Danke dir."

Brandt gluckste. „Nein, danke dir. Ich musste das einfach tun und du hast wahrhaft deinen Mann gestanden."

„War mir ein Vergnügen, Sir. Aber jetzt muss ich dir bei etwas helfen."

„Wobei?", fragte Brandt.

„Dafür musst du deine Klamotten ausziehen und dich so hinlegen, wie ich es getan habe."

„Und was tust du, während ich das mache?"

„Warten", gab Donnelly grinsend zurück.

Wer schon einmal einem Feuerwehrmann beim Anlegen seiner Sicherheitskleidung zugesehen hat, konnte sich vorstellen, wie schnell Brandt sich bis auf die Haut ausgezogen hatte. Seine Boxershorts waren noch nicht auf dem Boden gelandet, als er sich schon aufs Bett warf.

Ohne ein weiteres Wort grätschte Donnelly sich über Brandt, als würde er einen starken und impulsiven Hengst besteigen. Donnelly wusste, dass Brandt wahrscheinlich um einiges kräftiger war als er selbst, aber das war eigentlich kein Problem, denn er war nie der Typ gewesen, der sich einer Frau aufdrängte (tatsächlich hatte er sich meistens als eher devot erwiesen). Jetzt, oben und am längeren Hebel, wusste Donnelly, dass er einen ebenbürtigen Partner gefunden hatte, der jederzeit wieder die Kontrolle übernehmen konnte. Der Gedanke daran ließ sein Herz noch schneller schlagen.

Sein erschlafftes Glied wabbelte ziellos herum und berührte Brandts Bauch. Es hinterließ eine glänzende, klebrige und heiße Spur. Donnelly beugte sich vor, stützte sich mit einer Hand auf dem Bett ab und legte die andere um Brandts Nacken, wiegte seinen Kopf, als wäre er der wertvollste Schatz auf der Welt. Sein Kuss war nicht so zart wie Brandts Schmetterlingsflügel und auch nicht so radikal. Vielmehr spielte er mit seiner talentierten Zunge herum, drängte hartnäckig in Brandts Mund und ließ keinen Widerstand zu. Seine Zungenfertigkeit war seit Jahren ein beliebtes Gesprächsthema unter seinen Kolleginnen und er war stolz darauf, welche Orgasmen sie bereits hervorgerufen hatte. Aber jetzt hatte sie ihre wahre Bestimmung gefunden. Hier war sie zu Hause.

Brandt war überrascht davon, dass Donnellys Zunge ihn immer noch überraschen konnte. Sie hatten sich jetzt schon oft geküsst, aber jedes Mal fühlte es sich neu und ungewohnt an. Er wusste nicht, wie Donnelly diese Bewegungen zustande brachte. Wieder gab er sich ihm einfach hin, ließ sich in die Ekstase hineinfallen und gab es auf, einen klaren Gedanken zu fassen.

Donnelly streckte die Hand aus und griff nach Brandts Nippeln, die er sanft zwickte. Ja, sanft. Dann erhöhte er den Druck, jedes Mal ein bisschen mehr, bis sich Brandts Rücken durchbog und er lustvoll stöhnte. Donnelly nahm ein wenig Speichel zur Hilfe. Brandt schrie laut auf. Plötzlich spürte Donnelly etwas an seinem Bauch. Anscheinend war es Zeit, an einer anderen Stelle weiterzumachen.

Wie Brandt holte er tief Luft. Es war erstaunlich, wie sich sein bester Freund verwandelt hatte. Er war kein Kumpel mehr, sondern ein Liebhaber, ein Objekt der Begierde, etwas Wunderschönes. Donnelly fragte sich wann ihm bewusst geworden war, wie schön sein Partner war. Vor etwa einer Woche? Irgendwie kam es ihm länger vor, jetzt, da er auf diese Sinfonie aus Muskeln und weicher Haut hinabsah. Tief in seinem Inneren hatte er ihn immer schon attraktiv gefunden. Aber jetzt konnte er es auskosten, und das war neu.

„Dreh dich um", murmelte er. Diesen heiseren kommandierenden Ton hatte Brandt zuvor nur ein einziges Mal gehört – bei ihrer Privatshow. Er konnte nur gehorchen. Donnelly richtete sich kurz auf und trennte ihre Verbindung. Brandt drehte sich um und legte sich auf seinen schmerzend harten Schwanz. Donnelly glitt nach unten und bahnte sich seinen Weg zwischen Brandts eng zusammengepresste Beine.

Als sich seine Beine teilten und Brandts geheimste Stelle fast entblößt war, durchfuhr ihn ein Schauder. Er war sich nicht sicher, ob er dazu bereit war – das machte ihn so verletzlich, wie er es nie zuvor gewesen war und wie er es sich noch nicht vorstellen konnte.

Donnelly küsste seinen Hintern und Brandt spürte ein warmes Gefühl tief in seinem Inneren. Das war okay. Er entspannte sich und öffnete sich für seinen Partner.

Jetzt zögerte Donnelly. Was er jetzt vorhatte, hätte er niemals von sich gedacht. Vor allem nicht in Kombination mit einem anderen Mann. Aber das war der nächste logische Schritt und Brandts leicht behaartes, muskulöses Hinterteil flehte ihn förmlich an. Er konnte nicht widerstehen.

Er fuhr mit den Fingern über die Muskelberge und schaute zu, wie sich die feinen Härchen aufrichteten. Als seine Finger zu der Stelle tanzten, wo das Haar dunkler wurde, stöhnte Brandt auf und drängelte ein wenig. Donnelly konnte zwar nicht sehen, was unter ihm vor sich ging, aber Brandt selbst konnte deutlich fühlen, was sein Schwanz veranstaltete. Das hing eindeutig damit zusammen, was Donnelly gerade machte.

Falls Brandt einen zarten Kuss in seiner verbotenen Zone erwartete, so lag er falsch. In diesem Moment ließ Donnelly die Arme zwischen Brandts Beine und unter seine Hüften gleiten. So hob er Brandts Becken vom Bett, bis nur noch seine Brust und die Knie die Matratze berührten und sein Arsch so weit gespreizt wurde, wie Brandt selbst es nie für möglich gehalten hätte.

Donnelly zog ihn zu sich heran und führte seinen Mund an diesen wunderschönen Hintern. Er stürzte sich so hungrig darauf, wie er es nie erwartet hätte. Brandt war sichtlich verdutzt und zog sich zurück, aber Donnelly hielt ihn in eisernem Griff. Brandts Hintern gehörte ihm.

„Oooh, fuck", flüsterte Brandt in die Matratze.

Donnelly fuhr mit seiner Zunge wie mit einem Messer in Brandts Öffnung. Er wollte hinein, ihn schmecken, ihn erobern. Er drängte sich vor und wollte immer weiter in Brandt eindringen. Seine Zunge flatterte über die heiße, geheime Stelle. Er zog Brandt noch näher zu sich heran, hob seine Beine gänzlich vom Bett und vergrub sein Gesicht zwischen den sich vergeblich zusammenkrampfenden Backen seines Partners, bis Brandt sich nicht länger Donnellys begehrlich schlängelnder Zunge verschließen konnte. Trotzdem sperrte sich irgendetwas überaus Männliches in Brandt gegen die Vorstellung und kämpfte in seinem Inneren mit dem Wunsch, von Donnelly ausgefüllt zu werden.

Brandt gewöhnte sich gerade an den Fremdkörper in ihm, als Donnelly sich plötzlich zurückzog. Auf einmal fühlte er sich unvollständig und er wünschte ihn sich zurück. Stattdessen fühlte er, wie Donnellys Mund sich um seine Öffnung schloss, ihn küsste und sich gegen die verkrampften Muskeln presste. Das war der intimste Kuss, den er je bekommen hatte, penetrierend und sanft zugleich. Donnelly stöhnte und die Vibration schoss direkt in Brandts Innerstes. Schlürfende Geräusche erfüllten den Raum, während Donnellys Zunge unermüdlich um Brandts Öffnung tanzte und die verkrampften Muskeln dehnte.

Schließlich ließ Donnelly Brandts Hüften los und seine Knie landeten wieder auf der Matratze. Trotzdem riss der Kontakt zwischen Donnellys Mund und Brandts Hintern nicht ab. Stattdessen griff er mit einer Hand nach Brandts triefendem Schwanz. Er fuhr mit den Fingern über den Schaft und fing das Präejakulat auf, das er absonderte.

Brandt dachte, dass Donnelly auf einer Milchfarm aufgewachsen sein musste – nirgendwo sonst hätte er diesen festen Griff trainieren können. Natürlich wusste er, dass Donnelly ein Stadtkind war, aber trotzdem hatte er eine gute Vorstellung von einem exzellenten Handjob. Sein Griff war fest, seine Bewegungen selbstbewusst, sein Rhythmus aggressiv. Brandt würde es nicht mehr lange aushalten.

Donnelly spürte den Orgasmus nicht zuerst in Brandts Schwanz, sondern in seinem Hintern. Das lustvolle Krampfen begann dort. Plötzlich war Donnelly nicht mehr sicher, ob er seine Zunge wieder herausbekommen würde.

Brandt bog den Rücken durch, machte einen Buckel und ging wieder ins Hohlkreuz, als würde er versuchen, Donnellys Hand zu vögeln. Dann erstarrte er und das einzige Geräusch im Raum kam von Donnellys Faust, die wie manisch über Brandts Schaft rieb. Dann begann er zu schreien.

Die Geräusche, die Brandt von sich gab, waren zuerst tief und wurden dann immer höher und begehrlicher, während er sich Donnellys Mund entgegenpresste – jemand Schwächeren hätte er wohl so vom Bett gestoßen. Aber Donnelly hielt ihm stand und griff nur noch härter zu. Das Sperma, das Brandt im nächsten Augenblick verspritzte, tränkte das ganze Bett, aber Donnelly hielt nicht eine Sekunde inne. Seine Zunge tanzte noch immer um Brandts Schließmuskel und seine Faust war immer noch fest um seinen Schwanz geballt.

Erst als Brandt bäuchlings auf dem Bett zusammenbrach, ließ Donnelly ihn los. Er wischte sich die Spucke vom Gesicht und schaute hinunter auf seinen keuchenden Liebhaber. Jetzt war er sich ganz sicher. Was ihn betraf, was sie beide betraf. Er ließ sich auf Brandt fallen.

„Mmm ...", stöhnte Brandt. „Das war so was ... von ... unfassbar."

Donnelly kuschelte sich an ihn, küsste seinen Hals und lächelte. „Ich liebe dich", flüsterte er.

„Ich glaube, vor dir wusste ich gar nicht, was Liebe ist", antwortete Brandt.

Dann glitten sie in den Schlaf. Zwei Puzzleteile, die perfekt ineinanderpassten.

32

DIE ERSTEN beiden Wecksignale ignorierte Brandt gekonnt. Das dritte Klingeln wurde von einem sanften Stupsen begleitet und Brandt drehte sich schläfrig auf den Bauch, um zu sehen, woher dieser Übergriff kam. Donnelly stand neben dem Bett, sah putzmunter aus und hielt eine Tasse mit dampfender Flüssigkeit in der Hand. Brandt hoffte zutiefst, dass es sich um Kaffee handelte.

„Mmmmmorgen", murmelte er und rieb sich die Augen.

„Morgen, mein Großer. Zeit aufzustehen. Der Chief will uns in zwanzig Minuten sehen."

„Warum so früh?"

„Na ja, erstens ist es nicht wirklich früh. Wir haben zehn nach acht. Und zweitens müssen wir uns mit dem Einsatzteam treffen, um dich für deinen Lunch zu verkabeln. Drittens wirst du von einem ganzen Team begleitet – ich sitze mit den Typen von der Technik und Maloney im Wagen."

Brandt setzte sich auf und nahm die Tasse von Donnelly an. Er trank einen großen Schluck von dem heißen, starken Getränk und blinzelte dann seinen Partner an.

„Maloney kommt mit? Warum wird uns ein Anwalt aufs Auge gedrückt?"

„Die wollen schnell vorgehen. Wenn du genügend Informationen gesammelt hast, holt er sich den Haftbefehl elektronisch und sobald der Richter unterzeichnet hat, greifen wir zu."

Brandt ging diese neue Information im Kopf durch. „Okay. Erstens habe ich noch nie gesehen, dass derart überstürzt gehandelt wird, wenn es nicht gerade gegen organisiertes Verbrechen geht. Verrückt. Zweitens habe ich einen Plan, wie ich uns bis zum Ende des Tages alles beschaffe, was wir brauchen. Und drittens: Ich liebe dich, Mann."

Donnelly kicherte und grinste einfältig. Brandt legte die Hand an Donnellys Wange und küsste ihn, spielerisch und neckend, ein Kuss, der mehr versprach, sobald ihr Fall gelöst war.

„Ich spring jetzt schnell unter die Dusche", sagte Brandt wieder ganz pflichtbewusst, als er seine Zunge aus dem Mund seines Partners befreit hatte. „Bin in fünf Minuten fertig."

Er rappelte sich aus dem Bett hoch und flitzte aus dem Raum. Donnelly schaute ihm hinterher und sein Herz klopfte beim Anblick der Muskeln und allem anderen, was da noch baumelte. Er gluckste und ging in die Küche, um ein kleines Frühstück zuzubereiten.

Um 8.29 Uhr kamen sie an, nachdem sie ihr Frühstück im Auto hinuntergeschlungen hatten. Donnelly war auf die glorreiche Idee gekommen, Eier und Speck in Tortillas einzurollen, die sie einfach mitnehmen konnten. Auf die Sekunde genau schafften sie es zum Einsatztreffen. Brandt wurde von den Technikern verwanzt. Das war eigentlich nicht weiter kompliziert, gestaltete sich durch den hautengen Sitz seines *Grindstone*-Outfits allerdings als unerwartet schwierig. Schließlich entschieden sie sich für ein kabelloses Modell, das normalerweise bei Beschattungen für Undercovereinsätze im Prostitutionsgewerbe eingesetzt wurde. Nach allem, was Brandt durchgemacht hatte, belastete Brandt das nicht mehr allzu sehr. Genau rechtzeitig für sein Treffen mit dem Chief im Konferenzraum, war Brandt fertig ausgerüstet.

Dort erklärte Brandt die Situation und seine Idee, wie er an all die Informationen herankommen konnte, die Maloney für seinen Haftbefehl brauchte. Alle stimmten zu, dass es sich um einen ausgefeilten Plan handelte und kurz darauf war Brandt auf dem Weg zum Parkplatz. Er würde mit Donnellys Wagen fahren, während Donnelly mit dem Technikteam in dem Überwachungswagen (der mit dem Logo einer Teppichreinigung bedruckt war) warten würde.

„Viel Glück", sagte Donnelly, als Brandt die Fahrertür öffnete.

„Danke, Mann. Die nageln wir jetzt fest!"

„Und noch ein kriminelles Unternehmen, das von Officer Ethan Brandt in die Knie gezwungen wird. Dass sich dein Name in Kriminellenkreisen noch nicht herumgesprochen hat!"

Brandt grinste. „Sir, derartige Schmeicheleien werden Sie überall hinbringen", murmelte er.

Donnelly lachte. „Überall auf dir. Genau da will ich hin", brummte er zurück.

„Gib ihm endlich einen Abschiedskuss und dann ab in den Wagen!", rief Maloney, der es sichtlich eilig hatte. Plötzlich verabscheute Donnelly den früheren Staatspolizisten, dessen spätes Diplom in Rechtswissenschaften zwar seiner Karriere, aber ganz sicher nicht seinem Verhalten gutgetan hatte.

Donnelly drehte sich zu Maloney um, der an der hinteren Stoßstange des Vans stand und starrte ihn an. Dann wandte er sich wieder Brandt zu, lehnte sich vor und küsste ihn. Auf den Mund. Es war kein leidenschaftlicher Kuss, aber gut genug, um ein Feuerwerk in Maloneys Kopf zu zünden. Dieser schnaubte und verschwand im Inneren des Vans.

„Pisser", flüsterte Brandt. „Du hast uns gerade geoutet."

Donnelly setzte eine unschuldige Miene auf. „Ich habe nur getan, was er mir befohlen hat."

Zu seiner Überraschung war es Brandt scheißegal, was die Kollegen von seiner Beziehung zu Donnelly halten mochten. Warum also nicht gleich das hart antrainierte Einfühlungsvermögen praktisch anwenden? Er legte die Hände in Donnellys Nacken und zog ihn für einen richtigen Kuss zu sich heran. Aus dem

Augenwinkel sah er, wie der Van auf und ab wippte und unterdrückte Laute drangen an sein Ohr.

„Verrückter Hund", murmelte Donnelly grinsend. „Ich liebe dich."

„Und ich liebe dich", antwortete Brandt zwinkernd.

Brandt stieg ins Auto und fuhr los, während Donnelly sich zum Van begab. Als er ankam, war das Gemurmel verstummt und die Insassen auffällig beschäftigt mit ihren Vorbereitungen für die Mission. Donnelly, der Einsatzleiter, brauchte klare Verhältnisse.

„Hat noch jemand etwas zu sagen, bevor es losgeht?", fragte er brüsk.

Stille. Nur einer der Techniker schüttelte unauffällig den Kopf.

„Officer Walters, haben Sie etwas zu sagen?", fragte Donnelly im Kommandoton.

„Darf ich offen sprechen, Sir?", fragte Walters und starrte immer noch auf seinen Kontrollbildschirm.

„Natürlich", sagte Donnelly.

Walters drehte sich zu ihm um.

„Warum haben Sie uns nie etwas gesagt, Sir?"

„Was gesagt?", wollte Donnelly wissen. Das flaue Gefühl in seinem Magen verwandelte sich langsam in Ärger.

„Erinnern Sie sich noch an meinen kleinen Bruder? Sie haben ihn letztes Jahr bei der Infoveranstaltung für Collegeabsolventen getroffen."

Donnelly war sprachlos. Mit einem solchen Gespräch hatte er nicht gerechnet. Die anderen im Wagen rutschten unruhig auf ihren Sitzen herum.

„Großer Junge mit Brille?", fragte Donnelly und versuchte, sich zu konzentrieren.

„Genau. Na ja, er stand ziemlich auf Sie, aber so richtig. Er war sich sicher, dass Sie schwul sind und hat mich angebettelt, Sie mit ihm bekannt zu machen. Ich habe ihm allerdings gesagt, dass Sie hetero sind. Und jetzt … Mann, verdammt." Walters schüttelte jetzt vehement den Kopf. „Brandt ist ja nett und alles, aber Rickie ist ein toller Kerl. Das haben Sie wohl vergeigt. Mehr wollte ich nicht sagen." Er wandte sich wieder seinem technischen Spielzeug zu.

Donnellys Kopf war wie leergefegt. Er schnappte ein paar Sekunden nach Luft und riss sich dann zusammen.

„Alles klar, jetzt haben wir einen Job zu erledigen. Also wenn nicht irgendjemand noch etwas Dringendes hat …" Er hielt kurz inne und sein Gesichtsausdruck ließ eigentlich keinen Zweifel daran, dass keine Antwort erwünscht war. „Okay, dann mal los." Er setzte sich auf einen der rückwärtsgerichteten Sitze und schnallte sich an.

Während die Van vom Parkplatz schaukelte, vergrub Donnelly das Gesicht in den Händen und dachte darüber nach, was gerade mit Walters geschehen war. Vielleicht wäre es ja einfacher, wenn alle einfach so reagieren würden wie Maloney (unverhohlener Ekel) oder Walters (begeisterte Akzeptanz). Schwierig war nur, dass er nie im Voraus wusste, welche Reaktionen ihm entgegenschlagen würden.

Wie abgesprochen, kam Brandt zuerst beim Haus an und parkte in der breiten Auffahrt. Der Van bog um die Ecke und parkte außer Sichtweite.

„Was für ein wundervoller Tag", sagte Brandt laut. Das war eine wirklich hirnverbrannte Feststellung, aber zugleich das abgesprochene Testsignal. Augenblicklich vibrierte sein Smartphone und zeigte eine neue Textnachricht an.

„Vergiss nicht, Milch mitzubringen", stand dort.

Brandt war froh, dass Smartphones in den letzten Jahren so allgegenwärtig geworden waren. Das machte die Undercoverarbeit um einiges einfacher. Niemand schöpfte Verdacht, wenn man alle paar Minuten auf sein Handy starrte und so konnte das Team im Van ungehindert mit Brandt kommunizieren, während sie ihn gleichzeitig gut hörten. Der Satz mit der Milch war nur einer von mehreren Codes. Er bedeutete, dass alle bereit waren und er weitermachen sollte.

Brandt schellte an der Tür und Nick machte schon nach ein paar Sekunden (voll bekleidet) auf. Brandt musste zugeben, dass er ein bisschen enttäuscht war.

„Hey, Jason! Schön, dich zu sehen! Komm rein!" Brandt trat durch die Tür und Nick nahm ihn in den Arm. Wieder fühlte es sich unfassbar vertraut an und Brandt erwiderte die Umarmung. Dann ließ Nick etwas locker, gab ihm einen flüchtigen Kuss auf den Mund und zwinkerte.

Im Van legte Donnelly den Kopf zur Seite, als er durch seine Kopfhörer deutliche Kussgeräusche vernahm. Niemandem sonst schien es aufgefallen zu sein. Aber dann lachte Donnelly leise in sich hinein – dem Kuss dieses Typen verdankte er das Beste in seinem Leben.

Nick legte einen Arm um Brandts Schultern und führte ihn durch den Flur, am Speisesaal vorbei zu Mr. Drakes Büro. Er klopfte an und sagte: „Mr. Drake? Jason ist hier."

„Komm rein, Jason!", kam gleich die Antwort. Nick öffnete die Tür und schob Brandt hinein. Leise schloss sich die Tür hinter ihm. Jetzt würde sich zeigen, ob Brandts Plan etwas taugte.

Drake stand auf und streckte die Hand aus. Brandt schüttelte sie kräftig.

„Jason, ich bin so froh, dass du es heute hierhergeschafft hast", sagte Drake lächelnd.

„Mit dem größten Vergnügen, Sir", gab Brandt zurück und zwang sich, seine Rolle zu spielen. Er war kein Cop, sondern ein Collegestudent, der gerade herausgefunden hatte, dass Kerle mit viel Geld ihn fürs Wichsen bezahlten. Der Gedanke daran, wie lächerlich diese ganze Operation war, hätte ihn beinahe wieder aus seiner Rolle fallen lassen. Aber dann zwang Brandt sich zu einem möglichst herzlichen und gleichzeitig verruchten Lächeln. Was für eine Gratwanderung!

„Das hier", fuhr Drake fort und deutete auf den Stuhl zu seiner Rechten, „ist Mr. Bigg."

Brandt musste zweimal hinschauen. Die geöffnete Tür hatte den gutaussehenden, leicht ergrauten Herrn verdeckt. Brandt musste kichern.

„Ist das ein Spitzname?", fragte er, bevor er überlegen konnte, ob das für sein Alter Ego Jason wohl ein bisschen zu vertraut war. Wahrscheinlich war es in Ordnung, solange er dabei einen flüchtigen Blick in die Körpermitte des Mannes riskierte.

Es funktionierte. Der Mann nahm Brandts Blick zur Kenntnis und lachte gutmütig.

„Nein, ich heiße Bigg, mit zwei g", gab er zurück und erhob sich, um Brandt die Hand zu schütteln. „Aber bitte, nennen Sie mich Barry." Brandt erwiderte den Handschlag, dieses Mal etwas zögerlich, als wäre er wirklich beeindruckt, na ja, Mr. Bigg zu treffen.

„Schön, Sie kennenzulernen", Kunstpause, „Barry." Brandt war stolz auf seinen vorsichtigen Tonfall.

„Setzen wir uns hin und unterhalten uns ein bisschen", schlug Mr. Drake vor und führte Brandt zu dem dritten Stuhl an dem kleinen Konferenztisch.

Während Brandt sich setzte, flogen im Van um die Ecke die Finger über die Tastaturen. In Sekunden baute sich eine ganze Liste möglicher Barry Biggs auf den Bildschirmen auf und die Einsatzkräfte begannen damit, denjenigen aufzuspüren, der sich in Drakes Büro befand.

„Jason, zuallererst muss ich feststellen, dass du phänomenale Arbeit leistest. Diese Liveshow am Freitag war unglaublich", eröffnete Drake das Gespräch.

„Ja", stimmte Bigg ihm zu. „Sie haben ganz neue Maßstäbe gesetzt und wir freuen uns darauf, mehr von Ihnen zu sehen."

Normalerweise hätte diese Vorstellung Brandt zum Erbleichen gebracht, aber da er sich sicher war, dass alles bald ein Ende nehmen würde, nickte er. Eifrig.

„Gut, wunderbar." Bigg war sichtlich erfreut, dass sein neuer Star (oder sein neuer Goldesel) weitermachen wollte. „Ich muss sagen, Jason, Sie bringen eine Energie und Intensität in Ihre Arbeit ein, auf der man aufbauen kann."

„Danke, Sir", gab Brandt zurück. Dann dachte er kurz nach. „Aufbauen?"

„Ja, Jason", schaltete Drake sich ein. „Du hast uns neue Wege eröffnet und wir hätten gerne, dass du dich darum kümmerst, neue Talente auszubilden. Wir würden dir gerne eine Vollzeitstelle anbieten, so wie die von Nick, damit du den Neulingen etwas einheizen kannst."

„Natürlich möchten wir auch, dass Sie weiterhin eigene Videos drehen", ergänzte Bigg. „Sie haben begeisterte Follower und ich muss sagen, dass Ihre Liveshow das Schärfste war, was ich seit langem gesehen habe."

Das verschlug sowohl Brandt als auch Donnelly die Sprache.

„Sie haben die Liveshow gesehen?", krächzte Brandt. Und obwohl Bilder seiner privatesten Körperteile bereits im Internet kursierten, wurde ihm schlecht bei der Vorstellung, dass jemand mitangesehen hatte, was er mit Donnelly geteilt hatte.

171

„Ja, natürlich", sagte Bigg sanft. „Bei dem Tumult, den Sie hier losgetreten haben, musste ich das doch selbst mitansehen, auch wenn wir dafür eine Ausnahme von unseren Grundsätzen machen mussten." Er zuckte die Schultern, wie um seine Schwäche zuzugeben. „Sie war unglaublich. Tatsächlich", er senkte die Stimme und lehnte sich verschwörerisch heran, „habe ich mich erst heute Morgen erneut damit vergnügt."

Drake und Bigg lachten und Brandt stimmte etwas zu spät ein. Donnelly versuchte, sich nicht zu übergeben.

„Also, Jason", sagte Drake plötzlich wieder ganz geschäftsmäßig. „Was hältst du davon, dich uns anzuschließen?"

Der Plan! Denk an den Plan!

„Na ja, ich fühle mich natürlich geehrt", stammelte Brandt los. „Aber ich würde gerne vorher ein bisschen mehr über das Unternehmen erfahren."

Drake und Bigg tauschten einen irritierten, aber amüsierten Blick aus.

„Wissen Sie, ich bin mir noch nicht sicher, ob ich nach meinem Abschluss nächstes Jahr Jura oder Wirtschaft an der Uni studieren soll, aber mich interessiert natürlich, wie dieses Unternehmen geführt wird."

Drake nickte.

„Verstehe. Weißt du, wir schauen immer, dass wir die Fähigkeiten unserer Angestellten bestmöglich einbinden. Eugene zum Beispiel kümmert sich um die technischen Aspekte. Und ich glaube, damit verdient er mehr Geld als mit seinen Videos. Schön, dass du Interesse am Geschäftlichen zeigst. Was willst du denn wissen?"

„Na ja, ich habe letztes Jahr einen Kurs im Finanzwesen besucht und wir haben einiges zum Steuerrecht gelernt."

Mr. Bigg seufzte. „Ach ja, Steuern. Ein notwendiges Übel, vor allem, wenn man möchte, dass die Feuerwehr auftaucht, wenn das Haus mal in Flammen steht."

„Ja, und dazu habe ich mich ein paar Sachen gefragt. Es gibt doch auch Steuern auf Dienstleistungen, nicht nur auf Waren, oder?"

Drake nickte.

„Versteuern Sie die Liveshows und das ganze andere Zeug, was wir tun?", fragte Brandt und hoffte, dass Drake ihm sein unschuldiges Interesse abkaufte.

„Ich bin froh, dass du fragst, Jason", antwortete Drake strahlend. „Auf unsere Buchhaltung bin ich besonders stolz."

„Verstehen Sie, warum ich ihn eingestellt habe?", schaltete Bigg sich ein. „Hier laufen so viele wunderschöne Jungen herum und ihm geht einer auf die Buchhaltung ab."

„Jetzt aber im Ernst", fuhr Drake fort und ließ sich nicht von seinem Thema ablenken. „Die Buchhaltung ist unglaublich wichtig für ein Unternehmen. Es gibt Leute, die richtig scharf darauf wären, unseren Laden dichtzumachen und bei den Steuern suchen sie natürlich zuerst."

Brandt errötete.

„Also passen wir in dieser Hinsicht gut auf. Hast du dir zum Beispiel deinen Scheck für die Liveshow angesehen?", fragte Drake.

Brandt schüttelte den Kopf. Seit er den Scheck erhalten hatte, war so viel passiert und nichts davon hatte etwas mit Geld zu tun gehabt.

„Na ja, das solltest du vielleicht tun. Darauf steht, dass wir uns Lohnnebenkosten vorbehalten haben. Wir spielen nach den Regeln."

„Aber ich habe doch gar kein W-4-Formular unterschrieben", erwiderte Brandt, ganz der fleißige Student.

„Nein, das müssen wir noch nachholen", sagte Drake, der sich immer mehr für sein Thema erwärmte. „Wir behalten pro forma einen versicherungsstatistischen Durchschnittswert zurück."

Brandt schaute so ratlos drein, wie es selbst ein Student mit seinem Hintergrund es tun würde.

„Das bedeutet, dass wir den Steuersatz einbehalten, der auf Leute deines Alters im Durchschnitt zutrifft. Sobald du das W-4-Formular unterschreibst, passen wir die Abweichungen an. So können wir die Leute schnell bezahlen, aber auch unsere steuerlichen Pflichten erfüllen."

Drake sah sehr zufrieden mit sich selbst aus. Bigg verdrehte die Augen und schenkte Brandt ein Lächeln.

„Und jetzt", fuhr Drake fort und nahm wieder Fahrt auf, „zu deiner Frage zu den Steuern auf Dienstleistungen. Vielleicht hat dein Collegeprofessor eine Frage nicht gestellt: Wo ist der Sitz dieses Unternehmens?"

Brandt schaute Drake an und war sich nicht sicher, ob er die Frage richtig verstand.

„Ähm, hier?" Er gestikulierte vage herum.

„Ah." Drake nickte. Brandt war ihm in die Falle gegangen. „Die Antwort hatte ich von dir erwartet. Und das ergibt auch Sinn, schließlich hast du hier für uns gearbeitet. Aber die Dienstleistung, die wir unseren Kunden bieten, kommt nicht von hier."

Brandt blinzelte und im Van blinzelte auch Maloney, während alle versuchten herauszufinden, was hier vor sich ging.

„Die Shows werden hier aufgezeichnet, aber sie werden erst zu einer Dienstleistung, wenn wir sie an unsere Kunden übermitteln. Und das geschieht nicht hier, sondern in Springfield."

„Das Springfield zwei Staaten entfernt?"

„Genau das. Man nennt es ‚Silicon Springs' wegen der ganzen Technikunternehmen, die dort sitzen. Dort sitzt der Provider unserer Website. Der Service kommt dementsprechend von dort."

„Weil die Steuern dort niedriger sind?", fragte Brandt.

Bigg lachte. „Wohl kaum. Sie sind sogar höher."

Brandt schaute verwirrt drein. Genauso Maloney im Van.

„Datenschutz", murmelte Donnelly.

„Was?", fragte Maloney.

„Datenschutz. Brandt und ich haben vor einem Jahr an so einem Fall gearbeitet. Wir waren auf den Ausdruck einer Google-Maps-Route gestoßen, die den Weg zeigte, den der Mörder genommen hatte. Dann haben wir den Provider des Verdächtigen gefragt, ob er sich die Karte heruntergeladen hat, aber der saß dummerweise auch in Springfield. Die haben uns nicht weitergeholfen – die Staatsgesetze dort besagen, dass man keine Daten herausrücken muss, wenn auf legalem Wege auf sie zurückgegriffen wurde. Und da es sich nur um eine beschissene Karte von Google gehandelt hat, konnten wir nichts ausrichten."

Im Büro fuhr Drake fort.

„Das haben wir so eingerichtet, um unsere Kunden zu schützen – und die Jungs, die hier im Haus arbeiten. So werden keine Identitäten enthüllt. Solange unser Angebot legal bleibt – und das ist es – sind alle geschützt."

„Wow. Das ist mal … kreativ", sagte Brandt und ging diese Strategie im Kopf durch. Wenn das, was Drake beschrieben hatte, stimmte, dann war der ganze Fall gerade geplatzt.

„Aber genug vom Geschäft", sagte Bigg mit einem Hauch Ungeduld in der Stimme. „Ist das Mittagessen schon fertig?"

„Ich frage mal Nick", sagte Drake und griff nach dem Telefonhörer.

„Bitte ihn, dass er uns Gesellschaft leistet", sagte Bigg. Brandt fand, dass seine Worte ein bisschen zu beiläufig klangen.

Drake zog die Augenbrauen hoch. „Bist du sicher?"

„Ja, ich glaube, es ist Zeit, oder nicht?", gab Bigg weniger beiläufig zurück.

„Vermutlich hast du recht", bemerkte Drake. Dann sagte er ins Telefon: „Nick, ist das Essen schon da? Aha. Okay. Kannst du es auf die Terrasse bringen und alles vorbereiten? Wunderbar. Und Nick", er machte eine Pause, in der er einen Blick mit Bigg austauschte. „Bitte leiste uns beim Essen Gesellschaft. Genau. Danke."

Er legte auf.

„In zehn Minuten ist alles so weit", sagte er zu Bigg.

„Wunderbar. Also, Jason, warum erzählen Sie uns nicht ein bisschen von Ihnen, solange wir warten?"

Brandts Gedanken rasten. Wie passte Nick in das alles hinein? Er brauchte ein paar Sekunden, um sich wieder seiner Hintergrundgeschichte zu entsinnen. Glücklicherweise hatte er schon alle Details ausgearbeitet, als er den Auftrag bekommen hatte, also konnte er sich wohl mühelos zehn Minuten lang verstellen.

Im Van wurde alles andere als mühelos gearbeitet. Unter Donnellys ungeduldigem Blick gaben die Techniker alles, die Informationen zu überprüfen, die Brandt ihnen lieferte. Barry Bigg war kein großer Fisch. Er hatte bis vor zwei Jahren ein kleines Geschäft geführt, eine Poolreinigungsfirma mit Kunden in den meisten Vororten und Kleinstädten der Region. Nichts zu beweisen.

Auch Drakes Darstellung vom Sitz des Providers schien den Tatsachen zu entsprechen. Über die IP-Adresse hatten die Techniker herausfinden können, dass er wirklich in Springfield saß. Maloney tätigte mehrere Anrufe und fand nicht nur heraus, dass das Geschäft dort angemeldet war, sondern dass Bigg auch sämtliche Steuern pünktlich abgeführt hatte.

„Tja, was die Steuerhinterziehung angeht, stoßen wir hier auf Granit", murmelte Donnelly. „Ich habe noch nie erlebt, dass Leute ihr Geschäft woanders anmelden, um mehr Steuern zu zahlen."

Maloney legte auf.

„Wir sind erledigt, Gentlemen", informierte er die Gruppe. „Hier gibt es nichts. Abgesehen davon, dass das Geschäft Schweinkram im Internet verbreitet", er schüttelte sich, „können wir ihnen nichts vorwerfen."

Donnelly nickte und wählte seinerseits eine Nummer.

„Chief Gordons Büro", meldete sich eine Stimme.

„Margaret, hier ist Gabriel."

„Oh, hey Gabriel", sagte die Sekretärin etwas leiser. Sie war eine der Frauen im Büro, die Donnellys Zungenfertigkeiten bestätigen konnten. Sie waren ein paarmal miteinander ausgegangen, aber Donnelly hatte keine Gefühle entwickelt.

Er schloss die Augen und wünschte sich, irgendjemand anders säße im Vorzimmer des Chiefs.

„Ich muss mit dem Chief sprechen. Dringend, jetzt."

Margarets Tonfall änderte sich sofort.

„Ich stelle dich durch", sagte sie und zwei Sekunden später hatte er den Chief am Apparat.

Donnelly berichtete von ihren Erkenntnissen und dem Ermittlungsstand. Der Chief bat um ein Gespräch mit Maloney, dem er aufgrund seiner langen Erfahrung vertraute. Maloney bestätigte, dass der Fall ins Wanken geraten war und reichte dann den Hörer wieder an Donnelly.

„Sagen Sie Brandt, dass wir fertig sind. Und bringen Sie das Team für die Einsatznachbesprechung mit dem Staatsanwalt her", knurrte der Chief, offensichtlich frustriert. Donnelly vermutete, dass sich der Staatsanwalt einiges würde anhören müssen, nachdem er ein ganzes Team auf eine sinnlose Mission geschickt hatte.

„Verstanden", sagte Donnelly und legte auf.

„Hauen wir ab, Leute", sagte er zu seinem Team. „Wir sind fertig." Er schrieb eine Textnachricht an Brandt und schnallte sich dann für die Rückfahrt an.

Brandts Smartphone vibrierte gerade, als sie auf die Terrasse hinausgingen. Er warf einen schnellen Blick auf die Nachricht. „Dad sagt, der Ausflug ist abgeblasen. Wir treffen uns zu Hause, wenn du fertig bist." Brandt geriet kurz ins Stolpern, fing sich aber gleich wieder. Drakes Geschichte musste sich bewahrheitet haben. Es war wirklich vorbei.

„Hey, ich müsste mich mal kurz für eine Sekunde entschuldigen", sagte Brandt, als sie an einer Badezimmertür vorbeigingen. „Ich komme sofort nach."

Er betrat das Badezimmer und spritzte sich kaltes Wasser ins Gesicht. All das, was er getan hatte – es war umsonst gewesen. Es gab keinen Fall und somit auch keinen Grund für ihn sich so zu demütigen, keine Rechtfertigung für das, was er durchgemacht hatte. Scheiße.

Brandt schaute sich im Spiegel an und schüttelte den Kopf. Dann griff er unter sein Shirt und trennte die Mikrofonverbindung – jetzt war er nicht länger eine verkabelte Nutte. Er glättete sein Oberteil und fuhr sich mit den Fingern durchs Haar. Das erinnerte ihn plötzlich an Donnelly. Ohne die ganze Mission hätten sie nie zueinandergefunden. Die Ermittlung mochte sinnlos gewesen sein, aber sie hatte ihm etwas viel Besseres geschenkt, als er es sich jemals erträumt hätte. Er verließ das Bad und ging hinaus auf die Terrasse. Eigentlich konnte er jetzt genauso gut das Mittagessen genießen. Auf der Arbeit war bestimmt die Hölle los und da musste er nicht unbedingt dabei sein.

33

DRAKE UND Bigg saßen auf Stühlen am Pool und Brandt ließ sich gegenüber von Bigg nieder. Ein Stuhl blieb für Nick übrig, der noch nicht da war. Auf dem Tisch stapelten sich ordentliche Pappbehälter mit Thai-Essen.

„In der Nähe hat ein neues Restaurant aufgemacht", sagte Drake und reichte eine Platte mit Frühlingsrollen herum. „Das hat sich sehr schnell einen Namen gemacht."

In diesem Augenblick erschien Nick auf der Bildfläche. Einen Moment lang stand er hinter dem leeren Stuhl und Brandt viel auf, dass er beim Anblick von Bigg zusammenzuckte. Ihm fiel wieder ein, dass Nick gesagt hatte, niemand hätte den Betreiber jemals gesehen, aber aus Nicks Blick sprach mehr als nur die Aufregung, auf den Big Boss zu treffen. Er hatte ihn eindeutig wiedererkannt.

„Barry?", sagte er leise.

„Wie geht's dir, Nick?", gab Barry zurück und stand auf, um Nick die Hand zu geben.

„Ich … aber Sie … wow, Sie sind das?", murmelte Nick. Brandt hatte den Verdacht, dass er ein Lächeln unterdrückte. War das eine freudige Überraschung?

„Ja, ich bin's", antwortete Bigg. „Jetzt setz dich bitte, damit wir uns unterhalten können."

Nick ließ sich nieder und schüttelte den Kopf, als könnte er nicht verstehen, was hier vor sich ging. Brandt brannte darauf zu erfahren, was das alles bedeutete – wenn es irgendetwas Neues für die (gescheiterte) Ermittlung gab, dann wollte er es möglichst schnell erfahren.

„Also", sagte er, „ihr beide kennt euch also?"

Bigg nickte lächelnd. „Das tun wir. Nick ist der Grund, warum dieses ganze Unternehmen existiert."

Nick ließ seine Gabel fallen. „Was? Was soll das bedeuten?"

Bigg nahm einen Schluck von seinem Eistee und gab ihm die Erklärung.

„Vor einigen Jahren hat Nick für mich gearbeitet. Da hatte ich noch eine Poolreinigungsfirma. Er war einer meiner besten Angestellten, vor allem, weil er bei reichen älteren Herren gut ankam. Die haben ihm gern bei der Arbeit zugeschaut." Bigg gluckste. „Ich meine, wer würde das nicht? Aus diesem Grund habe ich immer gerne attraktive junge Männer eingestellt. Warum auch nicht? Aber Nick war ein Wunder. Es kamen immer mehr Anfragen, ob wir nicht speziell ihn zu unseren Kunden schicken konnten. Mir wurde schnell klar, was da vor sich ging. Eigentlich haben wir ihn eher als Darsteller losgeschickt, nicht als Poolreiniger."

Brandt warf Nick einen Blick zu und fragte sich, ob er dieser Beschreibung widersprechen würde, aber er lächelte nur zufrieden.

„Aber eines Abends", fuhr Bigg fort, „hat Nick einen Pool zur Unterhaltung einer Gruppe Männer saubergemacht und anscheinend ein Angebot angenommen, für eine persönlichere Aufführung mit ihm in sein Auto zu gehen. Leider ist das Auto auf dem abgelegenen Parkplatz am Stadtrand einem Polizisten aufgefallen. Nick wurde wegen sittenwidrigen Verhaltens angeklagt, während dem anderen Typen – wie hieß der noch gleich? Trevor? Tyler? Ja, das war es, Tyler Banks – etwas weitaus ernsteres vorgeworfen wurde."

„Ich habe Sozialstunden aufgebrummt bekommen", sagte Nick. „So schlimm war es nicht."

„Egal", sagte Bigg. „Ich habe mich schrecklich gefühlt. Verantwortlich. Und ich musste mich selbst einer harten Prüfung unterziehen. Mir wurde klar, dass ich Nick in Gefahr gebracht hatte. Was wenn dieser Tyler Banks ein Mörder gewesen wäre und nicht nur ein kleiner Lustmolch? Also habe ich nach einem Weg gesucht, wie ich jungen Männern wie Nick zu einem Verdienst verhelfe und gleichzeitig für ihre Sicherheit sorge. Das Ergebnis", er schaute sich um, „seht ihr hier."

Nicks Kinnlade sank herab. „Das haben Sie alles meinetwegen gemacht?"

Bigg nickte. „Das habe ich. Na ja." Er warf Drake einen Blick zu. „Wir."

„Aber warum haben Sie mir nie gesagt, dass Sie hinter all dem stecken?"

„Ich wollte nicht, dass du dich dazu verpflichtet fühlst, hier zu arbeiten. Das wäre nicht rechtens gewesen. Ich wollte dir die Möglichkeit geben, freiwillig hier zu arbeiten. Und es hat, das darf ich ruhig sagen, ganz gut funktioniert."

Nick schüttelte ungläubig den Kopf.

Brandt forschte noch etwas weiter nach.

„Also haben Sie ein Unternehmen eröffnet, bei dem sich Männer für Geld online zur Schau stellen. Inwiefern ist das besser?"

Bigg lachte. „Ich weiß, dass das komisch klingen muss, Jason. Aber denken Sie mal drüber nach. Wir haben eine undurchdringbare Mauer zwischen dem Dienstleister und den Kunden aufgebaut. Beide Seiten sind sicher."

Brandts Miene zeigte, dass er ihm das nicht abkaufte.

„Jason", schaltete Drake sich ein. „Wie viele der abertausend Zuschauer deines Videos haben in den letzten zehn Tagen versucht, dich zu erreichen? Wie viele Anfragen bezüglich sexuellen Kontakts hast du bekommen?"

„Keine", gab Brandt zu. „Nicht eine einzige."

„Falsch", gab Drake zurück. „Es waren hunderte solcher Nachrichten. Manch einer hat gutes Geld für eine Nacht oder ein Wochenende mit dir geboten. Andere hatten noch kreativere Ideen als Entschädigung für Aktivitäten, die dir die Zehennägel kringeln würden. Aber wir haben alle diese Nachrichten aussortiert. Alles was du in deinem Postfach jetzt sehen würdest, sind die Nachrichten, in denen deine Fans dir sagen, wie scharf du bist und wie toll sie dein Video fanden. Das ganze gefährliche Zeug ist gelöscht. So garantieren wir für eure Sicherheit."

Brandt war ehrlich beeindruckt.

„Wow", sagte er schließlich. „Sie haben das wirklich alles durchdacht."

„Wir haben es zumindest versucht", sagte Bigg. „Das Beste daran ist, dass wir mit Leuten wie Ihnen und Nick zusammenarbeiten, die uns immer wieder Neues zeigen. Deswegen hoffen wir, dass Sie sich uns anschließen. Sie und Nick wären ein unschlagbares Entwicklungsteam."

Nick, der anscheinend noch nichts von dem Jobangebot geahnt hatte, schaute Brandt aufgeregt an.

„Das wäre großartig!", rief er. „Du machst das doch, oder?"

„Ich denke drüber nach", antwortete Brandt. Erst als die Worte schon seinen Mund verlassen hatten, wurde ihm klar, dass er wirklich darüber nachdachte. Das war natürlich lächerlich. Er hatte schon einen Job.

NACH DEM Mittagessen und nachdem er versprochen hatte, über das Jobangebot nachzudenken, machte sich Brandt in Donnellys Auto auf den Rückweg zum Polizeirevier. Er versuchte, die Puzzleteile zusammenzusetzen, aber ihm fehlten noch Informationen von Donnelly. So schnell er konnte, lief er in ihr gemeinsames Büro, wo Donnelly auf ihn wartete.

„Muss ja ein gutes Mittagessen gewesen sein", maulte Donnelly, als Brandt in der Tür erschien.

„Ich wollte schauen, ob ich nicht noch etwas herausfinde, das war alles. Also, Maloney hat die Anzeige zurückgezogen?"

„Oh ja. Er hat alles hingeworfen, nachdem wir das, was Drake und Bigg dir erzählt haben, überprüft hatten. Das ganze Geschäft ist grundehrlich. Der Einsatz ist vorbei."

Brandt nickte und zuckte dann die Schultern. „So läuft es manchmal."

„Hast du noch irgendwas Interessantes erfahren?"

„Nicht wirklich. Sie haben mir erzählt, wie das ganze Unternehmen losgetreten wurde, das war ein bisschen verrückt. Anscheinend hatte Bigg eine Poolreinigungsfirma, in der Nick gearbeitet hat, und Nick wurde verhaftet, weil er mit irgendeinem Typen mitgegangen war, der ihn für … Dinge bezahlt hat."

Donnelly runzelte die Stirn. „Wie passt das zusammen?"

„Na ja, Bigg hatte ein schlechtes Gewissen, weil er Nick solchen Gefahren ausgesetzt hat, also hat er die Website geschaffen, um Nick vor den Übergriffen von solchen Typen wie diesem Tyler Banks zu bewahren."

„Hm." Donnelly griff nach seiner Tastatur und tippte darauf herum. „*Banks* hast du gesagt, oder?"

„Ja", sagte Brandt. „Warum?"

„Nur so ein Gefühl. Warte kurz." Er tippte weiter und schaute sich dann die Ergebnisse auf dem Bildschirm an. „Okay, das ist seltsam."

„Was hast du herausgefunden?", fragte Brandt und umrundete den Schreibtisch.

„Hier ist ein Haftbefehl gegen Mr. Banks und es wurde Klage eingereicht, aber es gibt keine Aufzeichnungen über eine Anhörung."

„Warte, wie war das? Wie kann das sein?"

„Das frage ich mich auch. Warte mal … schau dir das an." Donnelly deutete auf den letzten Eintrag in der Akte.

„Der Name der stellvertretenden Staatsanwältin, die für die Klage zuständig war."

„Mona Sullivan", las Brandt. „Was heißt das?"

„Weißt du noch, wie ich sagte, dass Tim Drakes Anklage gegen seinen früheren Chef einfach verschwunden ist? Da war auch Mona Sullivan verantwortlich."

„Wollte sie dich nicht heute anrufen?"

„Genau", sagte Donnelly. „Willst du wetten, ob wir von ihr hören oder nicht?"

Donnelly schaute zu Brandt, der versuchte, diese neue Information zu verdauen.

„Wie wäre es, wenn wir ihr einen kleinen Besuch abstatten? Hier steht, dass sie im Gerichtsgebäude auf der 8. Straße sitzt."

„Auf geht's, Officer Brandt."

„Fuck, yeah, Officer Donnelly."

34

FÜNFZEHN MINUTEN später saßen sie im Wartezimmer vor einer Reihe Bürotüren. Die Staatsanwälte des Justizministeriums waren leider sehr beschäftigt.

„Officers Brandt und Donnelly?"

Sie schauten auf und sahen sich einer gestressten, aber doch professionell wirkenden Dame in den Vierzigern gegenüber, die darauf wartete, sie in ihr Büro zu führen.

„Bitte kommen Sie herein", sagte sie mit einer einladenden Geste. Die beiden nahmen vor ihrem Schreibtisch Platz.

„Wie kann ich Ihnen helfen?", fragte sie und verschränkte die Hände auf der Tischplatte.

„Wir möchten gerne mit Ihnen über ein paar Fälle sprechen, die uns komisch vorkommen", sagte Brandt heiter.

Ms. Sullivan machte nicht den Eindruck, als hielte sie ihren Job für erheiternd. Nicht im Geringsten. Sie runzelte die Stirn.

„Vor allem", fuhr Brandt unverdrossen fort, „interessieren wir uns für eine Klage wegen sexueller Gewalt von vor vier Jahren. Timothy Drake war der Kläger. Des Weiteren gab es vor zwei Jahren eine Klage wegen sittenwidrigen Verhaltens gegen einen Tyler Banks."

Ms. Sullivan schüttelte abweisend den Kopf. „Ich habe ein hohes Fallaufkommen, Officer Brandt. Sie erwarten doch nicht, dass ich …"

„Beide Klagen wurden fallengelassen, Ms. Sullivan", schaltete Donnelly sich ein. „Aber es gibt keine Anmerkung, warum. Und in beiden Fällen ist Ihr Name der letzte in der Akte. Das kommt uns seltsam vor."

Die Staatsanwältin erhob sich ruckartig und trat zur Tür. Sie schloss sie vorsichtig und kehrte dann zu ihrem Stuhl zurück.

„Wollen Sie damit andeuten", zischte sie, deutlich erschüttert von der Befragung, „dass irgendetwas mit der Vorgehensweise bei diesen Fällen nicht stimmt?"

„Überhaupt nicht", sagte Brandt schnell. „Wir versuchen nur, ein paar lose Fäden zu verknüpfen."

Ms. Sullivan seufzte und rieb sich die Augen. „Na ja. Etwas stimmte tatsächlich nicht", sagte sie leise.

„Entschuldigung?", sagte Donnelly und lehnte sich vor.

„Ich sagte, dass etwas nicht stimmte. Und ich bin froh, dass Sie nachfragen. Ich war nicht einverstanden damit, die Klagen fallen zu lassen, aber ich wurde überstimmt."

„Überstimmt? Von wem?", fragte Brandt.

„Dem Justizminister persönlich", antwortete sie kaum hörbar.

Brandt und Donnelly wechselten einen Blick.

„Warum?", fragten sie wie aus einem Mund.

„Tja, der Fall von diesem Drake war ziemlich eindeutig. Der Beschuldigte war ein Collegefreund des Justizministers und hat ihn um einen Gefallen gebeten. Der Typ war ein Ekel – eine typische Armtrophäenfrau und drei Kinder, aber übergriffig gegenüber seinen männlichen Mitarbeitern. Aber ihm ist nicht beizukommen."

Brandt und Donnelly holten beide Luft, um weitere Fragen zu stellen, aber sie hob die Hand und fuhr fort.

„Die Sache mit Tyler Banks war mir irgendwie ein Rätsel. Ich habe versucht, mehr darüber rauszufinden. Dieser Banks ist offenbar ein Neffe des Justizministers, der Sohn seiner Schwester. Die war drogensüchtig und hat vor einer Weile eine Überdosis genommen. Vater unbekannt. Dieser Tyler ist wohl ziemlich verkorkst und irgendwie hat der Justizminister es geschafft zu verheimlichen, dass sie verwandt sind. Kommt bei der Wahlkampftour schlecht rüber, wenn Sie verstehen, was ich meine. Ich glaube, den Fall hat er vertuscht, um sich selbst zu schützen."

Ms. Sullivan war deutlich erleichtert, endlich offen gesprochen zu haben. Sie lächelte zum ersten Mal.

„Wow, das ist … ein Ding", brachte Brandt schließlich heraus. „Aber warum haben Sie nichts getan und uns die Sache überlassen? Hätten Sie das nicht vor eine Ethikkommission bringen können, oder so was?"

Ms. Sullivan lachte. Es klang etwas verstört. „Man legt sich nicht mit dem Justizminister an. Er hat Mittel und Wege, mit einem abzurechnen. Aber das hier ist mein letzter Tag in diesem Scheißjob – nächste Woche fange ich in einer privaten Kanzlei in Arizona an, also ist es mir jetzt egal. Bitte tun Sie mit den Informationen, was Sie wollen."

„Danke, Ms. Sullivan", sagte Brandt und stand auf. „Viel Glück in Ihrem neuen Job."

Auf dem Weg zurück zum Präsidium sagte Brandt plötzlich: „Ich muss zurück zum Haus."

„Warum? Hast du heute Morgen was vergessen?"

„Nein, nicht zu unserem Haus. Zum Verbindungshaus."

Donnelly drehte sich zu Brandt um. „Hast du gerade ‚zu unserem Haus' gesagt?"

„Sorry, deinem Haus."

„Nein, das meine ich nicht. Es ist nur … das klingt schön. Unser Haus."
Donnellys albernes Grinsen breitete sich wieder auf seinem Gesicht aus.

„Du bist total bescheuert, weißt du das?"

„Ja, ich weiß. Und da ich ganz dir gehöre, ist das doch toll für dich, oder?"
Brandt lehnte sich zu ihm hinüber und küsste ihn auf die Wange.

„In jeglicher Hinsicht."

„Ey, willst du mich so ablenken, dass ich einen Poller umfahre?"

„Fahr einfach weiter. Ich habe da so ein Gefühl und Drake sollte das alles schnell erklären können."

Donnelly bog in die breite Einfahrt und Brandt sprang aus dem Auto und rannte zur Tür. Er klingelte und sie öffnete sich – Nick, wie gewohnt. Aber dieses Mal trug er wieder seine übliche Uniform – das Adamskostüm, wie am Tag seiner Geburt.

„Jason! So schnell zurück?"

„Musste dich unbedingt noch einmal nackt sehen. Beim letzten Mal habe ich den kleinen Nick vermisst."

Nick lachte und klopfte ihm auf die Schulter. „Der kleine Nick! Der war gut, du Volltrottel."

„Ich muss ganz schnell Mr. Drake sehen – ich habe beim Mittagessen vergessen, ihn etwas zu fragen."

„Klar, er ist in seinem Büro. Geh einfach durch. Ich muss wieder zum Pool. Wir haben einen Dreh und … lass es mich so sagen, mein großer Auftritt steht bevor."

Brandts Blick flackerte zu Nicks Schwanz, ohne dass er etwas dagegen tun konnte.

„Lustig", sagte Nick, während er wieder nach draußen ging. Brandt schaute ihm hinterher.

Einen Augenblick später klopfte er an Drakes Bürotür.

„Herein!", ertönte es von drinnen und Brandt trat ein. „Oh, hallo Jason. Brauchst du noch irgendwas?"

„Nur eine kurze Frage, Mr. Drake."

„Klar, schieß los."

Brandt merkte, dass er sich nicht überlegt hatte, wie er seine Frage stellen sollte.

„Na ja, was Sie vorhin gesagt haben, darüber, wie Sie die Jungs schützen, indem Sie die Nachrichten aussortieren und so …"

„Ja", sagte Mr. Drake und legte den Kopf schräg, während er zuhörte. Er schien glücklich darüber, dass „Jason" das Geschäft so ernst nahm.

„Ich habe mich gefragt … gibt es eine Möglichkeit festzustellen, ob dieser Typ, der mit Nick verhaftet wurde, Tyler Banks, einige seiner Videos gesehen hat?"

Drake erstarrte einen Augenblick. „Interessante Frage, Jason. Warum fragst du?"

Brandt geriet ins Stocken. Ja, warum würde Jason so etwas fragen?

„Na ja", setzte er an, nicht sicher, wo er landen würde. „Ich habe mir irgendwie Sorgen gemacht. Ich meine, ich glaube, nach so einer Erfahrung könnte ich hier nicht arbeiten. Aber wenn der Typ Nicks Videos gesehen hat und nichts passiert ist, dann scheint es ja zu funktionieren, oder? Das würde mir ein Gefühl der Sicherheit geben."

Wow, das war überzeugender, als er erwartet hatte.

„Interessante Analyse, Jason." Drake nickte. Er wandte sich zu seinem Computer und tippte ein paar Befehle ein. „Hmm", murmelte er, während er die Ergebnisse betrachtete.

Brandt wartete.

„Okay, Jason, hier ist die Antwort. Tyler Banks folgt Nicks Videos tatsächlich. Er hat sich angemeldet kurz nachdem Nick hier angefangen hat und war bei jeder von Nicks Liveshows dabei ... warte, nicht bei der in der letzten Woche. Anscheinend hat er sein Abonnement ablaufen lassen. Aber bis dahin war er ein Stammzuschauer. Und Nick wusste nichts davon." Drake drehte sich zu Brandt um. „Du sagst ihm doch nichts, oder? Vielleicht würde ihn das ... verwirren."

„Natürlich nicht, Sir", versprach Brandt. „Danke, Mr. Drake. Sie haben einige meiner Bedenken zerstreut."

„Immer wieder gerne, Jason. Und bitte denk über unser Angebot nach. Du würdest das Team sehr bereichern."

„Das werde ich, Sir, versprochen."

Brandt verließ das Haus und fuhr mit Donnelly zurück ins Stadtzentrum.

„Und, was hast du?", fragte Donnelly.

„Nur das, was ich erwartet habe. Jetzt fürchte ich, wir müssen zurück zum Gericht."

Donnelly warf ihm einen Blick zu.

„Warum? Ich dachte, wir hätten alles, was wir von dieser verrückten Sullivan brauchen."

„Nein, dieses Mal statten wir dem Justizminister selbst einen Besuch ab."

„Warum genau?"

„Das wirst du schon sehen. Fahr einfach weiter."

35

KURZ DARAUF hatten sie ihr Ziel erreicht und Brandt wandte sich an den Pförtner in der Lobby. Sie gaben ihre Dienstwaffen ab, traten durch die Metalldetektoren und fuhren hinauf ins oberste Stockwerk. Kurz darauf standen sie vorm Empfangsschalter des Justizministers.

„Kann ich Ihnen helfen?", fragte die Rezeptionistin.

„Wir sind Officer Brandt und Officer Donnelly und wir möchten gern zum Justizminister."

Die Empfangsdame schaute in ihrem Kalender nach, obwohl sie ihre Antwort schon kannte.

„Haben Sie einen Termin?"

„Nein, haben wir nicht", antwortete Brandt. „Aber wir müssen ihn dringend sehen."

„Tut mir leid, aber es geht wirklich nicht …"

„Rufen Sie ihn an und sagen Sie, dass wir dringend mit ihm über Tyler Banks sprechen müssen. Würden Sie das tun? Jetzt?"

Sein Ton musste sie überzeugt haben, denn sie tat, was Brandt von ihr verlangte. Zu ihrer offensichtlichen Überraschung durfte sie die beiden gleich ins Büro durchwinken.

Brandt und Donnelly gaben dem Justizminister über seinen Schreibtisch hinweg die Hand.

„Officer Brandt und Officer Donnelly, Sir. Wir haben die Steuersache in diesem Haus mit der Website verfolgt – der Fall, mit dem Sie den Chief persönlich betraut haben."

„So viel habe ich verstanden", erwiderte der Justizminister kühl. „Bitte setzen Sie sich, Gentlemen, und sagen Sie mir, was so wichtig ist, dass Sie unangemeldet hier hereinplatzen."

Die Erwähnung von Tyler Banks musste einen Nerv getroffen haben.

„Na ja, Sir, wir sind auf nichts gestoßen. Die haben ein innovatives Geschäftskonzept, aber es ist alles legal. Beispielhaft sogar."

„Also haben Sie bei den Ermittlungen versagt", gab der Justizminister jetzt spöttisch zurück. „Und um mir das zu sagen, mussten Sie hierherkommen?"

„Nein, Sir. Es ist nur so, dass wir auf einen anderen Fall gestoßen sind, der keinen Sinn ergibt. Bis jetzt. Es geht um die Strafverfolgung eines gewissen Tyler Banks."

Der Justizminister zuckte bei der Erwähnung des Namens zusammen, sagte aber nichts.

„Schauen Sie, die Ermittlungen gegen Mr. Banks wurden ohne eine Erklärung fallengelassen. Und die Staatsanwältin, die dafür verantwortlich war, hat uns gesagt, dass sie dazu gezwungen wurde – von Ihnen. Vielleicht kommt das häufiger vor – ich weiß ja nicht – aber dieser Fall erscheint mir seltsam, vor allem wenn man bedenkt, dass Mr. Banks bis zur letzten Woche noch ein regelmäßiger Kunde der Website war, gegen die wir in Ihrem Auftrag ermitteln sollten."

Der Justizminister zog die Augenbrauen hoch, sagte aber immer noch nichts.

„Ich frage mich also, ob wir wirklich dorthin geschickt wurden, um das Geschäft wegen Steuerhinterziehung dichtzumachen oder um Ihnen die Blamage zu ersparen, dass Sie einen Neffen haben, der wieder einmal für Dienstleistungen sexueller Natur bezahlt hat."

Das saß. Donnellys Herz setzte einen oder zwei Schläge aus.

„Sie kleines Stück Scheiße!", brüllte der Justizminister. „Sie haben doch keine Ahnung, mit wem Sie sich hier anlegen!"

„Ich denke doch", gab Brandt übertrieben ruhig zurück. „Ich lege mich mit einem Größenwahnsinnigen an, der sogar ein völlig rechtmäßiges Unternehmen dichtmachen würde, damit seine Wahlkampagne nicht durch unangenehme Fragen über seinen Neffen beeinträchtigt wird."

„Ich werde Sie kaltmachen", drohte der Justizminister. „Nur ein Wort über diese Sache und ich mache Sie kalt!"

„Ich werde kein Wort verlieren, Sir. Ich werde mich nur an die Ethikkommission wenden und eine Untersuchung erwirken, die sich mit den fallengelassenen Klagen gegen Ihren Neffen und der Ermittlung gegen *Str8 Frat Dudes* beschäftigt."

„Viel Glück dabei", schnarrte der Justizminister. „Stellen Sie nur einen Antrag, dann können Sie sich glücklich schätzen, wenn Sie danach noch einen Job bei der Müllabfuhr finden."

„Bei allem Respekt, aber das glaube ich nicht. Sie können Ihren Staatsanwälten auftragen, Klagen unter den Tisch fallen zu lassen, die arbeiten ja schließlich für Sie. Aber unser Ethikausschuss steht nicht unter Ihrem Kommando. Sobald der Antrag gestellt ist, können Sie ihn nicht aufhalten – deswegen hat man das Ganze irgendwann einmal so eingerichtet. Damit verhindert werden kann, dass korrupte Vorgesetzte nach eigenem Gutdünken Ermittlungen aufhalten."

Plötzlich sah der Justizminister aus wie jemand, der gerade seine Chance auf den Gouverneursposten aus dem Fenster flattern sah. Sie würde nicht zurückkommen.

„Ich denke, wir sind hier fertig. Officer Donnelly, wollen wir?"

Donnelly, der von dem ganzen Gespräch völlig durcheinandergebracht worden war, rappelte sich hoch und folgte Brandt aus dem Büro.

„Das war so was von unglaublich", flüsterte er Brandt vor dem Aufzug ins Ohr.

„Wenn du das sagst", gab Brandt zurück. „Ich glaube, ich habe mich da drin fast eingepinkelt, so nervös war ich."

Sie lachten immer noch, als der Aufzug im Erdgeschoss ankam.

36

AN EINEM warmen Spätsommerabend etwa einen Monat später parkten Brandt und Donnelly vor dem *Stickley and Greene*. An der Tür hing ein Schild mit der Aufschrift „Geschlossene Gesellschaft". Da sie zu dieser geschlossenen Gesellschaft gehörten, öffneten sie die Tür und traten ein.

Die Party war Biggs Idee gewesen. Nachdem sich ein Riesenskandal um den Justizminister entwickelt hatte, war Brandts Undercoverarbeit aufgeflogen. Bigg war so begeistert, dass Brandt sich für ihn und sein Unternehmen eingesetzt hatte, dass er zu Ehren des „Officers mit dem Herz aus Gold", wie er ihn fortan nannte, eine Party schmiss.

Als sie das Restaurant betraten, sahen sie, dass die meisten der Jungs aus dem Haus schon da waren – Eugene und einige andere unterhielten sich in der Nähe der Bar. Drake und Bigg sprachen in der Mitte des Raumes mit anderen Gästen. Auch Nick war schon da und Brandt ging gleich zu ihm, um ihn zu begrüßen.

„Nick!", rief er laut.

„Jason! Oder halt, ich glaube, ich sollte dich Ethan nennen, nicht wahr? Du bist eine Art Spion, Mann!" Wie immer umarmte Nick Brandt. Er erwiderte die Umarmung. Er hatte Nick wirklich vermisst.

„Nick, ich will dir meinen Partner Gabriel vorstellen."

Donnelly schüttelte Nick die Hand.

„Oh mein Gott. Du bist der Typ aus der Privatshow!" Nick musterte Donnelly kritisch. „Halt, warte. Wenn ihr zwei nur Kollegen bei der Polizei seid, wie habt ihr dann diesen heißen Videosex zustande bekommen?"

Brandt errötete und erklärte dann: „Gabriel ist mein Partner-Partner."

„Schön, dich kennenzulernen, Nick." Donnelly verbeugte sich graziös.

Nick sah zuerst schockiert aus, grinste dann aber breit und drehte sich zu Brandt um.

„Ich wusste es! Ich wusste es aber so was von! Seit wir uns das erste Mal gesehen haben!"

„Als wir uns kennengelernt haben, war ich tatsächlich noch komplett hetero. Aber du hast mir geholfen, mich zu ändern. Dafür schulde ich dir was."

„Junge, das ist klasse." Nick war sichtlich glücklich mit der wichtigen Rolle, die er in Brandts Leben spielte. Er drehte sich zu dem jungen Mann neben ihm um. „Und ich möchte euch meinen Freund Pete vorstellen."

„Pete! Ich wollte schon immer den einzigen Kerl treffen, auf den Nick abfährt!"

Pete schüttelte Brandt die Hand und blinzelte in Nicks Richtung.

„Na ja, so wie er über dich spricht, kann ich mir nicht vorstellen, dass das stimmt. Aber danke."

Brandt war fasziniert von dieser Anspielung, ließ das Thema aber fallen. In diesem Moment betraten noch andere geladene Gäste die Party: Bryce und Nestor. Ihnen folgte das Jockstrap-Model Andy, den Nick eingeladen hatte.

Brandt winkte und Bryce und Nestor rauschten zu ihnen hinüber.

„Schön, dass ihr gekommen seid, Jungs", rief Brandt. „Ich freu mich, dass ihr da seid."

„Selbstverständlich, Schätzchen", sagte Bryce lächelnd. „Und", sagte er und trat einen Schritt zurück. „Wer kleidet dich jetzt ein? Ich will ihn verfolgen und mit diesem reizenden, reizenden Gürtel erdrosseln."

„Keine Sorge, Bryce. Niemand von der Alta Avenue. Gabriel und ich waren die letzten Wochen im Urlaub und haben ein paar exotische Klamotten geshoppt."

Bryce' Augen leuchteten auf.

„Also seid ihr zwei ...?", fragte Nestor, was der sprachlose Bryce nicht schaffte.

„Ja, sind wir", sagte Donnelly und nahm Brandts Hand.

„Ich wusste es!", japste Bryce und umarmte die beiden und verteilte Küsse in alle Richtungen. Dann fiel sein Blick auf Eugene und die anderen Jungs, die sich um die Appetithäppchen scharrten. Bryce drehte sich auf dem Absatz um und scheuchte auch Nestor zur Futterkrippe.

„Wow, wer war das denn?", fragte Nick, als die beiden abdampften.

„Bryce und sein Kumpel Nestor. Sie haben mich für den Job ausgestattet. Erinnerst du dich noch an die orangefarbene *Ginch-Gonch*-Unterhose?"

Nick lachte.

„Natürlich. Die war saukomisch", sagte er.

„Hat aber ihre Wirkung erzielt", gab Brandt zurück.

„Was für eine Wirkung?", fragte Nick.

„Dass du von mir Notiz genommen hast", sagte Brandt bescheiden.

„Junge, du wärst mir eh aufgefallen!" Nick lachte. „Erstens, du bist atemberaubend. Zweitens habe ich diesen Blick bei dir gesehen, als du mich bei meiner Aufnahme beobachtet hast. Ich wusste gleich, dass du angeturnt warst. Die orangefarbene Unterwäsche hat meinen Verdacht dann nur bestätigt und", er nickte in Richtung Donnelly, „du hast es dann ja auch selbst rausgefunden."

Aus dem Augenwinkel nahm Donnelly eine Bewegung wahr und er sah, wie Will ins Restaurant gerollt kam, gefolgt von Lucas.

„Hey, Jungs!", rief er. „Hier drüben!"

„Wow, ist das schick hier", sagte Will und schaute sich um. Dann drehte er sich zu Lucas, der an seiner Seite stehen blieb und knuffte sein Bein. „Warum führst du mich nie an solche Orte aus?"

Lucas verdrehte die Augen. „Als hätten die Eltern von zwei Kleinkindern viele Gelegenheiten auszugehen. Ehrlich."

Will lachte und Lucas stimmte ein.

„Schön, dass ihr es geschafft habt", sagte Brandt. „Das hier sind Nick und Pete."

Will und Lucas streckten die Hände aus.

„Das ist also der berühmte Nick", sagte Will. „Der Mann, der Staatspolizisten mit nur einem Kuss zu Schwulen macht."

„Ich setze diese Macht nur für gute Zwecke ein", antwortete Nick im Superheldenton.

Während sich die Männer unterhielten, fiel Will auf, dass Lucas den Raum beobachtete.

„Warum holst du uns nicht ein paar Drinks", schlug er vor. „Und auf dem Weg kannst du dich den Jungs vorstellen, anstatt sie nur anzustarren."

Lucas errötete und Will lachte. Sein Partner drehte sich um und machte sich auf den Weg durch den Raum.

„Ich sage euch", seufzte Will und schaute Lucas hinterher. „Einen schwulen Lebensgefährten zu haben, ist echt hart."

Alle Umstehenden lachten – jeder aus seinem eigenen Grund.

„Hey, Jungs!", ertönte eine Stimme von der Tür. Donnelly und Brandt drehten sich um und sahen, dass Chris mit einem Mann am Arm auf sie zulief.

„Sie hat ein Date dabei! Großartig!", sagte Brandt.

„Oh mein Gott. Ist das Walters?", murmelte Donnelly und kniff die Augen zusammen. „Ja, das ist er. Wow."

„Na, schaut euch die beiden Ehrengäste an. Endlich zurück aus ihren zwei Wochen in der Sonne!" Chris strahlte. Sie amüsierte sich offenbar prächtig.

Dann umarmte sie Donnelly und Brandt und wandte sich wieder zu ihrem Date.

„Ich glaube, ihr beiden kennt Jimmy?"

„Natürlich. Schön, dich zu sehen, Walters", sagte Brandt und schüttelte seinem Kollegen die Hand.

„Schön, dich zu sehen, Jimmy", sagte Will.

„Da du mit meiner Schwester hier bist, könnte es sein, dass ich ein, zwei Fragen habe", meldete sich Donnelly in gespieltem Ernst zu Wort – auch wenn es ihm seltsam vorkam, dass Will Walters schon kannte. Das musste bedeuten …

„Gabriel, sei nett", schalt Chris fröhlich. „Jimmy kam bei uns vorbei, als ihr gerade im Urlaub wart. Er war auf der Suche nach dir."

„Ja", fügte Walters hinzu. „Ich wollte mich entschuldigen für das, was ich im Van gesagt habe – du musst mich ja für verrückt gehalten haben."

„Überhaupt nicht", setzte Donnelly an, aber Chris schnitt ihm das Wort ab.

„Wie auch immer, da du und dein Loverboy hier gerade in die Tropen abgehauen wart, haben wir uns ein bisschen unterhalten und, ja, so war das." Chris strahlte und Donnelly freute sich, sie in solch einer Hochstimmung zu sehen.

„Ich freue mich für euch", sagte Donnelly. „Aber denk daran, Walters – brichst du meiner Schwester das Herz, breche ich dir den Kiefer."

„Verstanden", gab Walters zurück, der nicht ganz sicher schien, ob Donnelly Witze machte. Tatsächlich meinte er es bitterernst.

Als das Familiendrama sein Ende gefunden hatte, stellte Brandt den Neuankömmlingen Nick und Pete vor und bald schon unterhielten sich alle angeregt.

„Dürfte ich um euer aller Aufmerksamkeit bitten?", dröhnte Biggs Stimme plötzlich durch den Raum. Das Geschnatter erstarb augenblicklich. Lucas kehrte von der *Frat-Dudes*-Gruppe wieder an Wills Seite zurück. Alle Blicke richteten sich auf Bigg.

„Wir sind heute hier, um zwei Menschen zu feiern, die, als sie in einem beängstigenden ethischen Dilemma steckten, die richtige Entscheidung getroffen haben. Und dafür werde ich ihnen für immer dankbar sein. Officer Brandt und Officer Donnelly von der Staatspolizei, kommt ihr bitte mal her?"

Es gab donnernden Applaus und ein Pfeifkonzert, als die beiden Männer zu Biggs hinübergingen.

„Okay, die meisten hier im Raum kennen ihn wohl als Jason. Viele tausend Menschen außerhalb dieses Restaurants kennen ihn als Mason. Aber für uns bleibt er immer der lange Arm des Gesetzes, Ethan Brandt!"

Erneutes Gelächter und Applaus – Nick trug mit enthusiastischem Wolfsgeheul zu dem Lärm bei und Brandt zog die Augenbrauen hoch.

„Viele von uns wissen vielleicht gar nicht, dass Officer Brandts Partner ihm bei der ganzen Mission zur Seite gestanden hat – und er ist dabei über sein altes Ich hinausgewachsen, wenn ihr wisst, was ich meine." Biggs zwinkerte und grinste anzüglich. Aus der Menge hörte man diverse „Ooohs". „Gabriel Donnelly!"

Mehr Applaus.

„Und jetzt möchte ich, dass jeder hier sich einen Moment Zeit nimmt, um seine Bewunderung für diese beiden großartigen Officers auszudrücken. Ohne ihr mutiges Aufbegehren gegen die üblen Machenschaften des Justizministers …"

Buhrufe und Zischen. Bigg wartete, bis die Geräuschkulisse erstarb und fuhr dann fort.

„Ohne die beiden hätten wir heute kein Geschäft mehr. Also von uns allen ein riesengroßes Dankeschön." Bigg umarmte die beiden und bedeutete ihnen dann, auch ein paar Worte zu sagen.

Scheu trat Brandt nach vorn.

„Vielen Dank für die lieben Worte, Barry. Ich stehe heute Abend hier als ein neuer Mann und das verdanke ich all den Leuten hier. Als mein Video als Mason online ging, dachte ich, mein Leben wäre vorbei, aber jetzt sehe ich es eher als Anfang, denn als Ende. Hätte ich dieses Video nicht gedreht, hätte ich Nick niemals kennengelernt oder Eugene, oder Tim, oder irgendeinen von euch Jungs, die ich jetzt alle zu meinen Freunden zähle. Und was noch wichtiger ist: Ich hätte niemals erkannt, dass die Person, die schon seit zwei Jahren immer an meiner Seite war, auch die Person ist, die ich für immer an meiner Seite haben will." Damit beugte er sich zu Donnelly und küsste ihn. Dieser errötete und winkte. „Also danke. Und können wir das gottverdammte Video jetzt bitte von der Seite nehmen?"

Wieder lachten und applaudierten alle im Raum. Brandt und Donnelly kehrten zu ihrem Grüppchen zurück. Nick legte Brandt einen Arm um die Schulter und flüsterte: „Ich habe das Video schon längst entfernt."

„Was?", fragte Brandt.

„Ich habe es rausgenommen. Sobald wir das mit der Ermittlung wussten und ich dein Gesicht in der Zeitung gesehen habe. Ich hatte ein richtig schlechtes Gefühl, weil du es ja nur für deinen Job gemacht hast."

„Danke, Mann", sagte Brandt. „Das bedeutet mir wirklich viel."

„Natürlich können wir nichts gegen die zigtausenden Kopien machen, die noch durchs Internet geistern", sinnierte Nick.

„Weißt du was? Ich glaube, das ist mir mittlerweile egal", sagte Brandt und war überrascht von sich selbst. „Ich war so damit beschäftigt, mir Sorgen darüber zu machen, wie das Video meine Zukunft beeinflussen könnte, aber jetzt weiß ich, dass meine Zukunft toll wird. Ich habe einen tollen Typen, einen tollen Job und tolle Freunde. Und wenn ich alt bin habe ich den Videobeweis, dass ich mal wirklich scharf war. Klingt doch ganz gut."

Die Party dauerte bis in die frühen Morgenstunden.

Nachdem sie im Taxi nach Hause gefahren waren (ein paar Shots zu viel nach dem Abendessen), betraten sie das kleine Wohnzimmer, das mit Kisten von Brandts überstürztem Umzug zwischen dem Ende ihrer Ermittlungen und ihrem Urlaub übriggeblieben waren. Im Schlafzimmer stand nicht so viel Krimskrams, deswegen führte ihr Weg sie direkt dorthin.

Donnelly stand vor Brandt und knöpfte sein Hemd auf.

„Ich war so stolz auf dich gestern Abend", murmelte er, während er Brandt das Hemd abstreifte.

„Ich wollte die Welt nur zu einem sicheren Ort für die weitere Sexpansion der *Frat Dudes* machen. Bin mir nicht sicher, ob das eine Heldentat ist …"

„Nein, du hast das Richtige getan. Dieses Arschloch von Justizminister musste gestoppt werden. Heute stand in der Zeitung, dass er seine Gouverneurskandidatur aufgibt." Donnelly arbeitete jetzt an Brandts Hose. „Deinetwegen ist die Welt wirklich zu einem besseren Ort geworden. Und die *Frat Dudes* können weiterhin im Netz vor sich hin masturbieren. Win-Win-Situation."

Brandt stand jetzt da in seiner Unterwäsche, lachte und schüttelte den Kopf.

„Du bist echt verrückt, weißt du das?"

„Ja, Sir, das weiß ich", antwortete Donnelly gut gelaunt. „Und jetzt ab ins Bett und lass mich dir zeigen, wie Helden hier behandelt werden."

Brandt legte sich auf den Bauch und beobachtete Donnelly, der sich aus seinen eigenen Klamotten schälte und sich dann über Brandts Hintern grätschte.

Durch den dünnen Stoff konnte Brandt die Hitze von Donnellys Schwanz deutlich spüren.

Donnelly massierte Brandts Rücken mit einem Massageöl. Bald stöhnte Brandt genüsslich unter seinen kräftigen Berührungen. Danach waren Brandts Beine und zum Schluss die Füße dran. Dann widmete Donnelly sich dem Teil, den er ausgelassen hatte und streifte Brandt die Unterhose ab. Er fuhr mit seiner Massage fort und rieb das Öl in Brandts straffe Backen ein, bis er schließlich nach dem Punkt in der Mitte suchte, den er so sehr liebte. Langsam ließ er seinen mit Öl verschmierten Finger hineingleiten. Brandts Stöhnen wurde doppelt so laut wie zuvor.

„Ist das zu viel?", flüsterte Donnelly. Während ihres entspannenden Urlaubs hatte er damit begonnen Brandt anal zu verwöhnen, aber heute Nacht war er vielleicht ein bisschen zu energisch.

„Mein Gott, das ist unglaublich", antwortete Brandt, der sein Becken in die Matratze drückte, um seine Zustimmung zu der innerlichen Massage kundzutun. Nie zuvor hatte er diesen seltsamen und gleichzeitig wundervollen Druck verspürt.

Donnelly war zufrieden mit sich selbst. Tatsächlich hatte er sich von einem Analphobiker (heute brachte es ihn zum Lachen, wie empfindlich er damals auf Eugenes Video reagiert hatte) zu einem ausgesprochenen Liebhaber entwickelt.

Diese neue körperliche Erfahrung trug für Brandt noch einiges zu den anderen Erfahrungen dieses Abends bei – die Liebe, die er von allen Leuten im Raum empfangen hatte, ihre Anerkennung, die Tatsache, dass er sich nicht mehr für dieses Video schämte – das alles bis hin zu dem Gefühl, dass er wirklich ein anderer geworden und das hier sein neues Leben war.

„Ich will dich", murmelte er.

„Ich will dich auch", stöhnte Donnelly.

„Nein, ich will, dass du es tust", bat Brandt.

Donnelly war ganz erstaunt. „Wirklich?"

„Total."

„Aber vor ein paar Tagen, als unsere negativen Testergebnisse kamen und ich ganz aufgeregt war, hast du gesagt, du wärest noch nicht bereit und wüsstest nicht, ob du es jemals sein würdest."

„Ich bin jetzt bereit", stöhnte Brandt fast schon verzweifelt und drückte sein Becken noch energischer in die Matratze. Ich will dich in mir spüren. Jetzt."

Donnelly hatte von diesem Moment geträumt, war sich aber nicht sicher gewesen, ob er jemals eintreten würde. Er träufelte Öl auf seinen Mittelfinger und ließ ihn dann langsam neben seinen Zeigefinger gleiten, der bereits in Brandt steckte. Brandt stöhnte, presste sich aber Donnellys Hand entgegen. Er wollte es wirklich und stöhnte genüsslich auf.

„Oh Gott, das ist es", stöhnte er. „Tu es jetzt!"

Donnelly besprenkelte sein knüppelhartes Glied mit Öl und zog dann langsam seine Finger zurück. Mit den Daumen teilte er Brandts muskulöse Hinterbacken und ließ die Spitze seines Schwanzes durch die Ritze wandern. Jedes Mal, wenn er an der Öffnung vorbeiglitt, erhöhte er den Druck. Dann holte er tief Luft und presste sich gegen das enge Loch. Tatsächlich begann er darin zu verschwinden. Brandt schnappte nach Luft, schluckte und drängte sich ihm dann entgegen.

„Uff", machte er. „Warte mal ganz kurz." Er keuchte ein wenig und musste sich erst an den Eindringling gewöhnen.

„Geht es dir gut?", fragte Donnelly, jederzeit bereit, sich zurückzuziehen, wenn Brandt es wollte.

„Ja, das ist total wunderbar. Es fühlt sich an wie die Wellen am Strand, überwältigend, aber großartig." Brandt holte noch ein paarmal Luft. „Okay, mach langsam."

Donnelly legte sich auf Brandt und näselte ihn im Nacken. „Ich liebe dich", murmelte er. Dann bewegte er sich langsam nach vorn und zwängte sein Glied mit winzigen Stößen Millimeter für Millimeter in Brandt hinein.

„Ich … liebe … dich … auch", stöhnte Brandt zwischen Donnellys Stößen. Er drückte sich ihm kräftig entgegen und schon bald trafen ihre Körper aufeinander und Donnelly war gänzlich in ihm verschwunden.

Brandt fühlte, wie ihn seine Gefühle übermannten und er ließ es geschehen. Das hier, das Einzige, wovor er sich wirklich gefürchtet hatte, kam ihm jetzt wie der ultimative Liebesbeweis vor – er hatte sich komplett hingegeben, sein altes Selbst hinter sich gelassen und das neue war offen gegenüber verschiedenen Formen der Liebe, von denen er früher nichts geahnt hatte. Als Donnelly in ihn hineinstieß, fühlte er nur Klarheit, Sicherheit und Liebe.

„Oh. Mein. Gott", stöhnte Donnelly, der überwältigt war von dem Gefühl, tief in seinen Freund hineinzutauchen, in seinen Liebhaber, seinen Partner. Das war noch besser, als er es sich vorgestellt hatte, so heiß und eng und vollkommen. Prompt fühlte er, wie sich sein Orgasmus ankündigte. Bald würde er ihn übermannen.

Brandt rieb sich weiterhin an der Matratze und als er spürte, wie Donnellys Körper hinter ihm versteifte, merkte er selbst, wie sich der heiße Druck in ihm aufbaute. Während Donnellys Schwanz verwegen gegen seine Prostata drückte, steuerte er immer weiter auf den Höhepunkt zu.

Sie erreichten ihn gemeinsam.

Donnelly bewegte sich manisch, als er spürte, wie er zu zucken begann und das trieb auch Brandt weiter an. Die Reibung seines Schwanzes auf der Matratze zusammen mit dem Druck in ihm ließen seinen Schwanz jedes Mal eine Ladung Sperma verspritzen, wenn Donnelly eine in ihm loswurde. Sie stöhnten und krampften gemeinsam bestimmt eine ganze Minute lang, bis Donnelly erschöpft und keuchend auf Brandt zusammenbrach.

Eine Weile lagen sie da, zitternd und verschwitzt, bis Donnelly aus Brandt herausglitt. Irgendetwas lief warm an der Unterseite von Brandts Hodensack herunter – ein Teil von Donnellys Saft. Es war ekelhaft und klebrig und wunderbar.

„War das okay?", flüsterte Donnelly in Brandts Ohr.

Brandt drehte sich um und zog Donnelly in seine Arme. Er küsste sein ganzes Gesicht und dann seinen Mund. Schließlich schaffte er es zu antworten.

„Weißt du, ich glaube, das müssen wir noch viel häufiger machen, bevor ich es sicher weiß. Aber ja, das war verdammt geil. Ich kann es kaum erwarten, bis du es versuchst." Er strahlte Donnelly an.

„Na ja, morgen ist Samstag. Wir könnten üben, bis wir nicht mehr normal laufen können."

„Ich glaube, ich kann gar nichts mehr auf die normale Art und Weise. Aber das ist in Ordnung für mich."

Donnelly lachte und zerzauste Brandts Haar.

„Mann, ich liebe dich."

„Fuck, yeah", antwortete Brandt und kuschelte sich in die Arme seines Liebsten.

XAVIER MAYNE

Q♥PID

Kann es sein, dass ein Computerprogramm mehr von der Liebe versteht als das menschliche Herz?

Archer, die künstliche Intelligenz hinter der Partnervermittlung Q*pid, stellt fest, dass Menschen nicht immer die besten Entscheidungen treffen. Deshalb mischt er sich ein und übernimmt es für sie, einige wirklich unkonventionelle Entscheidungen zu treffen.

Fox Kincade ist der letzte Single in seinem Freundeskreis. Deshalb freut er sich besonders, als seine Q*pid-App ihm einen Vorschlag präsentiert, mit dem er – wenn man den Hexenkünsten der AI glauben darf – die Liebe seines Lebens finden wird. Doch zu Fox' Überraschung handelt es sich bei diesem Idealpartner nicht um eine Frau, sondern um Drew Larsen, einen schüchternen und manchmal sonderlichen Doktoranden, der ebenfalls nicht an die wahre Liebe glaubt.

Drew und Fox haben wenig gemeinsam – wenn man von der Tatsache absieht, dass sie beide nicht schwul sind. Jedenfalls dachten sie das bisher. Aber je besser sie sich kennenlernen, umso mehr dämmert ihnen, dass Archer vielleicht gar nicht so falsch lag mit seinem Vorschlag. Es ist kein leichter Weg, denn sie müssen beide ihr althergebrachtes Selbstverständnis aufgeben und sich mit einem neuen Konzept von Liebe vertraut machen. Mit Archers Hilfe und der Unterstützung einiger Freunde, die Fox und Drew durch dick und dünn zur Seite stehen, gelingt es ihnen schließlich, alle Hindernisse aus dem Weg zu räumen.

www.dreamspinner-de.com

Von XAVIER MAYNE

Achtung, Aufnahme!
Q*pid

Veröffentlicht von DREAMSPINNER PRESS
www.dreamspinner-de.com

www.ingramcontent.com/pod-product-compliance
Lightning Source LLC
Chambersburg PA
CBHW022147240626
47153CB00007B/2551